打击队

吕铮 著

人民文学出版社

图书在版编目（CIP）数据

打击队／吕铮著.--北京：人民文学出版社，2023
ISBN 978-7-02-018326-5

Ⅰ.①打… Ⅱ.①吕… Ⅲ.①长篇小说－中国－当代 Ⅳ.①I247.5

中国国家版本馆CIP数据核字(2023)第205282号

责任编辑	于文舲
装帧设计	陶　雷
责任印制	任　祎

出版发行	人民文学出版社
社　　址	北京市朝内大街166号
邮政编码	100705
印　　刷	三河市宏盛印务有限公司
经　　销	全国新华书店等
字　　数	227千字
开　　本	880毫米×1230毫米　1/32
印　　张	11.5　插页3
版　　次	2023年11月北京第1版
印　　次	2023年11月第1次印刷
书　　号	978-7-02-018326-5
定　　价	56.00元

如有印装质量问题，请与本社图书销售中心调换。电话：010-65233595

风大且急，雪细且密。夜晚的初雪洋洋洒洒，飘落在街头的黑暗里。一首外国歌在空中飞扬，声音沧桑且执拗：

How many roads must a man walk down, Before you call him a man? How many seas must a white dove sail, Before she sleeps in the sand... The answer, my friend, is blowing in the wind, The answer is blowing in the wind...

一切安适如常，没那么好，也没那么不好。就像面前的这条路，无论走过多少次，每次遇到的人、经过的事都会不同，而走路的人也会变化。就像《阿甘正传》里说的那盒巧克力，永远不知道下一块的滋味。在面对冗长平淡的日子时，最令人沮丧和惊喜的也莫过于未知。比如，谁也没有想到在这样的深夜里，会发生一次如此激烈的追逐。

在黑暗中，有一个人在奔跑，确切地说，是有一个人在和一辆红色的"英菲尼迪"赛跑。那人穿一身藏蓝色的衣服,速度很快,像一把剪刀剪开了浓重的黑夜。而英菲尼迪则像一匹脱缰的野马,在路上左突右撞,接连撞上几辆正常行驶的汽车,依旧没有停下的意思。夜归的人们驻足惊叹,也不顾危险,他们已经好久没在循环往复的正常秩序中见到过如此激烈的追逐对抗了。

"停车!警察!"那人高喊着,吃瓜群众"嚯"地感叹,确定这不是在拍戏。

追逐的人叫郜晓阳,二十三四岁的样子,身材不高大,体形不健壮,跑步的姿态也不潇洒。之所以叫这个名字,是因为他爸姓郜,他妈姓杨,两人各取一字,希望他如初升的太阳般健康、快乐。人们都喜欢叫他"太阳"。派出所的师傅告诉过他,警察抓捕的时候要像猎豹一样,一旦奔跑起来就不能轻易停下。警察的奔跑关乎于职责、使命、荣誉和信仰,抓捕成功是理所应当,抓捕失利丢的是这身警服的脸。但此刻他穿的并不是警服,而是辅警制服。这两身制服看似差不多,但肩章、臂章、袖口、编号等细节却大不相同,更何况警察和辅警一字之差,实际的身份却是楚河汉界、泾渭分明。辅警没有执法权,只能协助民警做一些辅助性的工作。但身为阳光路派出所的辅警,太阳却一直笃信自己会成为一名真正的警察。在他儿时的梦里,总会出现电视剧里的那种浮夸场景:单手持枪,大义凛然地挡在人民群众面前,对犯罪分子高声厉喝;头顶国徽、穿一身特提气的警服,高昂着45度角向鲜红的国旗敬礼;或者像现在这样,化为正义的猎豹,勇往直前、奋力擒贼……但他在经过一次、两次、三次、N次入警考试失败之后，依然在做着巡逻站岗的辅警工作，没有气馁。

在平常的日子里，他总会显得笨手笨脚，会被一些家伙捂着嘴嘲笑。比如在值夜班的时候，明明可以背着监控打盹，他却总是将眼睛瞪得像铜铃一直到天亮；夜里站岗，有的辅警会偷点儿小懒，蜷个腿、弯个腰，反正也没人看到，但他却笔管条直，像个接受元首检阅的仪仗队士兵。这么一来，就很少有辅警愿意跟他一起干活了。因为要将每件事做对，他显得特别另类。许多人说他傻，但他自己却不承认，傻子能通过辅警考试吗？也许他缺的是人们常说的情商。但猴子却和别人不一样，从不嫌弃、笑话太阳，主动要求和他一个岗。

猴子也是个辅警，总是站在队列的第一个。他和太阳同龄，个子高高的，五官棱角分明，肤色黝黑，很像一个泰国动作明星。他情商高会办事，总是得到领导的表扬，那面"优秀辅警"的流动小红旗，在他的座位雷打不动。太阳一直以他为榜样并由衷地为他高兴。

太阳曾问过猴子，为什么要当辅警。他本以为能从猴子嘴里听到一些"高大上"的词儿，比如"职责""使命""荣誉""信仰"。却不料猴子只淡淡地说了一句，为了谋生。太阳不信，他明明不止一次看到猴子在孤灯下翻看那些《法律基础》《业务基础》等考试材料，确信猴子和自己一样，是在做着入警考试的准备。但他却没觉得猴子虚伪，因为从小到大，学习好的人都会在考试前说自己没有复习。

如果今天猴子在场，大概率会成为第一个追逐者，起码在历次的训练中，太阳没能超越猴子。但很可惜，他今天请假了，失去了和太阳并肩战斗的机会。这么一想，太阳的责任感和使命感就爆棚了。

"停车！警察！"太阳扯着嗓子大喊。

"太阳，你给我停下！别追了！"身后的民警冲他大喊。

其实按照工作规定，即使有被检查的车辆违法冲卡，是否追堵也要依当时的情况去定。但此时太阳已经停不下来了。他疯狂地奔跑着，喉咙里充满了血腥的味道，细密的雪花扑面而来打在他脸上，也全然不顾。面前的那辆车飞驰着，在风声、雪声、身后民警的呼喊声中，不时传来车辆碰撞剐蹭的金属摩擦声。眼看着就要突出重围，太阳已经蹿到了车头。一刹那，太阳什么都听不到了，只能听到自己沉重的呼吸和怦怦的心跳。他以一个极其笨拙且难以模仿的姿态扑了过去。

砰！一声巨响。

所有人都惊呆了，时间仿佛也停止了。如果将此刻周围人的视线进行拼接，应该可以组合成一个类似《黑客帝国》三百六十度旋转的慢镜头。众人眼睁睁地看着太阳在这个慢镜头里跃起、腾空，然后……狠狠坠地。

啪！太阳在落地的同时，英菲尼迪绝尘而去。

完了！负责设卡的副所长一屁股坐在了地上。在太阳出事之后，所有人想到的都是因小失大、得不偿失，却不料这一撞会改变他的命运。

在那辆肇事汽车被抓获之后，发现司机并不是酒驾而是毒驾。不仅如此，在后备厢里还搜出了两个行李箱。里面竟装着一百多万现金和二十公斤毒品。好家伙！这可是大案，震惊全省的大案。案情惊动了省厅，市局立即成立专案组进行侦查，在历经一个多月、多个外省公安机关的配合下，破获了一个特大的贩毒团伙。此事迅速上了新闻和热搜，被撞伤的太阳自然成了勇敢擒贼的英雄。

说实话，当那晚太阳扑向嫌疑车辆的时候，带队设卡的副所长首先想到的词是"事故"。但在发现毒品和赃款后，"事故"就变成了"故事"。于是在海城市公安局郭副局长到医院慰问的时候，太阳便被描述成了一个发现嫌疑、无所畏惧的英雄。而当郭副局长问太阳有什么要求时，太阳斩钉截铁地说：我想当警察！

想当警察？这个要求简单、朴素、直接，但要在未通过入警考试的情况下跨越"楚河汉界"完成身份转变，这可难了。但老话说了，峰回路转、柳暗花明，有些看似不可能完成的任务实际上也能曲径通幽。好在陪同郭局慰问的有市局政治部的副主任楚冬阳和科长谭彦，又好在他俩精通政策、熟悉业务，且省厅近期又颁布了辅警转为正式民警的试行规定。这几个因素加起来就有谱了！规定里说，获得辅警个人二等功的，符合单位文职类工作录用条件的可以转为文职；获得辅警个人一等功的，符合公务员录用条件，经市人社局批准后，可以直接转为正式在编警察。这不万事俱备，只差立功吗？有了政策依据就好办了，更何况太阳拦住的是海城多年不遇的贩毒大案，还为此光荣负伤。于是在郭局的主导下，太阳荣立了个人一等功，被特批转为了正式在编的人民警察，完成了从小到大的梦想。这是令所有人始料未及的。

外国作家莫泊桑说过，生活永远不可能像你想的那么好，但也不会像你想的那么糟。中国老话儿说，峰回路转、否极泰来。太阳被撞得不轻，在医院整整躺了两个月，但却被所有辅警狠狠羡慕着，认为撞飞他的不是英菲尼迪，而是"幸运"。在这期间，他接受了无数次的采访，无数人问他为什么要当警察，他始终是一样的回答："我答应过我爸，要成为一个好警察。"这个回答显然没头没尾，但太阳却并未说出这背后的故事。

在出院之后，他如愿以偿地头顶国徽，穿着笔挺的警服在国旗下庄严宣誓："坚决拥护中国共产党的绝对领导，矢志献身崇高的人民公安事业，对党忠诚、服务人民、执法公正、纪律严明，为捍卫政治安全、维护社会安定、保障人民安宁而英勇奋斗！"一切仿佛像做梦一样。

这时，花开了、柳绿了，严冬已经过去，而太阳也开启了他新的人生。

一辆警车在一条蜿蜒的道路上行驶着。立春了，冰雪消融，四处显露着勃勃生机。远处就是海河，波光粼粼，浩浩荡荡，一直流向远方。道路两边的景色截然不同，一边是鳞次栉比的高楼林立，一边是杂乱拥挤的低矮民房。太阳坐在副驾驶的位置，不停地四处张望，对即将到来的生活充满期待。

开车的是个五十多岁的警察，圆脸盘、薄嘴唇，头发向后背着，肩头挂着一督警衔。

"咱们所一共有22个民警，分成四个警区，每个警区由一名副所长负责。在警务改革之后，副所长兼任社区警务队和打击办案队的队长，承担不同的工作任务。哦，还有一个综合指挥室，跟你以前所在的阳光路派出所一个样……"开车的人叫白勇伟，是小满派出所的所长。他嗓音挺浑厚，说起话来善用体态语，动不动就抬起手臂。据说以前曾是分局的外宣科长，因为太能忽悠，被起了个"白大忽悠"的外号。近两年他肠胃不好，总闹胃胀气，说话间会时不时地干呕打嗝，发出"啊（四声）……"的声音，不了解的还以为是在咏叹。

"啊……"白所咏叹了一下，用手朝外指了指，"咱们这个所儿啊，地处城南和城北两区交界，北边是高楼林立的商业区，南边是成片的老旧居民区，地形地貌决定了居住人群的不同，也决定了发案类型的不同。这点你到了打击队会有深入的体会。"

"这么说我是分在打击队了？"太阳问。

"是啊，好钢要用在刀刃上。"白所煞有介事地开始忽悠，"刚才我也介绍了，咱们所是有光荣历史的，立过一等功、二等功的好几位，争先创优的荣誉也没少得。你来之前，郭局特意叮嘱过，要多给年轻人施展能力的机会，特别是像你这样优秀的年轻人。

所以所班子经过研究，才把你分配到了打击队……哎，别看咱们打击队人不多啊，但可是所里的尖刀和拳头，侦查破案都指着这支队伍呢。知道原来市局重案队的杨威吗？就在打击队。"

杨威。太阳抽冷子听到了这个名字，眼里立马泛了光。这个名字如雷贯耳，在海城市公安局素有"刑警之刃"之称。

"他是打击队的队长吗？"太阳问。

"不是……"白所摇头，"就是个打击队的普通民警。"他一副扫地僧的表情，那样子仿佛在说，这么大的英雄在咱们这也不过如此，"哦，也不算普通民警，算是骨干吧，骨干……"他补充道。

太阳顿时肃然起敬，心潮澎湃。

"咱们单位叫小满。哎，知道什么是小满吗？"白所问太阳。

太阳配合地摇摇头。

"啊……"白所又发出一声咏叹，"人生难得如意，平常就是馈赠，小满即是圆满。你看，多好的寓意。别看咱们所级别不高，但责任重大，肩负着保一方平安的使命。像你这样的年轻人要戒骄戒躁，做事不要冒进，团结好其他同志，多向老同志学习，特别是要加强向所领导的请示汇报，做事不要急，慢慢来、好好干，有的是机会。"他推心置腹，同时也是在点拨太阳，意思再明显不过了，那就是"虽然你小子是郭局派来的，但注意点儿，别'翘尾巴'，我老白才是这儿的一把手"。

"明白了。"太阳懵懂地点头，"所长，我一定好好干。"

不一会儿，警车停在了小满派出所的门前，那是条十分逼仄的胡同，周围都是老旧居民区，要想把车开进去，技术不好弄不好就得剐蹭。派出所门前的一个小饭馆生意挺好，门前排着长队。上面挂着"宝珠面馆"的招牌。

白所带着太阳上了二楼，推开一间办公室的木门，那门一看就有年头了，上面的油漆破损了一大片，形成了一片南半球的地图。要不是挂着"打击队"的招牌，说是库房也有人信。

屋里摆着几个工位，墙上挂着一面红色的锦旗，上面写着"打击破案，一心为民"，但一看落款却是几年前的日期。一个制服警正靠在椅子上刷手机，一看白所进来，立马迎了过来。他四十出头的样子，细眼睛，满脸憨厚，头顶微谢，表情十分局促。

"白所。"他赔着笑脸。

"小邰，这是打击队的队长，卞国强。他可是咱们所的老人儿了，来所的时间比我和政委都长，跟着他好好学、好好干！"白所下意识地挥了一下手，"大卞，这位是邰晓阳，局里特批转警的第一人，几个月前那个涉毒大案就是他破的。"

"不是不是，不是我破的。"太阳赶忙解释。

"欢迎欢迎，热烈欢迎。"卞队与太阳握手。

"哎哎哎，老洪，你干吗呢？新同志来了也不欢迎，怎么'没里没面儿'啊？"白所皱眉。

那人在五十岁上下，正坐在工位的小茶台前，颇有仪式感地自斟自饮。他抬头瞄了白所一眼，皮笑肉不笑地点点头："所长好，新同志好，欢迎欢迎，热烈欢迎。"然后继续操作起茶具。

9

"这位，老洪，洪东风。哼，乍一听还以为是导弹名儿呢吧？"白所笑，"他可是全能型人才啊。预审、技术、政工都干过，业务好，材料也行。他去年从市局前置到咱们所，是来支持基层工作的。"

"洪师傅好。"太阳赶忙打招呼。

"嘿嘿嘿，白大所长，骂人是吧？都说打人不打脸、骂人不揭短，这大早清儿的你怎么专找人不爱听的说啊？"老洪放下茶具，站了起来，压根没理太阳，"是，我是身体不好，姥姥不疼、舅舅不爱，哪个部门都不愿意要，但这也是革命工作累的啊。怎么茬儿？还真养小不养老了？"

"嘿，你这话怎么老是横着出来啊，老洪，你得给年轻人树立榜样。"白所皱眉，觉得有点儿没面儿。

"榜样？那得您来。我呀，就是使出吃奶的劲儿也顶多给人家树立个反面榜样。"老洪伸了个懒腰，摇摇晃晃地走到太阳面前，"小兄弟，以后多跟'大卞'队长学习，有鞍前马后、跑跑颠颠、沏茶倒水的活儿，您知会我。"

太阳有些尴尬，愣在原地。

"哎，杨威呢？"白所岔开了话题。

"带辅警出去设卡了。"卞队回答。

"几点设卡啊？还没回来？赶紧给他打个电话，一会儿早点名都给我到啊，别吊儿郎当的。"他甩下一句话就走了。

但到了早点名的时候，杨威却还没回来。白所也没深究，就在全所民警面前，大肆夸奖了太阳和打击队的成员一番。什么太阳是年轻警察之光、从辅警转为警察在全局是史无前例；什么打击队是派出所的尖刀和拳头，几位同志未来定能攻坚克难无往不胜……太阳在台下听着，觉得心潮澎湃，但众民警的掌声却稀稀拉拉。后来太阳才知道，白所是典型的有一说十，每次开会，政委都让他搂着点说，但他还是搂不住。久而久之，所里民警对他的讲话就难免三七开地听了。也有人诋毁他，说凭他的演讲能力，当个某省市的宣传部部长也不为过。

早点名快要结束的时候，杨威才巡逻回来。人还没到，车声先传进了屋。只听一阵"轰轰"的油门声，太阳透过窗户望去，看见一个黑大个儿正从一辆黑色的大吉普里走出来。那人四十出头，走路生风，腰间的八大件哗哗作响，一身的警察气。

那辆车也很唬人，是2012款的大切诺基，3.6升的排量、286的马力、V6的发动机，绝对是匹"大黑马"。据说当年局里引进这批车的目的，是提升刑侦支队整体的作战能力，为此还特意召开了购车的专题会议。但时过境迁，这家伙早已辉煌不再，各项指标再无法与同级车型比拼，于是便在几年前被列入公务用车拍卖的范围。杨威干刑警时曾开着它四处办案，不舍得这个老伙计退役，于是心一狠，花了几年的积蓄，参与竞拍将它买下。但没想到这匹"大黑马"却不争气，一到手就大小毛病一块儿犯，修修整整又让他白干了两三个月。

杨威迎着散会的民警径直走到白所面前，目不斜视地问："找我有事？"

"什么意思？嫌所儿里的早点不好吃？又绕道儿去'缪阿婆'了？"白所一语点破。

"所里今天吃油饼，油太大，我刚做完胆摘除的手术，吃不了。"杨威轻描淡写。

"不至于，该吃吃、该喝喝，没事儿。"白所不愿深究，"哎，这是新分来的民警，叫邰晓阳；参与侦破局里涉毒大案的那个小伙子。"他介绍。

"哦。"杨威微微点头，看着太阳。

"杨师傅好。"太阳有些激动，"我早就知道您了，不，是仰慕您了。特别是您破获的那个绑架案，一个人夺过了嫌疑人的军用手雷，太棒了，真的……"他有些语无伦次。

杨威没说话，俯视着太阳。他比太阳整高出一头，像个铁塔一样，光从他背后照过来，将他笼罩在阴影里，"陈芝麻烂谷子的事儿了，提它干吗……"他敷衍了一句，"白所，还有事儿吗？没事儿我走了。"

"小孙呢？没跟你回来？"

"厕所呢，一会儿就来。"

正说着，一个熟悉的身影跑了过来，太阳一看就惊了，没想到来人正是孙达胜。

孙达胜就是太阳口中的猴子，那个总站在队列第一个、长得像泰国动作明星的优秀辅警。当然，他和太阳描述的略有不同，一看就是个精明人，眼里都是故事。他显然对太阳的到来早有准备，脸上并未露出惊讶。他过来的第一件事是给白所递烟。但白所却摆手拒绝。

"戒了戒了。哎，你也少抽这种细支的，烟草不多，抽的都是烟纸。"

"哦……是这样啊……"猴子做恍然大悟状。

太阳笑了，觉得猴子一点没变。他上前拉住猴子的手，"猴子，没想到咱俩又在一块儿了。"

"嘿，你俩认识啊？"白所诧异，"哦，对对，小孙以前也是城北分局的。"

听白所介绍，太阳才得知，猴子是应市局辅警交流的政策来到小满派出所的，时间也不长，刚刚一个月。

猴子满脸阳光，却还是遮不住尴尬。面对此情此景，他的心情可谓是五味杂陈。他知道自己该表现得大度，对太阳笑脸相迎，不该这样扭扭捏捏。但没辙，他还是无法接受当下的现实，一个比自己差很多的人转正成了警察，而自己却还是个辅警。那个不懂把活干在明面上的、连夜里都站得笔管条直的傻子，竟然蹿到了自己的上边。如果说羡慕嫉妒恨是三个层次，猴子觉得已经快达到最高层次了。但这么想，他又觉得自己格局低、肚量小，甚至有些卑鄙。

精明的白所怎会看不出猴子的小心思，就煞有介事地拍着他的肩膀，"小孙，你和小邰以后就要并肩作战了啊。好好努力，支持配合他的工作，让打击队更上一层楼。"他这么一说，算是给俩人的关系定了调。

"您放心吧，我一定配合好邰警官的工作。"猴子多聪明啊，怎会听不出白所话里的意思。

白所又叮嘱了几句，就夹着包和综合指挥室的王姐一起去分局开会了。

来到办公室，太阳放下了个人物品就忙活起来。扫地、擦桌子、打水，忙出了一头汗。但其他几位却并不搭手，喝茶的喝茶，刷手机的刷手机，一副与己无关的样子。但不一会儿就来了活儿，卞队张罗着大家出警。太阳开始准备设备，手套、手铐、执法记录仪、手电、喷罐、甩棍、证物袋……老洪见状，拎着个大号保温杯凑了过来："怎么茬儿，哥们儿，这是准备跟嫌疑人开战啊？"他这么一说，猴子就笑了。

"根据执法规范化的要求，出警应该带齐装备啊。"太阳抬头说。

"哦，对，执法规范化……嘿，你瞧我这素质跟不上了吧。"老洪煞有介事地点头，"别忘了把警用盾牌也带上啊。"他说完就背着手出了门。

但没想到一上"花车"（蓝白道警车的简称），太阳还真把警用盾牌给带上了。

车开得不急不缓，十五分钟到现场的出警时间已经过半。开车的是卞队，他总是沉默着，像个闷罐子。杨威和老洪坐在后面，一位跷着二郎腿刷手机，一位靠在座椅上闭目养神。猴子则一如既往，拿着复习资料在阅读。太阳坐在副驾驶的位置，腰间挂着八大件，手里持着警用盾牌，像个奔赴沙场的战士。

车开得不快，老洪眯眼打量着太阳，有一搭无一搭地问："家里有干警察的吗？"

"没有。"太阳摇头。

"跟郭局什么关系？远房亲戚吗？"

"跟郭局？"太阳挠挠头，"没关系啊。"

"哦。"老洪点头，"那就是跟政治部的冬阳主任有关系？"他在探太阳的底。

"冬阳主任？"太阳愣住了，"我不认识啊。"

"嘿，装！跟我这儿装！"老洪撇嘴，"帮你办转警手续的人都不认识啊？你这一等功是大风刮来的？"

"哦，您说的是楚主任啊，我见过几次，但具体手续都是谭科长办的。"太阳忙说。

"哼，行，嘴够严。"老洪点头，"哎，你把盾牌戳这儿是什么意思？寒碜我？"

"这……不是您让我拿的吗？"太阳说。

"那我让你带'海马斯多管火箭炮'你也带吗？较劲是吗？"老洪冷下脸。

太阳听出了这话里的火药味，却不知道自己哪里得罪了这位。

"得，都是我的错。咳……我也是，跟您这位'年轻警察之光'逗什么咳嗽啊……"老洪探底完毕，移开了视线。

他这么一开场，车上的气氛就不那么和谐了。卞队赶忙圆场。

"小邰，咱们出的是盗窃现场，就不用带警用盾牌了。老洪，你也是，有话好好说，别总夹枪带棒的。"

"嘿，你这是什么话啊？我这是按照白所要求，在关心年轻同志啊。得，好心当驴肝肺，我闭嘴，闭嘴行了吧。"他一闭眼，靠在了座椅上。

杨威放下手机，抬头问："听说你破了涉毒大案？"

"我？我只是拦住了一辆车。"太阳有些紧张。

"为什么拦那辆车？看出什么问题了？"

"什么都没看出来，就因为它闯卡了。"

"闯卡了就那么玩命追？还往车上扑？"

"刚开始也没想追，但一跑起来就不敢停了。"

"为什么？刹不住了？"老洪插话。

"不是，我师傅说过，只要追就不能停。"

"你师傅是谁啊？"杨威问。

"是阳光路派出所的警长秦岭。"太阳郑重其事地说。

一听这话，杨威和老洪都笑了起来。猴子也把书放下了。

"不就是秦三儿吗？原来巡逻队的。他还能当你师傅？"杨威不屑地摇头。

众所周知，秦岭是城北分局出了名的指点江山型选手，一干活儿就露馅。去年救助跳河男子反将其推到河里的事一出，更是声名远扬。几位一听太阳是他的徒弟，心里就有了谱儿。

"哎，我问你，为什么想当警察啊？"老洪问。

"我答应过我爸，要成为一个好警察。"太阳还是那句话。

"用自己的生命完成别人的理想？ 值得吗？"老洪转了句文的。

"什么？"太阳没听懂。

"别扯，说真话。户口？ 铁饭碗？ 还是为了有点儿小权力？"

"我……真没说假话。"

"哎哎哎，你，看着我的眼睛。"老洪说着从后面拍了拍太阳的肩膀，"我告诉你啊，既然到了打击队，干事儿就别藏着掖着，别以为能蒙过我们这些'老家雀儿'。"他紧盯着太阳的眼睛。两人足足瞪了有半分钟，老洪放弃了，"行，你还真行。"

"怎么茬儿？ 看出什么来了？"杨威问。

"说谎话的人，看人会犹豫躲闪，怕自己露馅。说真话的人，有时也会犹豫，因为怕别人露馅。但这位……要不就是隐藏得深，滴水不漏；要不就是……缺心眼儿，真傻。"

他这么一说，猴子随声附和地笑了。

"小子，你是觉得我们傻吗？"杨威的语气不那么客气了。

"杨师傅。我没觉得……"

"你是不是觉得自己特聪明、特牛×啊？"杨威的语速不快，但语气却渐渐变硬。

"我……"

"拦车想立功就直说，为了更好的发展转警也无可厚非，唱什么高调啊，装什么孙子啊？ 我告诉你，我们虽然都是被市局'沉'

到派出所的，但做事问心无愧，没什么歪的斜的，外面传的那些乱七八糟的闲话也都是扯淡。你要是觉得跟我们在一块儿憋屈，大可直接向白所反映，社区警务队、综合指挥室，更利于你的发展，也犯不着跟我们这儿耍心眼儿、逗咳嗽。"杨威不知发的哪门子邪火。

太阳被吓了一跳，什么也不敢说了。卞队张了张嘴，但又把嘴闭上了。

车里的空气顿时凝固了。但突然，猴子就跳了起来，指着窗外大喊："嘿嘿嘿！快看！"

众人皆惊，卞队一个急刹车就停在了路旁。太阳果然训练有素，一拉车门，嗖的一下冲了出去。

"怎么了？"卞队看了一圈，也没发现什么问题。

"老几位，洪师傅没说错，他是真傻。"猴子坏笑。

"哼……哼哼……"老洪憋不住笑了，"哎，我说老杨，你丫跟个傻子生什么气啊？至于吗？"

杨威没说话，看着车下太阳茫然的身影。

"这哥们儿是辅警圈儿的一个笑话。这儿，有点儿不灵。"猴子用手指着自己的脑袋，"记得在阳光路派出所的时候，有一次警长带我们出去办案，是个偷电动自行车的事儿，现场在一处公交站附近。警长觉得没有蹲守条件，就让太阳蹲在一棵树上，只要发现了情况，就给我们打电话。后来您猜怎么着？都到晚上了，我们回所发现人数不对，一打电话才发现，这哥们儿还蹲在树上呢。"

他这么一说，俩人都笑了。

"他外号叫'太阳'?"杨威问。

"是,我们都这么叫他,灿烂得一塌糊涂。"猴子撇着嘴说,"还有一次也是蹲守抓人,警长让我们分别找地儿藏着。后来等嫌疑人都抓着了,我们也没找着太阳,您猜他藏哪儿了? 垃圾桶里。哼……"猴子摇了摇头,"这哥们儿啊,一言难尽。"

他见缝插针地爆太阳的"黑料",本以为大家会高看他一眼,却不料杨威和老洪都不说话,也随即觉得自己做得有点过了。

"这么说,这小子是个实在人。"老洪点头。

"傻没事儿,没坏心眼儿就行。咳,跟着秦三儿,能不废吗?"杨威摇头。

"行了行了,以后有话当面说,别在背后嚼舌头根子。"卞队发了话,"哎,太阳,赶紧上车。"他摇开车窗大喊。

案件发生在临近城南区的老旧居民区里,是一个名叫"绕指柔"的盲人按摩店。店面不大,有四个隔间。按摩师一共有六位,四男两女。报案人是前来按摩的客人,说在按摩的时候丢了东西,统计起来一共有三部手机和一个钱包。卞队觉得棘手,就给所里的综合指挥室打了电话,又派来两辆警车,将涉案人带回了所。

店主、按摩师、丢失财物的事主,加起来有十多个人。派出所一下就热闹起来。打击队只有五个人,警力不足,白所就从其他的社区警务队调来了民警,两人一组分别对失主和按摩师进行询问,而卞队则带着猴子在店主的配合下到现场调查。报案人叫肖小强，三十出头，秃顶、很瘦、下巴留着一撮小胡子，他指认小偷就是店里的一个女按摩师，说自己的钱包肯定就是她偷的。

那个按摩师是个姑娘，二十出头的年纪，身材高挑，面容姣好，一双眼睛半眯着，看样子视力不好。她一听这话就急了，两人争吵起来。白所见状，拍了拍老洪，让他带着太阳尽快做讯问笔录。

在讯问室里，老洪和太阳坐在女按摩师的对面。

太阳听白所介绍过，老洪干过预审。在他的想象中，预审员应该思路清晰、发问凌厉，但此刻他身边的老洪却打着哈欠、眼神涣散，毫无风范。

老洪把笔记本电脑推到太阳面前。"你来吧。"他大大咧咧地说。

太阳一愣，显然毫无准备，无奈只得硬着头皮上。他停顿了一下，回忆着书本上的那些内容。

"我们是小满派出所的民警，请你如实回答问题……"太阳的语气透着一股不自信。

"嘿嘿嘿，不对不对。"老洪摇头，用手敲着桌子，他说着起身，在讯问室里找了一会儿，将一本《办案手册》丢到太阳面前，"照着这个问。"

太阳觉得有点丢脸，但还是翻开了手册，"我们是海城市公安局的工作人员，根据《刑诉法》的相关规定对你进行询问，你今天为什么要报案？"

"嘿嘿嘿，不对不对。"老洪再次摇头，"这是报案笔录。她是嫌疑人，得用讯问笔录……"他用手点着桌子。

"凭什么说我是嫌疑人？我没偷东西！"女按摩师立马反驳。

"哦哦哦，那就先当证人去问。"老洪有些不耐烦，帮太阳翻开询问证人的一页。

太阳叹了口气，"我们是海城市公安局的工作人员，根据《刑诉法》的相关规定，现向你询问相关事实，做伪证需要承担法律责任，你听明白了吗？"

"我没偷东西，真的没偷。"女孩摇头，眼中带泪。

"你眼睛怎么了？"老洪问。

"医生说是颅内肿瘤压迫视神经，看不清东西。"女孩回答。

"为什么不赶紧手术呢？"

"这是个大手术，至少需要二十万。"女孩苦笑。

"哦……"老洪点点头，"所以……你需要钱？"

"我不会因为钱去偷东西的，我不是那种人。"女孩很敏感。

"哎，我可没这个意思啊。"老洪没再往下追。

"你的姓名？"太阳照本宣科。

"郝莎莎。"

"说一下事情的经过。"

她稳了稳情绪，回忆起刚刚发生的事情。今天上午十点半，正是上客人的时候，那个小胡子就来到了按摩店，说肩膀痛，要做全身按摩。于是店主就指派郝莎莎服务，一共按摩两个"钟"。整个过程没发现异样，但在即将结束的时候，就有客人发现丢了手机，而小胡子一摸外衣，说自己的钱包也没了，就报了案。

"说一下'小胡子'的体貌特征?"太阳问。

"问什么体貌特征啊?人不是在外面呢吗?"老洪皱眉,"他说钱包里有多少钱?"

"五千多块。"郝莎莎回答。

"你在按摩时看见过那个钱包吗?"老洪插话。

"没有。"郝莎莎摇头。

"在按摩过程中,他外衣放在了哪里?"老洪又问。

"就在按摩间里,挂在门口墙上的挂钩上。"

"有人进入过房间吗?"

"没有。"

一堂笔录下来,老洪问得事无巨细,太阳坐了冷板凳。综合指挥室的王姐将郝莎莎带了出去,又将报案人肖小强带进了讯问室。

老洪靠在椅背上,让太阳重起了一份笔录,"哎,这个是报案人,翻回到刚才的页码。"

"姓名、年龄、籍贯、报案事由"等常规性动作之后,老洪让太阳自由发挥。太阳憋了半天,才想出一句:"你是怎么发现钱包被偷的?"

"我听见别的客人说手机丢了,一摸外衣就发现自己的钱包也没了。"肖小强回答得挺利索。

"为什么怀疑是按摩师偷的?"老洪插话。

"屋里没进人,还能是谁偷的?"肖小强反问。

"她一直在给你按摩,腾得出手去偷钱包吗?"

"这……"肖小强犹豫了一下,"在按摩的过程中,我睡着了一会儿,没准她是那个时候动的手。"他这么说也算合理。

"哎,肖小强,以前进去过吧?"老洪没头没尾地问。

"进去?什么意思?"肖小强装傻。

"炮局门口的'九转十八弯儿',忘了?"老洪指的是海城市公安局看守所门前的道路。他摸了肖小强的底,这个人曾因盗窃被公安机关处理。

"警官,你这是什么意思啊?以前犯过事儿就不能丢东西了?"他不干了。

"哦,不是不是,我就随便一问。"老洪笑了笑。

第二堂笔录做完,已经快到了晚饭的时间。下队回到所里,已经完成了搜查,但却没发现有价值的线索。但一听这话,郝莎莎却不干了。

"为什么搜查我们宿舍?怀疑我们是贼吗?我们每天辛苦地工作,自食其力,挣的每一分钱都是干净的,你们凭什么怀疑我们?"她的声音带着哭腔,让人听了心生酸楚。

"姑娘,我们不是这个意思,我们是按照法律程序做事,查明事实的目的也是还你们清白啊。"王姐赶忙过来解释。

但郝莎莎不听,擦着眼泪奔出了派出所。

太阳怕她出事,也跟了出去。

郝莎莎站在街边,望着远处平静的海河,默默地流泪。

"你们为什么不相信我们？为什么？"她回头冲太阳大喊，"我们不是弱势群体，能解决自己的问题，从不期待别人的怜悯和帮助。但是我们不希望被别人诋毁和亵渎，你明白吗？"她声音颤抖。

"我明白。"太阳点头，"我能为你做什么吗？"

"破案，抓到真凶，还我们清白。"她一字一句地说。

这个案子折腾到半夜才有了眉目，经过对按摩店的监控进行分析，发现在中午十一点半的时候，趁店主外出吃饭，一名戴墨镜的男子潜入到店里，依次盗走了几名失主的手机和钱包，随后逃之夭夭。这个结果洗脱了按摩师们的嫌疑，但随后的工作却变得复杂起来。嫌疑人在离开按摩店之后，并未沿大路逃走，而是消失在一处没有监控的老旧小区里，显然提前探过道。卞队带着猴子一直工作到清晨，也没能从其他监控中发现嫌疑人的踪迹。

第二天早点名时，派出所的民警都熬了一夜，无精打采地坐在会议室里，气氛有些低沉。打击队的人不齐，只有卞队、猴子和太阳到了。在向白所汇报案件的时候，卞队提议将昨天的盗窃案件移交给分局刑侦大队处理。听他这么一说，太阳坐不住了。

"卞队，咱们的案子为什么要移给别人啊？"

卞队有些尴尬，"因为咱们人手不够。"

"咱们有五个人呢？怎么不够啊？"

"刑侦大队专业，人手也多。就算交给了他们，破了案也能算咱们一半儿的数。"猴子赶忙给卞队打圆场。

"咱们不专业吗？"太阳话赶话，较上劲了。

"哎哎哎，案子的事儿会后再说，咱们先传达文件。"白所抹稀泥。一直等点名结束，他才将打击队的三个人叫到办公室。

"太阳，你什么意思？想自己破？"白所问。

"是。"太阳点头。

"你有把握吗？"

"没有。"

"那为什么要自己办？"

"因为这是咱们辖区的案子，要是别人给破了，咱们丢脸。"太阳一字一句地说。

"嘿嘿嘿，你这轴劲儿又上来了是吧？"猴子皱眉。

"大卞，你怎么看？"白所转头问。

"都行，听领导安排。"卞队做了个模棱两可的回答，把"皮球"踢了回去。

"那行，就听太阳的。案子你们自己搞，实在不行了再送刑侦大队。"白所留了个活话。

回到办公室之后，卞队和猴子一言不发，似乎在和太阳打着冷战。太阳想叫上猴子再去按摩店搜集点证据，但猴子却找了个刷车的理由，自顾自地走了，临了还冲太阳伸出大拇指，狠狠地说了句："真有你的。"太阳看出了两人对自己的不满，却依然搞不懂，对案子认真，有错吗？

清晨的阳光透过嫩绿的树叶散落在地面上，老洪靠在椅背上闭目养神，大号缸子泡着浓茶。杨威无精打采地看着一张过了期的报纸，不时拿出一支香烟，放在鼻下闻闻。卞队开着电脑，时不时地操作一下。而猴子则站在三人面前，手舞足蹈地边说边比画。

"太阳这小子啊，就是狗揽八泡屎，什么事都想管，功利心太强。在'阳光路'就没有人愿意跟他一个班，也就是我，忍辱负重，没辙了才陪着他。"

"你为什么陪着他呀？"老洪睁开眼，抿了口茶。

猴子停顿了一下，"我……也是赶鸭子上架，没办法。"他找了个理由。

老洪拿眼瞄着猴子，嘴角不自觉地往上轻挑。猴子这点小伎俩自然是瞒不过他的，就凭猴子刚才说的只言片语，老洪就能判断，如果在阳光路派出所有两个人不招人待见，一个自然是太阳，而另一个就肯定是猴子了。在单位里混，大多数人都处于中游，不争不抢、明哲保身，而最差的和最好的往往都不合群。猴子接近太阳的目的无非有二，凸显自己和抱团取暖，这小子聪明，但却总是聪明反被聪明误。老洪不想去揭穿他，话说一半、点到为止、事不关己、高高挂起，他可是个老油条，不想掺和这些乱事儿。而对太阳，老洪也是心存戒备的，到现在为止，他都不相信太阳会无缘无故地由辅警转成民警。郭局、楚冬阳、谭彦……这小子肯定有猫腻。

"你老说他狗揽八泡屎，有没有具体的事例啊？"老洪引导猴子。

"怎么没有？多了去了。我们当时三班儿倒，各警区只负责自己的案子。但太阳看见别的警区忙不过来，就主动往上凑，弄得我们也得跟他一块儿加班。哦，还有抓人，人家警区的逃犯轮得着他蹲守吗？哼……他啊，还真以为自己能阳光普照呢。"猴子像个受害者似的摇头。

"这么说他不是一活雷锋吗？"老洪笑。

"什么活雷锋，还不是为了自我表现。"

"听说他爸是个英雄？"

"什么英雄啊？就是个联防，听说平时胆儿特小，出去抓捕都闪在后边。后来遇到一个突发事件没跑了，就成英雄了。"猴子不屑。

"嘿嘿嘿，说归说，提人家'老家儿'干吗？"杨威有些听不下去了，"我听你们刚才说，那案子又不移送刑警了？"

"对，咱们自己干吧。"沉默许久的卞队说话了。

"自己干？怎么干？要干你干啊，我可不行。"杨威摇头。

"哎，老杨，你这是什么话？什么叫不行啊？打击队就咱们几个人，都往后闪，那案子还办不办了？"

"我可从没想过来你的打击队。"杨威把报纸拍在了桌上，"我从市局下来的时候，要求的是到派出所巡逻，最不济看岗亭也行啊。搞案子，哼，我戒了！"他摊开双手，一副大撒把的模样。

卞队心里有气，但嘴上却不敢说。他虽然名义上是队长，但无论是资历还是阅历都远不及杨威。没辙了，他就给自己找了个台阶,"老洪,你没戒吧?"

老洪笑了笑,不会像杨威那么硬刚,"我啊,确实是想好好干。"他这么说,明显是在给自己的后半句话做铺垫,"但理想信念还在,这身体却不行了啊。高血压、糖尿病、胸闷、气短……别说搞案子了,就是有时去食堂打饭,稍微跑两步都感觉眼花。唉,年轻时为党和人民奉献得太多了,如今不服老不行啊……但作为一名老同志啊,你说这办案抓人吧,也是本职工作,说句难听的,就是倒下也得倒在冲锋的路上啊。但有时候我也想啊,尽量别给领导添麻烦,就说你,大卞,辛辛苦苦多少年啊,才混了个副科级,多不容易啊。这万一我要出了点儿什么事儿,到头来不还得记在你头上?当领导不易啊,我这是心疼你啊……所以,我看这样,案子你们该办办,我给你们当后勤,肯定万无一失。你别忘了,我可还在市局办公室干过呢,这鞍前马后的事儿手到擒来。"

"老洪,你……"卞队嘴本来就笨,被他这么一通连珠炮地撑,什么话也说不出来了,"行,你们都有理由。你们不办,我自己办。"他这话说着都心虚,"那个案子明眼人都能看出来,肯定有问题。都什么年代了,谁会揣着五千块现金去按摩啊?"

"怀疑是怀疑,有证据吗?光凭怀疑能立案吗?能抓人吗?能审讯吗?"老洪连连发问,"再说了,这孙子报完案之后电话也关了,人也'匿'了。你说这案子还能怎么办?"

卞队叹了口气,"这世界上最不缺的就是聪明人,一个个都揣着明白装糊涂,没劲。什么狗揽八泡屎啊,那是责任感!孙达胜,你小子以后别当我面再说太阳坏话。"他把气发在这儿了。

猴子一缩脖子，小脸憋得通红，没想到会适得其反。

大卞这边吃了瘪，太阳那边却一直没停。在"绕指柔"的休息区里，他正拿着一个小本，记录着莎莎说的细节。莎莎穿着一身工服，把头发拢成了一个马尾，脸上戴着一个夸张的大墨镜，身上有股好闻的洗发露味。

"你说肖小强曾经出去打过一个电话？"太阳问。

"是。在刚开始按摩的时候，他出去打过电话。但时间不长，一两分钟的样子。"

"说什么你听见了吗？"太阳在小本上记着。

"没有，我不会偷听客人的电话。"

"你怀疑这个客人有问题？"太阳皱眉。

"是啊，现在谁会随身携带五千元的现金啊，那得多'鼓'的一个钱包啊。更何况他支付按摩费时用的还是微信扫码。"莎莎说。

"也是啊……他带这么多的现金干吗啊？"太阳点头。

"还有，他把钱包和手机都装在了一起，为什么只有钱包被偷走了呢？"莎莎又问。

"对呀，为什么只有钱包被偷走了呢？"太阳疑惑。

"如果他的手机丢了，还怎么报案啊？"莎莎循循善诱。

"对对对，是这个道理。"太阳开了窍。

"哎，你这个人是怎么当的警察呀，怎么还没我会破案呢？"

莎莎诧异。

"我……"太阳不好意思地笑了笑,"我今天是第二天当警察。"

"第二天?你刚从警校毕业吗?"莎莎摘下那个夸张的大墨镜,眯眼看着他。

"不是,我以前是个辅警,前段时间刚转成了警察。"太阳挠头。

"哦……我说呢。"

"哎,我看你破案挺厉害的啊。"太阳笑了。

"柯南·道尔,阿加莎·克里斯蒂,名侦探柯南,我是悬疑小说发烧友。"莎莎笑了。

"你……不是看不清吗?"太阳指了指她的眼睛。

"我以前没这个毛病,能看得清。"莎莎说着又戴上了墨镜。

"哦,对,我想起来了,你说过做手术需要花很多的钱。"

"是啊,要想恢复视力,先要切除颅内的肿瘤,这个手术具有一定风险性,我也没想好到底做还是不做。其实我已经攒了十多万了,但我想先把奶奶的病治好。"

"你一定很爱你奶奶吧。"

"是啊,她是这个世界上对我最好的人。"莎莎有些动容,"哎,不说这个了,你为什么要当警察啊?"

"如果我说,我答应过我爸,要成为一个好警察。你觉得假吗?"太阳不好意思地说。

"不会啊,如果我说我喜欢按摩这个工作,你觉得假吗?"莎莎反问。

"不会啊。"太阳摇头。

"其实我挺庆幸能干上这一行的。虽然辛苦,虽然累,有时晚上下班的时候双手都攥不紧,但它给了我尊严,让我能自食其力。"

"嗯,我当警察也是这种感觉。"太阳点头。

"其实我小时候学习成绩很好的,在班里能考前三名。但后来得了这个病,视力越来越差,眼睛慢慢看不清楚了,但我奶奶鼓励我说,做不好的事就一直做,做一百次就能赶上别人了。我就努力地学,看不清就趴在书本前仔细地看,慢慢就能跟上了。"

"和我爸说的一样。笨鸟先飞早入林,学海无涯苦作舟。"

"呵呵……这两句不是在一起的,好吧。"莎莎笑了,"看来你很爱你的父亲。"

"嗯,他是个英雄。"太阳正色。

日子一晃而过,但这个案子却一直没破。经过几天的观察,太阳发现,打击队其实并不是没活干,而是对手里的活要不就拖着,要不就不干,根本就不像白所描述的那样,是派出所的"尖刀和拳头"。卞队对杨威和老洪也没辙,仅能指使动猴子。白所怕他们太闲、无事生非,就布置了辖区巡逻的任务,还美其名曰是去打击街头犯罪。结果打击队的几位就成了整日开着"花车"逛街的巡逻警力。

和刑侦专业的抓人办案工作不同,派出所的工作繁而杂,日常处理的工作大都不是案件而是事件。打击队忙活了一上午,出的警都是诸如邻里纠纷、噪声扰民的小事,案子却没有一个。唯一跟案子沾边的，是有人举报辖区内的"正方圆"小区有人卖淫，但线索属于捕风捉影类，只是一个居民觉得有几名女子可疑，一没具体地址、二没犯罪事实、三没人员情况，卞队觉得很难追下去，就做了个记录了事。

眼看到了中午，又该回去喂肚子了，卞队就启动"花车"，掉转车头。太阳闷了好几天，觉得浑身酸软，有种劲使不出的感觉。但当"花车"行至城北区晨光路的时候，卞队却突然一个急刹，将车停住。

"嘿嘿嘿！快看！"他突然大喊。

太阳一拉车门，训练有素地冲了出去。

"怎么回事？"老洪被吓了一跳，盖在脸上的报纸掉在了地上。

"抓人啊！快！"卞队来不及多讲，也推开车门蹿了出去。

说实话，这场抓捕太过突然。但此时此刻，太阳已经迈开了双腿，像只猎豹一样地冲向了猎物。那架势和追逐红色英菲尼迪时一模一样。其实阳光路派出所的秦岭不算是他师傅，也从未口传心授地教他本领，但太阳却非常珍视每次和他一起出警的学习机会，对他说的话也深信不疑。此时此刻，就在距离他五十米开外的前方，一个人也在狂奔着。那人三十多岁，秃顶，很瘦，下巴留着一撮小胡子，正是按摩店盗窃案的报案人肖小强。

晨光路位于闹市，人群熙攘，太阳一追，人群立即炸了锅。

随后下车的杨威和老洪也看出了端倪。卞队边追边喊："分开追！"他冲猴子招了招手。猴子不敢怠慢，迈步跟了上去。杨威也从另一方向包抄。老洪有点犹豫，但也不想在关键时刻"掉链子"，就挽了挽袖口，随后跑去。打击队兵分两路，一路追捕一路包抄，按说以五比一的力量，抓捕应该是手到擒来，更何况还有杨威这样的"刑警之刃"，堪称是杀鸡用了宰牛刀。

先说卞队，虽然紧随太阳其后，但无奈疏于锻炼，没跑几步就气喘吁吁，刚追出去几百米，就落在了猴子后面。在另一路，老洪也大腿抽筋儿跌倒在路旁。太阳已是强弩之末，小脸儿通红，速度渐慢。此时距离肖小强最近的是猴子。

猴子是个典型的聪明人，之所以说典型，意思是他浑身上下明摆着聪明人的优点和缺点。他懂得以巧取胜，也知道趋利避害；凡事能留三分心眼，关键时候也豁得出去。他自然没把辅警当成终身的职业，而是以此为跳板谋求更好的发展。或通过入警考试成为正式编制，或另寻他路再做打算。他在寻觅着一个机会，一个像太阳那样能另辟蹊径一蹴而就的机会。在这个世界上，只有傻子才去等待机会，聪明人都是自己创造机会。此刻，眼前的肖小强没准就是个机会，先不说他能不能像太阳一样立个一等功，就算能立个二等功，也能依据新颁布的规定转成个文职，起码不用像现在这样在一线受累了。

猴子训练有素，三步两步就冲到了前头，与肖小强的距离越来越近。

"停下！警察！"他大喊着，那声音激动得有些变形。

此时他距肖小强仅有两三米之遥，他随时可以像太阳那次一样，猛扑过去，将对方压倒在地。但突然，他犹豫了、退缩了，他看到了肖小强手里攥着一把弹簧刀。

那把刀明晃晃的，反射着冷光。肖小强边跑边回头，用夸张的姿势甩着那把刀，警告追逐者。

猴子觉得头脑发木，胸膛里的那股火焰渐渐熄灭。他自觉可耻，但趋利避害的天性却依然在阻挡着他的步伐。他越跑越慢，与肖小强的距离也越来越远，不一会儿又被太阳超越。

这时，肖小强已经跑过了两个路口，再往前就是城南区一片密集的城中村，里面地形复杂，抓捕难度更大。太阳已经使尽了全力，感觉双腿酸软，再也提不起速度，眼看肖小强就要逃出生天，但就在此时，一个高大的身影出现在了前方。

杨威！正是横刀立马的"刑警之刃"！他大吼一声："站住！"如黄钟大吕、铮铮作响。

时间仿佛停止了，所有的声音也消失了。太阳凝视着杨威，仿佛从他的身后看到了万丈光芒。那个传说中战无不胜攻无不克的刑警之刃，那个抓获无数嫌疑人空手夺手雷的警界英雄，终于回来了！太阳想象在下一秒，杨威应该用一个非常标准且漂亮的擒拿动作，将嫌疑人制服，可能是一个空手夺白刃的"掏裆砍脖"，或者是一个略显浮夸的"踹腿锁喉"，最不济也得来个"抱膝顶摔"。而在对方倒地之后，杨威就会像影视剧里演的那样，用膝盖顶住他的后背，夺过他的凶器将其制服，而自己和猴子也会像电影里的配角那样，上来给他戴上背铐。一切都那么令人血脉偾张！太阳在那一刻甚至觉得,之前杨威做出的种种表现,只不过是一种低调的伪装罢了,像他这么高深莫测的人,是不屑于鹤立鸡群的。他是那种有大本领、大智慧的精英警察,做出的事也要平地起惊雷、一鸣惊人。但不料也就过了几秒,太阳就被现实打脸,他的幻想破灭了,眼睁睁地看着肖小强将杨威撞倒。

一个大英雄,竟然呆若木鸡地让嫌疑人撞倒。为什么？太阳惊呆了。

其实那一刹那杨威为什么没有出手,甚至被肖小强撞倒,连他自己都闹不清楚。他只觉得一腔热血没能充分燃烧,想出手的时候却没了动力,眼前突然发黑,许多场景像盗版光碟的模糊影像一般浮现出来：抓住绑匪时险些爆炸的手雷；嫌疑人冲他刺来的尖刀；在KTV身边的小姐和冲进来的纪委干部；以及离开刑侦支队时满墙的红彤彤的锦旗……一切都成了过去,浮光掠影。按说十多年的刑警经验,抓捕嫌疑人应该是一种手到擒来的肌肉记忆,但不知怎的,在肖小强冲向他的那一刻,他的手脚却似乎被什么东西绑住了,让他动弹不得,像个行尸走肉一样。而他放过的那个嫌疑人,是那么瘦弱、那么不堪一击,连那把弹簧刀也像是个笑话。

就在这电光石火之间,高下立见！本应到来的胜利变为失败和耻辱,杨威伫立在原地,陷入了沉沉的自卑和自责之中。等太阳等人追过来的时候,肖小强已经逃进了城中村,三绕两绕不见了踪迹。打击队的五个人气喘吁吁,相互对视着,亲历并见证着这场教科书级别的失败案例。

如果以前说小满派出所的打击队无能，是因为这帮人有劲不使、消极怠工，但此时此刻，他们仿佛都现出了原形，能力已被盖棺论定，手拿把攥地可以被称为废物了。

"嘿！五比一的力量啊，还让人跑了。丢人，丢人啊！"卞队气得拍响了大腿。

派出所门口的"宝珠面馆"里冷冷清清，只有一桌客人。卞队和太阳都换上了便服，坐在桌子的两头。

卞队叼着半截儿香烟，用手"嘭"的一下，拧开了一瓶白酒，规规整整地倒满了两杯，将其中一杯推到太阳面前。

"队长，咱们喝酒需要报备吧？"太阳傻傻地问。

"喝你的，出了问题我负责。"卞队自顾自地抿了一口。

"你也来了好几天了，说说吧，什么感觉？"他自顾自地吃了一口花生米。

"很失望，很丢脸。"太阳不会拐弯抹角。

"是啊……丢脸，丢到家了！是我该向你道歉啊，不该把你要到这个队伍。"卞队叹气。

"为什么杨师傅不去阻拦？为什么不进城中村去搜索？我不明白。"太阳并不喝酒，直勾勾地看着卞队。

"为什么？哼，我也想问为什么。但既然你问到这儿了，我也不嫌寒碜，咱俩就直来直去。你呀，别听白所在那忽悠，什么尖刀和拳头，扯淡！咱们这个打击队，不夸张地说，要不是海城市公安局倒数第一，也差不多了。分到这儿的民警，哼……都是在市局姥姥不疼舅舅不爱的。哎，这不包括你啊。"他说着又抿了一口酒，"你也是，来哪个所儿不好啊？来小满干吗啊？来哪个警队不好啊？来打击队干吗啊？这儿啊，是个坑，是个泥潭，一沉下去就浮不上来。什么叫温水煮青蛙啊？这儿就是温水，咱们就是青蛙。"

太阳愣愣地看着他，没想到会听到这些话。

"其实从本质来讲，老杨和老洪都不是什么坏人，特别是老杨。但有时候啊，人就是迈不过心里的那道坎儿。你别看我是个打击队的队长，但要比起老杨可差远了，人家可曾是市局刑侦支队重案队的队长啊，那平时过手的都是什么案子，杀人、抢劫、强奸、纵火，八类重特大刑事犯罪，谁能想到这么个警界英雄会窝到咱们这个小庙里啊……你知道老杨原来的外号吗？叫'石头'，为什么起这个外号呢？就是说他敢于碰硬，迎难而上，遇到案子死磕，什么急难险重、疑难杂症，他都能给磕开！但是啊，就因为一年多前出的那个事儿，让他跌落谷底、武功全废，甚至有点破罐破摔了。又加上今年做了个胆摘除的手术，他对外宣称，自己'没胆了'。哎……你说这人有时候也挺怪的，干什么都讲一口气，这口气要是泄了，人就趴下了。"

"那口气是什么？是信仰吗？"太阳问。

"哎哎哎，你呀，别跟我扯这些'高大上'的词儿。我整天听白所扯着嗓子唱高调，耳朵都快磨出茧子了。"卞队摆手。

"杨师傅出的是什么事儿？"太阳不解。

"你要是不知道，我也就不细说了。反正那事儿挺恶心，查也查不清，说也说不明，最后没查实也没查否，就这么黑不提白不提的不了了之。但老杨的命运却因此改变，从刑侦支队下沉到派出所了，理由是没有基层工作经验。有句老话怎么说来的？拿个烂肉打脑袋，不疼恶心人啊。"

"所以他现在变成了这个样子。"太阳明白了一些。

"是啊，他现在别说是石头了，有时候连他妈的棉花都不如。有人开玩笑，说他这块石头被从中间给爆破了，成了个溏心儿蛋。所以有时候我也不想说他，换位思考想想，明哲保身地趴着，没准也是他最好的选择。"

卞队云里雾里地说了半天，太阳也没听出个所以然，只觉得杨威身上似乎背着什么冤屈，让这个昔日的英雄直不起腰、抬不起头，成了如今的闷罐子。

"还有那个老洪。洪东风，听着跟个导弹名儿似的，但实际上啊，根本发射不出去。"卞队苦笑，"知道他在市局时被人起了个什么外号吗？'弯弯绕儿'。凡事都不直来直去，一肚子的小账本儿。他跟老杨不同啊，来派出所是自己主动要求下来的。为什么呢？有两种说法，一个是说他混不下去，得罪了不少人，被迫离开；一个是说他为了能尽早解决非领导职务，占分局指标来了。你想啊，咱们分局哪个人能有他任职年限长啊。其实他还有另一个目的，就是解决孩子的上学问题,咱们分局领导曾经对民警承诺过,只要户口在片区内,就能给子女安排比较好的学校。但这老洪也是'点儿背',刚下来政策就取消了……"

太阳很少听人跟自己讲这些负面的东西,觉得如坐针毡。他既不喝酒也不吃菜,像个泥塑一样坐在卞队对面。

"你对那个猴子怎么看啊?"卞队又问。

"猴子?哦,他是我最好的朋友。"太阳真诚地回答。

卞队刚张开嘴又合上,没再往下说。他停顿了一下,换了个话题,"你是不是觉得我这人特没劲,自己干不好还往别人身上推?是啊,其实我也好不到哪儿去,都四十大几了,还是个副科级的队长,可着咱们分局找,也找不出来几个喽。抓人不行,办案不灵,说话还没分量。身体力行地把这个打击队变成了个'筐'。哎,你知道分局刑侦大队的那帮孙子怎么叫我吗?'大便',说只要案子落到小满所的打击队,就跟掉茅坑里没两样。耻辱啊,耻辱!"他借着酒劲顿足捶胸。

"卞队,您别这么说。"太阳劝慰。

"他们说得没错,我是打击队的队长啊,第一责任人,一切问题都出在我身上。不瞒你说,我已经准备辞去现职了,这队长谁爱干谁干,我是不扛了。"他说着一仰脖,将杯中酒喝尽。

"您为什么当警察啊?"太阳突然问。

"我……"卞队一时语塞,不知怎样回答。

"我之前没说假话,我想当警察就是受我爸的影响。他虽然不是警察，但却一直在配合警察工作。我从小就想像他那样，能做一个维护正义的人。"

"我听白所说过，你爸是个英雄。是因为见义勇为牺牲的。"

"嗯……"太阳点头，"他在我很小的时候就牺牲了。但我记得他曾经对我说的话，只要努力就能成功；面对选择，只要超过51%就不要后悔。他还说，笨鸟先飞早入林，学海无涯苦作舟……"

"嗯，敬你爸！"卞队说着端起酒杯。

"您还没回答我的问题呢，您为什么当警察啊？"太阳很执拗。

"我？呵呵，说起来不怕让你笑话。为了农转非。不再像我爸那样一辈子弯着腰种地。"卞队回答。

"哦。"太阳点点头，显然对这个回答感到失望。

"下一步你有什么打算？"卞队问。

"打算？"太阳不解。

"你还年轻，不能扎在我们这个烂泥塘拔不出来。你爸不是说过吗？只要努力就能成功。但有时努力还得看在哪儿努力、怎么努力。我给你两个选择，一是我跟白所提议把你调到别的警队，老刘那个社区警务队环境不错，平均年龄不到四十，能出成绩；二是你干脆就去找找郭局，换个派出所，或者直接调到分局的刑警队，从头开始。你是全局第一个从辅警转为民警的例子，应该起到良好的示范效应，不能跟着我们在这儿破罐破摔。"他推心置腹。

"就这两种选择吗？"太阳问。

"还有第三种吗？"卞队反问。

"我想继续在这儿干下去。"

"继续在这儿干？怎么干？整天被我们这几个拖油瓶拽着，负重前行？小伙子，你别天真了，你改变不了现状。"卞队摇头。

"我不信。笨鸟先飞早入林，学海无涯苦作舟……"

"得得得，还'两岸猿声啼不住，书山有路勤为径'呢……"卞队苦笑，"哎，你这是真傻，还是装傻啊？"他凝视着太阳的眼睛，"哎，我要让你当个副队长，你敢干吗？"他突然问。

"副队长？"太阳愣住了。

"说是副队长，其实也是有名无实，我这个队长才是副科，副队长根本就没有级别。但是……"他停顿了一下以示强调，"你要是当了副队长，就能跑到民警的前头，变成兵头将尾。我不在的时候，你就是那三位同志的领导，你就能从幕后走到台前，抓人办案的时候，传唤证、刑拘证、搜查证，你的名字就能排在前面。小子，你敢干吗？"卞队正式地问。

"我……"太阳犹豫了。

其实这才是卞队安排这顿饭的真正目的，他早就和白所通好气了，说辞去现职只是虚晃一枪，他想利用这个初来乍到的年轻人做做文章，弄点"鲇鱼效应"。看太阳犹豫，卞队继续发力。

"你要是当了副队长，咱们俩也不用像这次这样做贼似的暗中通气了。干工作得堂堂正正，咱俩一人带一组，比学敢帮超，我也不想总当那个刑警队口中的'大便'，咱们也不能永远烂泥扶不上墙吧？"卞队越说越激动。

其实这几天卞队一直在和太阳互通案情,两人都觉得案件很蹊跷。第一,肖小强怀揣五千元现金,却用微信支付按摩款,本身就存在疑点;第二,在案发现场,实施盗窃的嫌疑人只从肖小强的衣服里偷走了钱包,却并没拿走他的手机,这也很不正常;第三,就是肖小强用的那个手机号,是刚刚启用的崭新号码,且无实名登记,疑似是专门为作案使用的'工作号'。经过调取通话记录发现,该号码开通后仅与两个匿名号码有过联系,其中之一就是在他进入到按摩店后十五分钟时打的,显然有内外串通的嫌疑。再加上他有过盗窃的前科。以此推测,肖小强很有可能是在盗窃团伙中负责踩点的。他等同伙盗窃得手后再打举报电话贼喊捉贼,以混淆视听。

两人的侦查方向虽然一致,卞队却没和打击队的其他人说。理由很简单,他不想听到反对意见,形成内耗。于是他就借着外出巡逻的机会,带着太阳按照获取的线索,在嫌疑人可能出没的几个点位进行巡查。没想到还真碰上了肖小强。本想着以五比一的战斗力,再怎么着也能将其绳之以法,却不料杀鸡用了牛刀,还锛了刀刃,最后眼瞅着煮熟的鸭子展翅飞走。卞队觉得心里憋屈,才又请示了白所,给太阳摆了这个"鸿门宴"。

太阳沉默着,没马上回答。他知道,这个副队长虽然有名无实,但只要干上了就必须干好。他的心里是装着理想、信念、责任、使命这些大词儿的,自觉刚来派出所没几天,就当个副队长,是德不配位。

卞队看出了他的犹豫，扑哧一下笑出了声，"你呀，就是个理想主义者。心里装的都是'高大上'的东西。其实没必要。"他一抬手，画出一个抛物线，"我告诉你吧，让你当副队长也是没有办法的办法，这不为快马加鞭，而是拿死马当活马医，你想啊，你一个刚当上警察的小屁孩儿都干上副队长，那两个老家伙还有不干的理由吗？再说了，我也是想给你小子点儿压力，别混着混着就让温水给煮了。白所不是说要给年轻人提供平台和机会吗？你不是说要当一个好警察吗？看，现在这就是机会！哎，我可就等你一句痛快话！干还是不干？"卞队"将军"。

太阳想了想，终于点了头，"行，我干。"

"好，这才像个年轻人！"卞队达到了目的，咧嘴笑了，"我就不信，咱们这个最差打击队还能再往下走？现在该是触底反弹的时候了。"他郑重地端起杯，"咱们眼下首要的工作，就是抓住肖小强，哎，有没有信心？"

"有！"太阳回答得铿锵作响。

"我也有！"卞队仰头将杯中酒一饮而尽。

既然太阳当副队长的事卞队已经和白所提前沟通好了，宣布任命也就是走个形式。其实这个副队长是没什么"含金量"的，表面上看似有个"乌纱帽"，是打击队的"二把手"，实际上只是个虚职，一不占单位的领导职数，二不额外多发工资，就相当于是个临时任命的小组长。看似是个机会吧，其实是个坑。你想啊，打击队这老两位连白所管起来都费劲,更何况是太阳这个刚转正的警察。当然了,卞队出此下策,也不是想溜肩膀、脱责任,而是确实没办法了,就像在酒局上他说的一样,此举的目的是达到"鲇鱼效应"。什么叫鲇鱼效应呢,就是怕别的鱼不动,给闷死了,就扔进一条鲇鱼上下左右地折腾。而太阳自然就要肩负起那条鲇鱼的使命了。

宣布这事儿是在早点名的会上,虽然没那么正式,但还是引起了轰动。在主席台上,白所煞有介事地唱着高调,说让太阳当打击队的副队长,为了进一步凝心聚力、加大打击队的推动力,这支队伍既要老带新,也要新推老,上下聚力拧成一股绳儿,才能将派出所的打击工作推到新的高潮……当他振臂高呼的时候,台下的一个老民警没绷住,扑哧一下地笑出声来。他这么一笑,立马传染给了其他民警。大家都心照不宣,还新的高潮,就凭打击队这老几位,没跌到新的谷底就算对得起白所了。

在白所宣布之后,卞队让太阳在大家面前表态发言,太阳事先没做准备,支支吾吾了半天,才挤出一句话:"我一定好好干,将小满打击队的工作推到新高潮。"他原文借鉴了白所的话,底下不免又是一阵轻笑。太阳发言的时候没仔细看打击队其他三位的表情,但卞队却都看在了眼里。怎么形容呢?百感交集?五味杂陈?还是羡慕嫉妒恨?一时间还真找不出合适的词来。先拿猴子来说,他脸上虽然始终绷着微笑,但一看就知道是强弩之末。那微笑透着一股竭尽全力,压根没显出欣慰和愉悦。目的大概是向台上的白所表明对决定的认同。那个劲儿挺难拿，一般人还真绷不了那么长时间。再说洪东风，此时的姿势堪称"难拿"，他将左腿搭在右腿上，用右脚搭在前面人的椅背上，坐的椅子往后仰着，四条腿有三条腿都悬空。说他身体有病是真没人信，要说他会玩杂技肯定有很多人认同。他双眼紧闭，嘴角下斜，似乎此刻留在会场的只是个躯壳，灵魂早就飞到高山大海或九霄云外。老洪用这个体态语表明态度，那就是不满、不服、不忿儿！而杨威的脸色，就是明摆着的难看了。他抓捕失利的事虽然下队要求大家守口如瓶，但消息已然不胫而走。老洪可以倚老卖老、破罐破摔，但杨威的头上毕竟还悬着个"刑警之刃"的"招牌"。好的时候众人瞩目，不好的时候就成了对比今昔的尺子。要说这个称号还真是市局颁发的，当年全局搞警务大比武，杨威得了个刑侦系统的全局第一，宣传处的谭彦为达到宣传效果，给各个警种获奖的标兵都起了个称号，什么"特警利剑""交警之光""经侦铁拳"，也包括他这个"刑警之刃"。说实话，这些名字起得过于浮夸，当时叫着好听，但事后一琢磨，就觉得味儿不对了。杨威虽然没拿这个称号当回事儿，但却一直被它捆绑着，动不动领导就要求他"展现出刑警之刃的劲头"，让他时时都得挺起腰板儿做冲锋状。此时此刻，在这个喧嚣的会场，杨威恨不得找个地缝钻进去。他觉得白所说的每一句话都是在针对自己，特别是那句"老带新，新推老"。最后绷不住了，他索性抬起屁股准备走人。

"哎，老杨，你干吗去啊？"白所在后边叫他。

"撒尿。"杨威头也不回地说。

卞队没想到，这么做会适得其反。点名刚结束，打击队就散摊子了。杨威压根没回来，也不知道去哪儿上厕所了。老洪直接回了宿舍，说身体有恙。卞队觉得没面儿，就让太阳行使副队长的职责去叫老洪。老洪在宿舍捂着个大被子，一见太阳就唉声叹气，说岁数大了、身体不中用了、净拖打击队的后腿。还说既然太阳当领导了，以后得多帮他的忙。太阳忙问怎么帮。结果老洪抬手指了指宿舍的门，说请您现在出去，然后帮我把门带上。太阳吃了个瘪，没辙又去找杨威。他拨通电话，杨威说在医院看病，他就问用不用去接一下，没想到杨威一下就火了，不到十分钟的工夫就回到办公室，指着太阳鼻子就是一顿臭骂。太阳被骂蒙了，没弄明白杨威为何生气。但这还不算完，到了第二天，老两位已经主动出击了。

平时早点名，杨威、老洪等人都是靠在后面坐，在人群里猫着。但没想到今天点名，几位却齐刷刷地坐在了第一排。杨威、老洪坐在左边，猴子坐在右边，中间留出一个大空位。白所眼睛多尖啊，就问太阳怎么没来。老洪装傻充愣，说没见着啊？要不给他打个电话？于是杨威掏出了手机，开着免提拨打，响了十多声也没接通。

老洪摇头叹气，"唉，这年轻人啊，就是觉多。像我这老模喀嚓眼的，甭管多晚睡，早上比鸡起得都早。"

杨威也摇摇头，"确实是年轻，当了官儿就发飘，老带新、新推老……哼,我说自己怎么进步不快呢,敢情是推动力不够。"

两人一唱一和像表演双簧,卞队在台上坐不住了,赶忙让猴子去宿舍叫太阳。

清晨的宿舍里很安静,温度湿度刚刚好,厚厚的窗帘将阳光遮挡,一派温馨的景象。太阳的睡眠一直很好,八级以下的地震轻易吵不醒他,所以每天起床,他最依赖的就是那个闹钟。但不知道是谁,昨晚把闹钟给关了,又将他的手机调到了静音,直接导致了他早点名的缺席。等猴子叫醒他的时候,点名已经结束了。太阳刚当了副队长就睡懒觉,这个名声算是落下了。

太阳被白所叫去训话,卞队就带着猴子出去巡逻。太阳回到办公室,想整理下这几天的案件线索,却发现两台电脑都开不了机。他折腾半天也不得要领,直到卞队巡逻归来,工作也没展开,连带着还把午饭给耽误了。实在没辙,卞队就从分局请来了网管,一查才发现,俩电脑的内存条都松了,能开机才怪呢。不用说,在技术队干过的只有老洪。卞队不禁叹了口气,家贼难防啊……

事情闹到了如此地步,再发展下去就没法收场了。于是白所果断拍板,软的不行就来硬的,人民警察以服从命令为天职,严守纪律是底线问题。不是有病吗?有病就去医院开诊断证明,出不了诊断证明就必须上巡逻车,有什么问题所领导担着。他让卞队和太阳要放开胆子管理,大不了叫辆急救车跟在巡逻车后边。当然,这是气话。可着全国找,也没见到哪辆巡逻车后面整天跟着一辆救护车的。看着白所的振臂高呼,卞队的心里有谱了,于是照方抓药，借着开打击队工作会的机会尽量原汁原味地传达了白所的指示，当然，救护车那段儿没有说。他本以为会遭到老两位的激烈对抗，却不料俩人一反常态，一句阴阳怪气夹枪带棒的片汤话都没说，似乎就这么接受了现实。这倒让卞队有点犯含糊了。

但老话儿说了，罗马不是一天建成的，这老两位的思想觉悟也不会提高得那么快。下午一上车，大戏就正式拉开了帷幕。老洪上车前还好好的，用手杵着水蛇腰有说有笑，但不料刚一登车就来了个三百六十五度托马斯大回旋，身体几乎转了一个圈儿，啪的一下就倒在车上了。不光是倒啊，还口吐白沫、浑身抽搐。吓得卞队一屁股就坐在了地上。得！"花车"也甭巡逻了，直接改救护车吧。几个人把老洪送到了医院。血常规、心电图、脑CT……一查不要紧，高血压、糖尿病、心脏早搏，老洪真是一身病。弄得白所和其他几位派出所的领导也赶忙提着水果前来探望。这下，谁也不敢再让老洪上班了。不是要假条吗？老洪第一张就开了俩星期。而杨威，也以家中有事为由请了年假。

卞队彻底没辙了。要说原来的打击队是头发丝拽豆腐，提不起来，现在是彻底"趴架"了。再这么内耗，丢的不仅是几位成员的脸，更重要的是耽误办案。老两位指不上，卞队就只能自己撸起袖子干。他和太阳、猴子兵分两路，自己去分局刑侦大队求爷爷告奶奶地寻求帮助，让太阳和猴子一起去点位蹲守。猴子毕竟是个辅警，心里就算有一百个不乐意也不敢撂挑子，于是就只能夹着书本硬着头皮上了。

从太阳立功转警开始，就成了猴子的假想敌。什么狗揽八泡屎啊，蹲在树上、藏在垃圾桶里蹲守啊……猴子揭太阳这些旧事的目的，无非是引起老同志们的反感，自己好从中渔利。但没想到最后的结果是两位老同志撤了，自己的工作却加码了，堪称搬起石头砸自己的脚。但无论猴子怎么在背后说闲话，太阳都始终拿他当朋友。当然，如果太阳能聪明点，可能就不会像现在这样傻呵呵地乐观了。人情冷暖、世态炎凉，生活的苦恼和不顺才是常态，但就是因为太阳比多数人少了那么一点聪明，才让他获得快乐、少了内耗。在阳光路派出所的时候，警长秦岭之所以出任务总带着他，是因为指使不动别人，就把许多苦活累活交给他办，但太阳却认为秦警长这么做是在照顾他，给他锻炼的机会。而猴子当初之所以愿意和太阳在一个岗，一是看他老实，在勤务上能帮自己撑着，二是为了凸显自己的优秀，鹤立鸡群。没有鸡的衬托怎么显得出鹤呢？

这几天，猴子苦不堪言。卞队好说歹说地求得了刑侦大队的配合，依照嫌疑人现有的信息设置了几个点位，还不忘推心置腹地鼓励太阳，"你不是说'笨鸟先飞早入林，学海无涯苦作舟'吗？好，蹲守就得操着这两句话的劲头。"太阳对此深信不疑，他是那种特别"拿事当事"的人，轴劲儿一上来几头牛都拉不回来，于是他和猴子便"焊"在了点位上。

春夜，月色如水。在一个漆黑的密闭空间里，猴子蜷缩着身体，透过前方的一个狭小缝隙向外张望。在几处荒草之外，是一排临时的板房，里面星星点点地闪烁着灯光，有人影晃动。他此刻没有翻开书本借机复习，而是少有的踏踏实实地蹲守，原因很简单，这里毫无学习条件。待得久了，他感到双腿生疼，就用手轻敲"墙壁"。而另一边则传来了一个严肃的声音。

"别动！坚持住。"那声音来自新上任副队长，太阳。

猴子知道自己没法跟太阳比，他的旺盛精力，素有"充电五分钟，通话五小时"之称，只要晚上睡好了，一天都"劲量十足"。但猴子不行，他感到无聊至极，《王者荣耀》都打了几轮，却还没收到卞队结束蹲守的指令。于是就掏出电话，偷偷拨了出去。

响了十多声，话筒里传出了老洪的声音，"怎么着？还没睡呢？"

"您的病好点儿没有？"猴子做关心状。

"唉，我这个身体啊，是晚摘了的萝卜——糠了心儿了。别看岁数还没到五十，一体检你猜医生怎么说？说我这是六十岁的大脑，七十岁的心脏。唉，你看这事儿闹的，我这人还没退休呢，身体的零部件可都到期了。哎，你小子干吗呢？听着挺安静的。"

"我蹲守呢，好几个小时了。"猴子叹气。

"在哪儿蹲守呢？"

"您猜？"

"嘿嘿，不会是在垃圾桶里吧？"老洪笑了。

"哎哟喂，您是怎么知道的呀？开了天眼了？"猴子惊讶。

"放屁，你才是二郎神呢。我听你说话那德行，就跟扎到粪堆里似的。怎么茬儿？跟着咱们那副队长忆苦思甜呢？"老洪又笑。

"哎，我怎么听您这身边有声啊，不像在病房啊？"猴子的耳朵挺贼。

"听实话听假话？"

"您有实话吗？"

"嘿嘿，我呀，在一鱼塘夜钓呢。白天人太多，一小时得收好几十块。晚上包场，清净，还能上鱼。哎，你小子可别给我扎针儿去啊。"老洪透着得意。

"我给您扎什么针儿啊？您这肯定也是医生开的药方，钓鱼疗法呗。"猴子配合。

"呵呵……那句老话怎么说来的，就得跟明白人说话，痛快，舒服，善解人意。你小子还真得好好学习，争取也立个一等功转个警察，到时候你给我们老哥俩当副队长。"

"得，我借您吉言吧，考四次了都没过。马上又快了，现在心里一点儿底都没有。"

"哎，你们上的是什么案子啊？"老洪问。

"还是那个盗窃的事儿。下午卞队从刑侦大队得到一个线索，说晚上那个肖小强可能在这一带出没，就让我跟太阳过来瞄着点儿。这一片儿都是临时的板房，后面就是G5高速公路，前面是个垃圾填埋场，根本没有蹲守条件。这不，太阳出了个幺蛾子，我们就……"

"关键是没树……"老洪插话。

"这您还真说错了。有棵树,就是太高,爬不上去。"猴子苦笑。

"大晚上的,你们俩这么蹲守能看见什么呀?就算肖小强真过来了,能发现吗?乱拍脑门派任务……"

"您说得是啊,这荒郊野外的,嫌疑人怎么可能过来啊……"

猴子正说着,突然听到电话那头有其他的声音。

"猴子,你这是在哪儿蹲守呢?"那边换成了杨威。

"啊,杨师傅,您和洪师傅在一块儿啊?"猴子一愣,"哦,我们是在城西区的十五里店蹲守呢。"

"十五里店……"杨威停顿了一下,"你们蹲守那地儿,后边儿是不是G5高速公路,前面是不是一个垃圾填埋场?"

"是啊,我就在这个垃圾填埋场的……"猴子犹豫了一下,"垃圾桶里呢。"

"就你们俩呀?"杨威语速加快。

"是啊……"

"这个'大便'呀,真他妈糊涂!猴子,你知道那是什么地方吗?那个垃圾填埋场的老板姓孟,外号叫'孟大个儿',以前是专门干销赃生意的。去年出来之后听说还不老实,手里边不干不净,没准重操旧业了。这个线索是哪儿提供的?"

"刑侦大队的牧安那边。"猴子心里发慌。

"那就没错了。如果肖小强是干'技术活儿'的,很有可能到孟大个儿那儿销赃。猴子,光你们俩不行,赶紧告诉大卞,加派警力。'孟大个儿'挺'鲁'的,上次抓捕就打伤了一个民警,发现了情况千万不要轻举妄动。"杨威叮嘱道。

猴子一听这话傻了，他马上挂断电话，想跟下队求援。却不料手机却电量耗尽，自动关机了。

"太阳，太阳。"猴子又轻敲垃圾桶，"我的手机没电了，你快给下队打个电话。"他轻声说。

"我的也没电了。"太阳不紧不慢地回答。

"你……"猴子气得差点从垃圾桶里蹦出来，"你不是干什么都规范化吗？执法记录仪、手电筒、证物袋都带了，就没带个充电宝？"

"我带充电器了，但这儿没插座啊……"太阳的语气里带着自责。

俩人正说着，突然不远处有人影晃动。猴子屏住呼吸仔细看去，那两人一高一矮，高个的穿一件棕色皮衣，戴着棒球帽，背后背着一个黑色的双肩包；矮的很瘦，穿着一件绿色的风衣。猴子不敢轻举妄动，屏住呼吸。

"猴子……看见了吗？"太阳问。

"看见了，别说话，等他们过去。"猴子说。

等那两人走进了板房，猴子才轻手轻脚地推开垃圾桶的盖儿，把身体挪了出来。

春夜的风很冷，吹得猴子一阵激灵，四周静悄悄的，只有冷风吹动杂草的声音。太阳也从垃圾桶里爬了出来，但却笨手笨脚的一下弄翻了垃圾桶。

53

"哐当、咕噜……"垃圾桶倒下后向远处滚去。与此同时，板房里的灯光迅速熄灭。

猴子知道坏了，但环顾四周，都是平坦的地势，根本无处可躲。

"啪啪啪……"远处响起了急促的脚步声，猴子拿眼瞄着，从板房里闪出了一个身影。那身影虎背熊腰，走起路来呼呼生风，大概就是杨威说的"孟大个儿"。

说时迟那时快，里面的四个人都走了出来，只见他们各持家伙，有的手里攥着木棒，有的拎着铁棍，急匆匆地向这里走来。但等那几人走近，却发现除了一排垃圾桶外，再无其他。说也凑巧，正有一个野猫从旁边蹿过。

大个儿撇嘴一笑，冲着那个穿绿风衣的人说："你丫神经过敏了吧？"

绿风衣左右看看，也撇嘴笑了。借着月色能看到，他的下巴上留着一撮小胡子，正是肖小强。

等几个人走远了，猴子才敢说话，"太阳，看见了吗？"他双手抱着树枝问。

"看见了。"太阳一手搂着树枝一手搂着猴子的大腿。

在危机到来之前，俩人异常神奇地攀上了那棵大树，难怪人们常说潜力无限。

"走远了吗？"猴子又问。

"进屋了。"太阳答。

俩人又绷了一会儿，才从树上跳了下来。他们紧张得满头是汗。

"怎么办？"猴子问。

"上？"太阳反问。

"扯淡！他们四个人呢，你想当烈士啊？"

"那怎么办？总不能眼睁睁地看着他们逃走吧。再跑一次？"太阳下意识地加强了"再"字，"要不这样，你去找个电话通知下队，我继续在这盯着。"

"你一个人行吗？"

"不行也得行啊，我是副队长，你得听我的命令。"太阳还真拿这个职位当回事儿了。

"行，那你得答应我，就在这儿盯着，什么都别干，千万别激动。记住，你不是武林高手也不是超级英雄，别说他们四个，你就是连一个都打不过，明白吗？"猴子推心置腹，他是真怕太阳犯傻。

"快去吧！"太阳一把推开猴子。

猴子知道，事不宜迟，就猫着腰一转头，向几百米外的树林里跑去。在那边停着一辆崭新的白色电动车，是白所新买的坐骑。猴子估摸着骑上电动车要不了三五分钟，就能到达那个裹着黑色油毡布的小卖店，只要拨通了电话，就近的警力就能迅速赶到。但他刚跑出几十米，就听到了身后的动静，回头一看就傻眼了，没想到那四个人又折返回来，已经将太阳团团围住。猴子进退两难，去搬救兵吧，太阳陷入了危险；返回去吧，以二对四也毫无胜算。就在这时，对方已经动了手，只听砰砰几下，太阳应声倒地。

猴子也急了，从腰间拔出甩棍，冲着那边就冲了过去，还扯着脖子不停大喊："警察！别动！"他停顿了一下，又喊，"大家行动吧，收网了！"

他这么做想一举两得，一是给自己壮胆儿，二是虚张声势。目的是吓跑对手，保太阳平安。却没想到刚喊了几声，远处就响起了警笛声。红蓝的光芒照亮了夜空。

面对以猴子为首的神兵天降，四名嫌疑人慌不择路，分头逃窜。

猴子本想跑过去扶起太阳，等待援军到达再做打算。却不料太阳一个鲤鱼打挺，不，是咸鱼翻身，从地上爬了起来。朝着嫌疑人逃窜的方向就猛追过去。

"太阳，停下！"猴子大喊，却无济于事。

在阳光路派出所的时候，警长秦岭是说过，警察抓捕的时候要像猎豹一样，一旦奔跑起来就不能轻易停下，除非已经捕获了猎物。但那话压根就不是他的原创，而是从一本儿叫《无所遁形》的悬疑小说上看到的。小说上的话能信吗？作家不都是胡编吗？但太阳还就信了，把这话当成了至理名言，不但深信不疑，还身体力行。

猴子见过肖小强手里的那把弹簧刀，知道太阳此刻面临的危险，于是也硬着头皮追了上去。

太阳确实精力充沛，正如猴子所说，"充电五分钟，通话五小时"。他干事儿心无杂念，能将全力集中在要达到的目标上，但在奔跑这项技能上，却不尽如人意。垃圾填埋场周围都是开阔地，几百米之外就是G5高速路，肖小强向高速路的方向跑，肯定是有交通工具停在那里。

天上的月亮大大的，月光照在前面的路上像洒了一层白雪。肖小强夺命奔逃，太阳紧追不舍。这已经是两个人的第二次较量了。跑着跑着，肖小强突然转头，将地上的一块碎石扔向太阳，太阳一缩身速度就降了下来。但肖小强却没留神，被地上的一段枯枝绊倒，太阳乘胜追击，眼看着就跑到面前。但肖小强又随即爬起，困兽犹斗，此时两人的距离已经很近。

这时，从G5高速路的方向跑过来两个身影。一个是个黑大个儿，一个是个水蛇腰。

"站住，警察！"那是杨威的声音。

"太阳，别追得那么紧！"那是老洪在提醒。

一看这情况，猴子的心里有底了。他用尽全力向前冲刺，想抢在太阳之前将对手按倒。肖小强慌了，又掏出了那把弹簧刀。他也不傻，能看出杨威不是个善茬，于是就回手猛刺，阻拦太阳的追赶。却不料太阳追得太近，他刚一停步，太阳就扑了过来。

电光石火之间，那把刀直挺挺地扎进了太阳的胸口。

"太阳！"杨威和老洪大叫，猴子也吓傻了。但太阳却凭着惯性，将肖小强压倒。

在派出所里，肖小强被戴上了背铐。"孟大个儿"和他的手下也被押在讯问室里。

在所长办公室里，白所对着杨威、老洪和卞所劈头盖脸地痛骂："你们对得起头顶的国徽吗？你们对得起身上的警服吗？今天这事儿已经不是在关键时刻掉链子！说直白了，你们这是临阵退缩、临阵脱逃！要放在战时，得上军事法庭，得枪毙！"他唾沫星子乱溅，"啊……大卞、老洪，你们俩都二十多年警龄了，杨威你也是个老刑警了。先不说干警察的使命感和荣誉感，就说最基本的为人处世，你们好意思让两个小孩往前冲吗？说！你们俩今天干吗去了？"

"我……"老洪刚想找个理由。

杨威就说了话，"钓鱼去了。"

"一身鱼味，不说也知道！"白所撇嘴，"夜钓是吧？收费少鱼还好上钩。老洪，你是不是想跟我说，这是医生建议你的特殊疗法呀？行，那以后你们就别上班了，别穿这身警服了，专业钓鱼去！"他啪的一下拍响了桌子。

三个人低头垂手、臊眉耷眼，谁也不敢反驳。不是没能力反驳，而是这事儿做得确实理亏，白所正站在道德的制高点上。

刚才那一下，要是真的匕首，太阳估计就去当烈士了。幸好肖小强拿的是把假刀，每次掏出来装模作样地比画，只是为了吓唬人而已。但就是这样，因为冲得太猛，太阳的前胸也被那个"塑料片"顶出一个大红印。这事谁想都觉得后怕，而作为派出所一把手的白所更是心有余悸。你想啊，全局第一个因为新政转成警察的辅警，刚由郭局手里交过来，没两天就挂了？这个领导责任肯定得白所扛啊。

"骂得累了，白所就拖过一把凳子，自顾自地坐下去。冷眼看着打击队的三个人。

"说，你们下一步想怎么办？一个一个地表态。大下，从你开始。"

"这件事责任都在我，我表个态，全力以赴，将案子破了。"下队说。

"杨威，是不是不想干了？想换个所儿？直说。"白所看着杨威。

杨威没说话，转过了头。

"还有你，老洪。假条还准备开多久？"

"差不多了，明天就能上班。"老洪不再理直气壮。

"我真的希望你们任睡不着觉的时候好好想想，想想自己当初为什么干警察。那些'高大上'的话我也不想说了，我就想说一句，人生不过几十年，昂首挺胸也是过，低三下四也是过。等退休的时候，得扪心自问，是不是问心无愧。我说完了，这案子是你们打击队的，你们自己看着办。真不行了，我也不扛着了，移给分局刑侦大队得了，牧安那帮人一直等着看笑话呢。"

"牧安算个屁，矬子里面拔将军……"杨威不屑。

"那也比矬子强啊。"白所回嘴。

"说实话白所，要不是牧安那帮人占着刑侦大队的优势，压着各种资源不给咱们，这案子查起来也不至于这么困难。"下队说。

"他们手里的资源可是全分局共享的呀，别的派出所怎么能跟他们顺畅沟通呢？"

"这……"卞队没了话。

"得得得,您老啊,也别太生气。中医讲究气大伤身,我们哥儿几个都知道错了。改,改还不行吗?"老洪抹稀泥。

"怎么改?"

"好好工作呗。"老洪赔笑。

"我提三条要求,一得按时上班,不能迟到早退;二得令行禁止,听从领导的命令;三得帮助和支持小邵的工作。行不行?"他看着杨威和老洪。

"行。"俩人有气无力地回答。

"大声点!"白所又拍响了桌子。

"行!"俩人的声音提高了一些。

俩人走后,白所与卞队单聊。

"刚才我说得怎么样?你觉得有效果吗?"白所叼起一支烟。

"说得挺好的,连我都被镇住了。"卞队掏出打火机将烟点燃。

"这俩人呀,颓得太久了,我也不敢用'重锤',万一给敲漏了呢。现在你们打击队算是沉到底儿了,我就希望能出现奇迹,触底反弹。"他抽了一口烟,"太阳这孩子老实、肯干,但是当领导啊,也确实差了点意思。今天这事儿我也要反思,给他封的这个华而不实的官儿,会不会害了他。"

"那小子呀,人是好人,就是应对派出所这些复杂的情况,有些力不从心。"卞队也感叹。

"记得我刚来的时候,老所长怎么说来着,要想当好一名派出所的民警,就得结交五行八作、体味百态人生。这孩子,还得练呀……哎,下一步,我觉得你得重新分组。"

"怎么分?"

"得把老洪和杨威拆了,俩人都是负能量,绑在一块儿沉得更快。那个孙达胜也不是个省油的灯,在太阳身边拖他后腿。把杨威和太阳分在一组,让老洪和猴子在一块儿。"

"嗯,这倒是个好方法。"卞队点头。

"肖小强审得怎么样了?"

"铁嘴钢牙橡皮腮帮子,一点没撂。穿皮衣的那个同伙还在逃,已经通报刑警了。"

"这案子虽然不大,但充分暴露出咱们工作上的短板,以此为鉴吧。以后在工作上,咱俩多沟通,你这副科也这么多年了,努努力,出点彩儿,争取能再上一个台阶。别老让刑警那帮孙子寒碜你,什么'大便,大便'的……"

卞队点点头,他知道这是白所在间接地批评他带队不力。

"今天也不算没有收获,抓了一个盗窃的,还连带着挖出一帮销赃的。哎,把这帮孙子一网打尽,需要多长时间?"白所看着卞队。

卞队一愣,回望白所。

"嘿,你不会还真想把这案子移给刑警吧?"

"不会。"卞队摇头,他没想到白所在这儿等着他呢,就犹豫了一下,伸出一根手指。

"一年?"白所皱眉。

"一个月,我们尽力把案子破了。"卞队的声音透着不自信。

"哎,这可是你说的啊!"白所笑了,"那咱们三天对一次情况,每周开一个碰头会。都说三个臭皮匠能顶个诸葛亮,你们可是五个人呢。"他郑重其事地拍了一下卞队的肩膀,转头走了。

留下卞队一个人愣在原地,琢磨着自己是不是被他套路了。

第二天一上班,太阳就来到了"绕指柔",他让店主叫来所有的员工,向大家通报了案件的情况,还了莎莎清白。店主连连称谢,让莎莎给打击队做面锦旗。

太阳有点不好意思,"不必了吧。"

"不都得这样吗?破了案子,送个锦旗,写着什么'除暴安良''惩恶扬善'。"莎莎说。

"嫌疑人还没抓齐呢,不算破案。"太阳说。

"那也是早晚的事儿,我们相信你。"莎莎这么一说,大家都鼓起掌来。

太阳用手挠头。

"谢谢你,你是个好警察。"莎莎走到太阳面前。

那股好闻的洗发露味扑面而来,太阳下意识地后退,一下撞在了椅子上。按摩师们都笑了,太阳的脸腾的一下就红了。

"哦,那什么,我还有事,就先走了。要是发现什么新线索,就给我打电话。"太阳逃似的出了门。

在"绕指柔"门外，莎莎追了过去，"嗨，一看你就是个新警察。"

"为什么？"太阳停住脚步。

"不为什么。"莎莎眯着眼说，"怎么了？还想听我表扬你啊？哎，要不锦旗这么写吧，'你们都是好警察'。"

"哈哈，有这样的锦旗吗？"太阳也笑了。

"能从事一份喜爱的工作是幸福的。就像有的客人落枕了或者肩膀疼，经过我的按摩，他们舒服了，好了，我也会觉得很快乐。"

"嗯，我懂。"太阳点头。

"有句话怎么说来着，幸福完全是一种感觉，别人觉得你幸福，但你觉得痛苦，这是吃亏的，但别人觉得你痛苦，而你却很幸福，这个就是赚的。"莎莎说，"哎，你不会没听懂吧？换句话说，就是我们要珍惜一切能带给我们快乐的东西，消解一切消极的不好的东西。这回明白了？"

"哦。"太阳笑笑，那模样还是似懂非懂。

"除了当警察，你还有别的愿望吗？"

"别的？暂时……没有了。"太阳想着，"你呢？"

"我？"莎莎抬头想了想，"我很贪心的，比如希望能尽快攒够钱，治好奶奶的病，再治好我的眼睛，然后再挣钱，变成小富婆，带她去环游世界。还有……去看任梓霆的演唱会。"

"任梓霆是谁？"

"啊……不会吧？你是活在上个世纪吗？连任梓霆都不知道。"莎莎惊叹。

"哦，我想起来了，是那个大明星吧，我听我们所长说过，他的演唱会就这两天开，我们还有勤务呢。"

"是啊，但票价太贵了……"莎莎叹了口气。

"他唱歌很好听吗？"

"其实……我也不太懂音乐，我就是喜欢他那个人，特别阳光，又帅气。我眼睛虽然不好，但可以把手机放大看呀。你可别笑我啊，我有时也怕忘了他长什么模样，就把他的照片打印下来放在床头，加深印象。"莎莎笑，"我奶奶告诉过我，做什么事，只要刻苦就一定能成，一遍不行就做十遍，成功没什么大不了，惟手熟尔。"

"嗯……"太阳点头，琢磨着话里的意思。

"哎哎哎，你再这个表情我可替你们所长担心了啊，怎么大脑运转速度这么慢啊？"莎莎皱眉。

"一遍不行就做十遍，惟手熟尔。我记下了。"太阳笑。

"嗯，无论如何，我都愿意相信生活是美好的，好人总是会有好报的。"莎莎叹了口气，"在我干活觉得苦觉得累的时候，就会看一眼他的照片。有时候我在想，生命里可能就这么两个重要的人了吧，一个是奶奶，一个是任梓霆。呵呵，我傻吧？"

"不傻，特别好。"太阳说。

从按摩店回来，太阳受到了莎莎的启示，在打击队的办公室里鼓捣了半天，把所有在逃嫌疑人的照片都打印出来，贴在宿舍床对面的墙上，以便每天加深印象。一遍不行就做十遍，惟手熟尔。他觉得莎莎说得挺对。

一天匆匆而过，眼看到了下班的时候，莎莎和店主赶到了派出所。他们在前台，将一面新做的锦旗交到了卞队的手上。卞队一看就乐了，那锦旗看着虽然普通，红色的底、黄色的字，但上面的内容却很新颖，"你们都是好警察"，莎莎果然这么干了。

卞队代表打击队道了谢，准备拿完了事，结果这事让白所知道了，他立马下楼忙活起来。他组织全体在家的民警一起搞了个"接旗仪式"，让太阳和莎莎站在一起手举锦旗，又让民警老顾用闺女新给买的华为手机进行拍照，记录下这个人民群众认可小满派出所工作的美好瞬间，并让王姐形成简报上报分局。一通折腾完，都过了饭点儿。回到办公室，卞队郑重地将这面新锦旗，挂在了那面"打击破案，一心为民"的老锦旗旁。他默默地看着上面"你们都是好警察"的几个大字，默默期待这是个好的开始。

太阳刚要回宿舍，就被卞队叫住了，让他晚上一起聚聚。说已经跟所长报备了。

"宝珠面馆"里雾气腾腾，玻璃上布满了哈气。炸灌肠、凉菜拼、臭豆腐窝头片，一把凉了又加热的羊肉串，小桌上满满登登的。杨威和老洪对饮着。

"哎哎哎，老板，那面条先别着急煮啊，等别的客人煮完了再给我下。"老洪吩咐着。

"洪师傅,这下面条还有讲究啊?"猴子问。

"嘿,这个你就不懂了。"老洪摆出好为人师的样子,"这炸酱面呀,吃的就是一个筋道。要想筋道就得讲火候,煮老了不行,煮嫩了也不灵,得恰到好处。你看他那面锅,不煮面的时候都关着小火,根本沸腾不起来。你要是第一个下面啊,煮出来肯定软巴拉塌的,所以吃面得吃第二碗,明白吗?"

"学习了,认真领会了。"猴子夸张地点头。

"看那老板没有?人称'轴爷'。"杨威拍了一下太阳,"你看啊,他下面的时间肯定不超过十五秒,比火箭点火还准呢。哎哎哎,你看他那手法、那身段,有个词儿怎么说来着?"

"惟手熟尔。"太阳说。

"哎哎哎,就是这个词,行啊,有学问啊。"杨威夸张地点头。

几个人正说着,老板把面端上来了,配着小碗干炸的炸酱,"您几位,趁热吃啊。"他给老洪、太阳和猴子上面。"您的,素酱,少油少盐。"他特意把一碗端到杨威面前。

"杨师傅,您怎么不吃肉啊?"太阳问。

"咳,胆结石,做了个手术,没胆了。"杨威说。

五个人一起低头啼哩吐噜地吃起来。

老洪一口气胡噜了半碗,抬头长长地打了个嗝,"啊……"

"哟,吓我一跳,我还以为白所来了呢。"杨威这么一说,大家又笑了起来。

杨威掏出两支烟，自己点燃一支，把另一支递给老洪。

老洪抽了几口，冷不丁地问太阳："哎，小子，知道警察在什么时候最踏实吗？"

太阳摇头。

"吃饱了、喝足了、人拿下了、案子破了。"老洪说。

"还有，法制没挑出毛病、检察院没退回补侦、后续工作没敞着口儿、老百姓没投诉。"杨威补充。

"同意！"老洪笑了，跟杨威碰杯。

"太阳，看见没有？这两位师傅可开始教你东西了。"卞队见缝插针地说。

"嗯。"太阳连忙点头。

"要说教，我还真是得教教你。你知道怎么抓人吗？像你那么抓，早晚得成烈士。"杨威用手指点着桌面，"咱们抓捕嫌疑人的时候，绝不能正对着他追。跑起来速度很快，如果嫌疑人一个'回手刀'，你根本躲不开，大概率被扎，就跟上次似的。追捕的时候得从他侧面跑，始终与他保持一定距离，这样进可攻退可守，超过他时可以用脚绊他、用手拽他，如果他手里有凶器，'回手刀'也扎不着你，你明白吗？"

"嗯，明白了。"太阳听懂了。

"还有，抓人的时候，气势得跟得上。抓那肖小强的时候，猴子做得就挺对，大声地喊出来，不怕用疑兵计。人跟人之间的博弈，首先比的是气势。其次，不能光看对方的手，还得看他的眼睛，眼睛是心灵的窗口,他在想什么,想要做什么,眼睛里都写着呢。知己知彼才能百战不殆。"杨威教得仔细。

"听明白了吗,小子?"老洪拍了太阳一下,"还有,要想当个好警察,你那眼神可不能总这样。这么直接、这么透亮,跟个小baby似的。"

他这么一说,猴子扑哧一下笑了。

"哎,我可没开玩笑啊。你看卞队那眼神,那么沉着,那么淡定,为什么呀?人家是当领导的,不怒自威啊,得拿得住手下。"

"嘿嘿嘿,骂人是吧?"卞队说。

"你看杨师傅的眼神,那么犀利,那么坚毅,坏人一看就肝儿颤,这才是刑警的眼神啊。还有猴子,你看看他那眼神,滴溜乱转、左顾右盼,一看就是心里憋着坏呢,肯定不是什么好鸟儿。"老洪说着杵了猴子一下。

"那你呢?老洪。我看你这眼神啊,是那么浑浊,那么阴郁,这是为什么呀?"杨威还嘴。

"因为……我体弱多病呗。"老洪笑,"哎,我刚才说的虽然是玩笑,但这里面是有学问的。咱们警察每天接触的都是三教九流、五行八作,得学会见什么人说什么话,对被害人和嫌疑人能是一个态度吗?所以说真诚没错、善良也没错,但要用对地方。有时候在工作中,适当的隐藏不仅是对自己的保护,还有利于工作的开展。成年人的眼神为什么都显得浑浊啊?那是为了给自己的心灵带上保护色,不能让别人轻易看透,明白吗?"

"嗯……我努力明白。"太阳诚实地回答。

"什么叫努力明白啊……"老洪摇头,"哎,你看我,现在在想什么。"他指着自己的眼睛问。

"您……在想案子?"太阳试探地回答。

"扯淡!我这是吃饱了撑的开始犯困。"老洪笑,"但确实也得有个过程,刚干警察的时候还稚嫩,看人的眼神直,像水,心里所想容易被人看穿;慢慢地眼神就开始变了,有的变得毒辣,像火,看人发狠、咄咄逼人;也有的变得圆滑,滴溜乱转,发散,像沙;再往后就还能变回来,变得温和、淡定了,让谁看着都觉得踏实了,又像水了。"

"我觉得您说得特深刻。"猴子说着举起杯。

"嘿嘿,你看这小子,永远会在恰当的地方捧哏。来来来,一起。"老洪招呼大家一起碰杯,"但是我可要提醒你啊,聪明人最容易犯的就是认为自己聪明。你也得好好修炼,得能压住自己内心的欲望。记得我说的吗? 一切都是双刃剑……"他又对猴子说。

"哎,说点正事儿。都查了几天了,肖小强的同伙还没抓到,那帮销赃的背后网络也还得深挖。我想再去分局刑警那儿走一趟,串并串并情况。"卞队看着杨威说。

"该串并串并,你看我干吗? 哎,我可不会跟你去啊。"杨威摇头。

"嘿,你不去哪儿行啊? 你知道上次我跟大卞去的时候,人家怎么说吗? 说看来你们对这案子不够重视啊,要不'刑警之刃'怎么不来?"老洪插话。

"这话谁说的? 哪个孙子说的?"杨威冷下脸。

"还能有谁,还不是那个'刑警之光'?"老洪说的"刑警之光"就是分局刑侦大队的队长牧安。卞队心里暗笑,知道老洪这是故意拴对儿呢。

"什么'刑警之光'? 他不就是在'1·13'枪案的时候,拿'五四'跟人对射吗。子弹都快打光了,才把对方击倒,这在刑警行里不是英雄,是莽夫,是笑话……"杨威不屑,"知道怎么打枪吗? 单手持枪,二分法持枪,韦佛式持枪,在嫌疑人开枪或者不得已的情形下,要瞄准要害部位以外的部分,一击制敌。像他似的,嘟嘟嘟,嘟嘟嘟,玩射击游戏呢?"

"当然,当然,他哪儿比得过你这个'刑警之刃'啊。"老洪捧哏。

"老洪,你给我闭嘴! 再他妈提这个破词儿,我跟你急了啊。"杨威指着他说。

"得,我闭嘴,闭嘴。"老洪服软。

"但没辙呀,那些权限高的系统可都攥在人家手里呢,咱们想查什么都得求人家帮忙。所以我说老杨,你能不能就低一次头,今天的退让还不是为了明天的前进吗?"卞队劝。

"要低头你低头,我没戏!"杨威斩钉截铁,"牧安那孙子就是有私心,压着资源等别人求他。这不也是一种腐败吗? 这件事儿别提了。"他封闭了话题,喝了一口闷酒。

见他这么说，卞队也就不好再说什么了。

"其实要说到根儿上啊，这警察和犯罪啊，怎么说呢？是个相互的关系。什么时代有什么样的犯罪。有时回头看看，某种犯罪的高发也是那个时代发展的体现。90年代物资紧缺，就出了好多倒卖螺纹钢的、伪造假批文的案子，后来经济形势好了，金融犯罪、经济犯罪就高发；娱乐业繁荣了，卖淫嫖娼吸毒贩毒就多；经济不景气的时候，盗窃抢劫等暴力犯罪就会出现。原来在刑警队的时候啊，干重案的都是排头兵，风生水起，虎虎生威。现在呢？接触类犯罪越来越少了，像电信诈骗什么的都是非接触类犯罪，社会和谐了，极端犯罪少了，这重案队的作用也就越来越小了。什么刑警之光之刃的，都是老皇历了。"杨威感叹。

"是啊，业内有种说法，许多犯罪都不是被警察打没的，而是自然消亡的。假币犯罪越来越少了，但金融犯罪却越来越多；扒窃类犯罪没那么高发了，被电信诈骗给取而代之了。原来一说警察鄙视链，你们刑警老排在上面，我曾经在预审，也算前三甲。现在呢，一提都是网安、电诈和食药了。时代大潮来啦，谁也逃不掉。"老洪说，"唉，这些都跟我没关系了，我就盼着我儿子能进个重点初中，我就能安心退休了。"

"要我说啊，你也别那么焦虑，是金子总会发光的。"杨威说。

"得了吧，这话以前能讲，搁现在可是蒙人的。这金子再好，不让人看见，也就是块石头。教改之后，到中考就得有一半孩子分流，上不了高中。我对孩子有愧啊，年轻的时候抛家舍业撅着屁股干活,就没怎么管过他。现在马上就小升初了,媳妇儿给我下了死命令,必须让我想办法给弄个好学校。哎,卞队长,你也帮我使使劲啊?"老洪撇嘴。

"嘿,老洪,你怎么又提这事儿?我不是跟你说了吗,现在政策没了,咱们所解决不了。"卞队说。

"你看见没有?看见没有?这就叫关键时刻掉链子,对民警关心关爱不够。得得得,鲁迅说过,求人不如求自己,这事儿我自己找辙。"

"什么乱七八糟的。"杨威笑,"来来来,把酒干了,回去睡觉。"他举起杯。

几人干了杯中酒,夜也深了。

"老洪,明天一上班,咱俩接着去刑警那儿,争取再挖点新的线索。老杨,你带着太阳跟猴子,继续沿着'孟大个儿'销赃线索往下追。哥几个儿,既然干,咱就努力把这案子给干漂亮了。"卞队说着站了起来。

在派出所有个说法,就是你千万别说今天没案子,只要一说,案子就呼呼地来。这两天邪门了,小满辖区接连丢失电动自行车,粗略一算,也得有十多辆之多。盗窃的手法还挺专业,一是选择在夜间作案,二是专挑没监控的地方动手。

登记、做笔录、现场走访、调监控,打击队忙得晕头转向。开碰头会的时候下队百思不得其解，自言自语地说："为什么就咱们这儿发案多啊？其他辖区怎么没事呢？"但随即就被白所的一句话"击沉"："知道什么叫黄鼠狼专咬病鸭子吗？那帮贼也专找防范差的地方下手。"得，这下下队彻底没话了，让白所给弄了一个大窝脖。

"雨水"时节，雨淅淅沥沥的，像一幅纱幔，轻轻笼在这个城市的上空。四周湿漉漉的，雾气弥漫，空气中充满了花草的味道。傍晚的时候，一个外卖员走进了派出所。他瘦高个儿，戴着一顶黄色的头盔，身上的雨披湿漉漉的，黑框眼镜后眼神无助。他拎着两个大兜子，里面装满了外卖的餐盒，一屁股就坐在大厅的长椅上，一句话也不说。脚下积起了一汪雨水。

太阳正在前台值班，看这人有点奇怪，就走过去问："是谁要了外卖吗？"

"我回不去家了。"外卖员抬起头，带着哭腔，"我干了一天活儿了，光外卖就送了三十多单。今天下雨，本来路就不好走，但我想着外送费能高点，想多干几单再回去接女儿，但没想到……"他泪流满面。

"怎么了？"杨威见状也走了过来。

"活不下去了，真的活不下去了……白天在超市上班，晚上骑车去送外卖，风里来雨里去，就为了能让家人过得好点。我媳妇儿被'P to P'坑了三十多万，把身边人的钱都给借干净了，我要是再还不上，这日子真的就没法过了。现在还有四单没送到呢，怎么办啊！挨了罚这一天就白干了……"他情绪失控、号啕大哭。

"哥们儿，哥们儿。"杨威拍了拍他的肩膀，让他平静下来，"冷静些，把情况跟我说说。"

外卖员抬头看着杨威，眼镜片起了雾气。他叹了口气，"我是来报案的，我的车被偷了……"

"哎，你这些外卖多少钱啊？"杨威问。

"外卖？"他抬头看着杨威。

杨威转头进了屋，拿出了三百元现金，塞在外卖员手里，"我们正好没吃饭呢，多了少了就是它吧。"

"警官，这可不行，我不是这意思。"外卖员赶忙推辞。

"收着，你也没吃饭吧，咱们边吃边说。"杨威抬手指着讯问室的方向。

给外卖员做完笔录后，杨威蹲在派出所门口抽烟。他望着面前湿淋淋的地面，久久地沉默着。

"杨师傅，他电动车被窃的点位和前几个案子相似，都在咱们辖区'鲜蔬好'农贸市场那儿。"太阳在他后面说。

"走，去看看。"杨威扔掉烟头，站了起来。

雨一直没停，夜色如墨，农贸市场周边泥泞不堪。杨威和太阳穿着雨鞋，深一脚浅一脚地走着。太阳走在前面，手里举着警用手电，边走边看。杨威则抬头，查看着监控情况。

"杨师傅，这儿应该就是他丢车的地方。"太阳停住脚步。

杨威掀开雨帽，这正是农贸市场的西门入口。为了保证内部秩序，农贸市场禁止电动车进入，外卖员们就只能把车停在这里。由于道路施工，这一片儿的监控都被拆了，路灯也不亮，所以嫌疑人会选择在这儿下手。

"再往前看看。"杨威用手指了指。

两人又走了十几米，停在了一个商户的门前。商户已经下班，大门紧闭，屋内漆黑一片。杨威眯着眼睛，拿出手机，记下商家贴在玻璃门上的联系电话。

"怎么了？"太阳凑过来问。

杨威抬手往上指了指，太阳看去，在商铺门头的位置，装着一个小型的摄像头。

在分局看守所的讯问室里，老洪和卞队已经熬了大半天。审讯椅上的肖小强耷拉着脑袋，有气无力地应对着讯问。

"政策也跟你讲明白了，事实也很清楚了，挺大个人，还想不明白吗？硬扛，有戏吗？"老洪用手点着桌子，"你这可不是'一进宫'了吧？底儿这么'潮'，还真想把牢底坐穿啊？有瘾是吧？觉得号儿里的饭好吃？"

"警官，我真没扛。我跟那小子不认识，就知道他叫彪子，襄城人。按照道上的规矩，我们是不会相互探底的。"

"哦，你那意思是君子之交淡如水？连真实身份都不知道，就给他当排头兵，就帮着踩点望风，还把所有事儿往自己身上扛。行啊，挺仗义的啊。"别看老洪平时说话弯弯绕，有点虚头巴脑，

75

但到了审讯台上，这些还都是优点，"到现在这份儿上了，出去是肯定没戏了。盗窃、销赃还是其次，重要的是你还袭警，而且还两次袭警，你能耐可不是一般的大。就这么说吧，就算现在找不到你那副手，也无所谓。主犯都找到了，撅不撅是态度问题，都人赃俱获了，依法从重从快还是没问题的。"

"哎，警官，我怎么成了主犯了？我不是说了吗？我是跟着他干的。"肖小强急了。

"你凭什么这么说啊？有证据吗？"老洪"将军"。

"我……我知道错了，我没想跟您对着干。"他服了软，"我真的就是帮他踩点儿，我们说好了，事后五五分成。我要不是玩牌输那么多钱，也不能干这种事儿啊。我用的手机号也是他给的，怎么跟他认识的，我也说了好几遍了，就是在一个牌局上，我走背字儿，输了不少钱，就跟他借了五千。本想着翻本儿，没想到几把就又折进去了，没辙就又跟他借，结果借来借去就成了好几万。他问我怎么还，我说暂时没钱，他就拉我跟他一块儿干。我知道这是违法的，但想着不就是踩点儿吗？也不自己动手……"他叹了口气，低下了头。

"那天你们找'孟大个儿'干什么？"卞队问。

"也是彪子带我去的。这段时间他'下'了不少东西，要去'出货'。'孟大个儿'是专门干这个的，他叫我去，可能是怕被黑吃黑。"

"你们那天乘坐的是什么交通工具？那个彪子住哪儿？用什么联系方式？"卞队问。

"他骑车带着我,是辆电动自行车。车上没锁,一看就是'摸'来的。我不知道彪子住在哪儿,每次做事儿都是他主动联系我。他电话我都跟您说了,估计现在也停用了。"

"你那意思是他不光偷手机,还偷电动自行车?"卞队问。

"警官,这都是我的推测,可不是'手拿把攥'。"

"没事,道听途说的事儿如果查实了,也算你有立功表现。"老洪抽出一支烟,隔着栏杆递给他。

肖小强抽了口烟,情绪平复了一些,"我觉得彪子背后肯定还有一帮人。刚开始跟着他干的时候,'下'了东西他也没找'孟大个儿'出货,应该都交给了什么人。但后来有一次我听他抱怨,说那帮孙子太黑了。后来他就找了'孟大个儿'。"

"你没觉得蹊跷吗?怎么就进了一个牌局,输了那么多钱,彪子又借钱给你,还帮你找活儿干?"

"这……"肖小强陷入了沉思,"您的意思是他们做局,拿我当枪使?"

"你觉得呢?"老洪反问。

"要真是这样,这帮人可太孙子了。"

"我问过'孟大个儿'了,彪子每次联系都是用你的那个作案手机,销赃也是留你的化名儿,你以为他找你一起销赃,是怕黑吃黑呀,扯淡!等真出事儿了,这事肯定扣你头上。你自己算算,进按摩店的是你,报假案的是你,逃跑袭警的是你,销赃的还是你。这不是一个完美的闭环吗?足够让你'一条龙'进监狱啊。"老洪逻辑清晰。

"嘿，还真是啊！"肖小强顿足捶胸，"这孙子还真是拿我当傻子了！坑人呀，太坑人了！"

"知道现在该怎么办了吗？"老洪抬了抬下巴。

肖小强猛抽一口烟，"警官，是不是只有抓住他，才能证明我不是主犯？"

"聪明。"老洪伸出大拇指。

"那我再跟您说个细节，我还知道彪子几个其他的号码。他给我的号最后四位是7780，他自己用的是7782。我估摸着他肯定一下买了好多张卡，随时替换。"

"你的意思是，7781、7783等前前后后的号没准都在他手里？"

"对。"

老洪用手点了点桌面，示意卞队记下。

"还有什么？"

"彪子在通话的时候，提到过一个人名，叫'大果子'，我觉得应该是他背后的人。"

"大果子？怎么提到的啊？"

"我记得有两次，都是在晚上。应该是那个人让他过去干活儿，但彪子都找了理由拖着没去。他称呼那个人叫'大果子'。"

"哪个果？"卞队问。

"不知道。就是那个音儿吧。"肖小强说。

等老洪和卞队回所的时候，杨威他们还没有睡。几个人就在会议室里碰头。杨威让猴子把会议室的两块大白板推过来，拿着白板笔，边说边在上面画。

"案发地点'鲜蔬好'农贸市场的西门口。"他在小满辖区的辖区图上画了个红色圆圈，"以此为'原点'一共有三条路可以走，第一条不用说，是主干道，车流密布、监控林立，这帮贼再傻也不可能从这里走，更何况我们已经对监控录像进行了调取，并未发现有效的线索；第二条就是高速路的辅路，虽然沿途监控不多，但会遇到四至五个路口，而且在这个位置还有一个营业到很晚的大排档，应该也不是最佳选项；而第三条呢，要先穿越一条小路……"他在图上画着，"只要过了这条小路就能到达'十五里店'，大约七八公里的样子就到了西郊，那一片儿地广人稀，'孟大个儿'团伙也是在那儿销赃。也就是说……"他在地形图上画了一条红线，"这条，就是'贼道'。"

"贼道是什么意思？"太阳不解。

"贼道，就是盗窃团伙得手后前往销赃地的必经之路。你看辖区图，除了此路之外，还有其他路能走吗？"杨威双手环抱。

太阳仔细地看着图，"但是，十五里店可就是大满派出所的辖区了。"

"咳，搞案子还管是谁的辖区啊。"杨威摆摆手，"太阳、猴子，明儿一早，你们就去把这、这、这三个点位的监控给我调了。"他在"贼道"上画出三个圆圈，"大卞，你多叫几个人，围绕几个发案地进行走访。重点寻找这几个人的线索。"他从桌上拿出了两张复印纸，用磁吸固定在白板上。上面有好几个模糊的影像。

"这是怎么找到的？"卞队问。

"农贸市场摊贩的私人监控。我大半夜给人家打电话，还挺配合。"

"您怎么知道这些人有嫌疑呢？"猴子问。

"你看这人，现在白天都十七八度了，他电动车前面还蒙着个大厚被子，不但戴着墨镜和口罩，还把帽子压得倍儿低。这不可疑吗？"杨威反问，"还有这人，电动自行车多处损坏，前挡泥板都撞碎了，左边的后视镜也耷拉着。这能是自己的车吗？"

"这么说，他们是踩点的？"太阳问。

"你小子开窍了。"杨威点头。

"如果监控时间没错，应该是在傍晚六点，那时农贸市场还没关门，他们也不好下手，所以先过来踩点，看看哪些电动车是放在这里过夜的。"杨威说。

"那……调这三个点位监控的目的是什么呢？"太阳又问。

"那还用问，肯定是摸嫌疑人的轨迹啊。"猴子抢答。

"光摸轨迹还不够。这三个点位都在'贼道'上，你们不光要注意发现这两个嫌疑人，还要关注他们同行者，最重要的是要看他们骑行的电动车是否有变化。"

"您的意思是，他们是骑着破车来踩点的，等得手之后，会把新盗窃的电动车沿着贼道骑走？"太阳问。

"呵呵,你也越来越上道了。"杨威点头,"所以就又增加了一项工作。你跟猴子在查完监控之后,要再去农贸市场的周边,看看那里有没有停着没有锁的破旧电动车。"

"嗯,这下我彻底明白了。"太阳用力点头。

"嘿,你终于彻底明白了。"猴子摇头。

正在这时,会议室的门被推开了。白所提着两大袋外卖走了进来。

"嘿嘿嘿,真是热火朝天、干劲十足啊。不错不错!"他笑着点头。

"您还没睡啊?"卞队上前接过外卖。

"啊……同志们的干劲这么火热,我得全力支持啊。早知道我就不把厨子老马给放走了,弄个鸡蛋炒饭,再下个面条汤,比外边买的健康。从现在开始我就是你们的后勤主管了啊。"白所走到白板前,"哎,案子分析得怎么样了?有眉目没有?"他进入了正题。

"在所领导的英明指挥下,在卞队长的亲自领导下,打击队攻坚克难、不辱使命,经过连续一整天的奋战,已经获取了案件的初步线索。经过缜密分析,无论是嫌疑人作案的位置,还是嫌疑人的身份以及销赃的通道,均已取得重大突破。但是……"老洪把话停住,"您这个后勤主管进来一掺和,得,我们这侦查思路一下都断了,什么都想不起来了。"他摇头。

"行,你个洪东风,这段能直接上分局政工简报了。人家都在这儿分析案情呢，你干吗呢？"白所笑着回嘴。

"按照我们卞队长的分工，他们负责攻坚克难、不辱使命，我负责鞍前马后、沏茶倒水，在您进来之前，我是名正言顺的后勤主管啊，可您一进来，得，还把这职位给抢走了。没辙了，我就只能写写政工简报了。"老洪笑。

"行了，别废话了，没工夫搭理你。下午的审讯怎么样了？"白所问。

"白所，你记得前几年集中打击盗抢骗的时候，在城北区落网的那个销赃团伙吗？"老洪问。

"销赃团伙？"白所想着。

"果建斌？"杨威插话。

"对，就是那孙子，道上都叫他'大果子'。剃个光头，满脸横肉。肖小强供述，彪子背后的人可能是他。"

"彪子的真实身份问出来了吗？"白所问。

"还没有。"老洪摇头，"我查过系统，'大果子'出来有大半年了，活动的'轨迹'就在西边。"

"你的意思是，肖小强那案子还串着盗窃电动车的事儿？"白所拿出一支烟，在鼻子下闻着。

猴子赶忙拿出火机过来点燃，被白所拒绝。

"不仅如此，我还怀疑，盗窃电动车案背后的主犯，就是这个'大果子'。"老洪语气肯定。

"有证据吗？"

"证据有三。"老洪一屁股坐在桌子上,"第一,据肖小强供述,彪子这帮人也盗窃电动车,而且销赃的方向也是西边;第二,我和大卞到刑警那儿调取了核查记录,发现果建斌出狱之后,几次都出现在西边的点位;第三,也是最重要的——"他加强了语气。

"怎么了?"白所正听得入神。

"第三,这不您一进来我给忘了吗?"老洪叹气。

"别扯,快说!"白所推了他一把。

"第三,经过肖小强的供述,我们怀疑这些贼在使用一批尾号相连的'工作号'。我们查了一下,还有几个没断线的,而位置,"他"啪"的一下,用手指在白板地形图的一个位置上,"也在西边!"

既然侦查方向已定,下面的工作就紧锣密鼓地开始了。

第二天,太阳和猴子去调取几个点位上的监控;大卞和老洪继续走访;杨威开着自己的"大黑马",沿"贼道"到西边侦查。分组工作效率很高,很快就见了成效。首先是太阳和猴子在监控中发现了嫌疑人的身影。果然和杨威推测的一样,他们在傍晚踩点儿,在天黑时下手,专偷崭新的电动自行车。大卞和老洪也发现了新的情况,盗窃团伙的人数应该在五人以上,虽然农贸市场周边监控稀缺,但通过对一些门店私人监控的调取,发现了多名相互交集的嫌疑人。

侦查思路对了,案件的进展也就快了。但此类案件的取证有一定难度,前期必须稳扎稳打。这帮人都是几进宫的老炮儿,要是不能人赃俱获,就算赃车停在他们身边,他们也不会承认,日后批准逮捕、移送起诉也会难上加难。所以在行动时,要力求人赃俱获,做成铁证。为此打击队又召开会议,制订了相对缜密的行动计划,准备拉开一张大网,守株待兔,请君入瓮。白所看在眼里,乐在心里,觉得打击队总算是有了起色,他希望通过这个案子,调动起大家的战斗力和凝聚力,出点成果,也不至于让他每次到分局开会时都抬不起头来。

老洪借来了白所新买的电动自行车,说是为了办案方便,还口口声声承诺肯定全须全尾地完璧归赵。要说那小车真是漂亮,白色的外壳干干净净,连挡泥板都一尘不染。一看白所就是珍爱有加。老洪当着几位的面儿,颇有仪式感地将一个小仪器贴在了那辆"小白车"底下。

"洪师傅,这个是什么呀?"太阳凑过来看。

"高科技。"老洪说。

"您往所长的车上装高科技干吗?"太阳又问。

"没听过鲁迅先生说吗? 不入虎穴焉得虎子,舍不得孩子套不着狼。"老洪笑。

"这就是抓贼的诱饵。"猴子补充。他不愧是最佳"捧哏"。

"这是鲁迅先生说的吗?"太阳疑惑。

一个小时后,那辆外壳干干净净、挡泥板都一尘不染的小白车,被停放在农贸市场的西门外。老洪启动了手机上的追踪软件,正式下了"饵"。当然,他并不确定嫌疑人是否会对这辆车下手,这个手段只不过是对蹲守工作的补充。

蹲守随即开始,但猴子却向太阳提出了要求,第一,尽可能地不再往垃圾桶里钻;第二,如果实在不行非要往垃圾桶里钻,尽可能别往厨余垃圾桶里钻。他这么一说,把老两位给逗乐了,可见猴子在太阳那儿受了多大摧残。

此次行动,白所任总指挥,卞队任副总指挥,杨威任行动组长,打击队和其他警区支援的警力分成八组,按计划埋伏在农贸市场和贼道的各个点位上。组与组之间用电台联系,一旦发现情况互相通报。老洪负责上传下达,联系所里的综合指挥室对线索进行落地,同时他还给自己加了个活儿,那就是紧盯着手机,别让白所那辆小车打了水漂。

傍晚的天气很好,月朗星稀。过了八点,农贸市场的商家纷纷关门闭户,周围的喧嚣也渐渐散去。世界安静了下来。参战的警力都潜伏在熄了火的车里,时刻观察着周边的动向。蹲守的时间是难熬的,一分一秒都不能放松,否则将会前功尽弃。

一晃就过了凌晨,气温降了下来。杨威等人坐在"大黑马"里,车玻璃上起了哈气。老洪见状就打着了火,想将玻璃摇开一道缝,但车刚启动,就发出"轰轰"的怒吼。

"嘿嘿嘿,干吗呢?"杨威拍了一下老洪的手,赶紧将车熄灭。

"谁知道你这车这么大动静呀……"老洪缩了缩脖子,"哎,喝口你的水啊,都这么半天了,嘴唇都裂了。"他说着就拿起了车门储物格里的水瓶。

杨威也不说话,冷眼看着他。

老洪拧开水瓶,刚放到嘴边就停住了,"这……这是什么茶啊?闻着味不对啊?"

"呵呵……"杨威笑了,"这是专门在蹲守时撒尿的瓶子。"

"呸呸呸……缺德,你丫缺了大德了。"老洪赶紧将瓶子拧上。

"杨师傅,您这车里东西挺全的啊。"太阳说。

"那是必须的。"杨威坐正姿势,"要想搞好蹲守,必须提前预判可能出现的问题,做好预案。喝水、撒尿都是重要的问题,在我后备厢里,警戒具、棉大衣、饼干、矿泉水,一应俱全。咱们得未雨绸缪,不能亡羊补牢,临上轿现扎耳朵眼儿,那是新手干的事儿。就你洪师傅刚才的举动,要是嫌疑人真在附近,肯定就惊了。"

"嘿嘿嘿,知道我为什么开窗吗?你们闻闻这是什么味儿,这是什么未雨绸缪的工具?"只见老洪隔着一个塑料证物袋,正用两根手指夹着一团黑乎乎的东西。

"哦,这是我昨天换的袜子,忘了拿回宿舍了。"杨威一把抄了过来。

"都'站'起来了,几天不洗了。"老洪捂住鼻子,"哎,太阳,把手机关了,有光。"他叮嘱。

"我看嫌疑人照片呢,怕记不住。"太阳说。

"你这就是临时抱佛脚、临上轿现扎耳朵眼儿。嫌疑人的外貌特征得反复看，印在脑子里。我刚到刑警队的时候，重点人员的照片都贴在床头。"杨威说。

"啊？您也这样啊。"太阳笑了。他刚想告诉杨威自己也这么干，杨威就下了命令，"老洪，你换个车吧，去二组替替他们。他们忙了一天了，估计熬不住。"

老洪下了车，杨威抬手看表，已经到了凌晨一点。他又等了一会儿，犹豫着是不是该让大家分组休息一下，但就在这时，电台里传出了老洪的声音。

"诱饵动了，诱饵动了！"

一听这话，杨威立马来了精神，"老洪，什么情况？看见人了吗？"

"看见了，就是那个往电动车上蒙棉被的小子。刚下的手，车已经动了。"

"大卞大卞，你们先把车开出去，别让嫌疑人产生怀疑。小刘、老顾，你们一组往贼道前面开，一组卡在后面。随时交替跟踪，别让他'醒了'。"杨威指挥着。

"老杨老杨，我们看见那小子了，他不是一个人，前后同行的有三个，都骑着新车。"卞队在电台里喊。

"这就对了！"杨威打了个响指，"哎，老洪，你那追踪器可以跟多远？"

"说明上写着五十公里，但我觉得悬。起码也能有一二十公里吧。"

"行，各组注意，大家分头追踪。记住，保持车距，宁丢勿'醒'。随时听老洪的位置通报。"

"哎，老杨，我想起一个事儿来。咱们到大满的辖区抓人，用不用跟人家通报一声？"卞队问。

"通报他们干吗？想把一半儿的抓人数分给他们吗？"杨威反问。

一听他这么说，卞队不说话了。

一场追踪在深夜里悄无声息地展开，参战的行动组用专业的技术紧紧咬住嫌疑人。嫌疑人果然上了"贼道"，他们先骑车穿越一条颠簸的小路，然后在到达十五里店后，沿着杨威在白板上画出的"红线"一路向西，经过十多分钟的车程，停在了大满派出所辖区的一个农村大院前。小刘和老顾分别下车，摸到附近观察，发现几名嫌疑人打开了大院的铁门，将被盗车辆停了进去。整个过程都被执法记录仪拍摄下来。

在深沉的夜幕中，一张大网徐徐拉开。各组人员先后到达，大家通过电台，在贼窝前简单地开了一个会。卞队向白所通报了两个情况：一是经过跟踪，已经发现了犯罪团伙的盘踞地；二是白所的电动自行车丢了，但预计马上就能找回。白所大度地表示不用考虑他的私人物品，同时告诉卞队，他正带着所里的其余警力赶赴现场，如果需要抓捕，一定要注意安全，严防嫌疑人狗急跳墙。

经观察发现，大院里的灯一直亮着，杨威怕夜长梦多嫌疑人会分头撤离，就提前布置了抓捕计划。他将跟踪时的八组重新编为 ABCD 四个抓捕组，ABC 三组负责突击，D 组负责拦截。在抓捕时要协同作战，谁动手、谁威慑、谁堵门，抓到嫌疑人要立即搜身上铐，防止狗急跳墙；同时要带好执法记录仪，全程录像，边抓边搜，固定证据。

老洪听着在心里暗笑，觉得杨威这人挺逗，还真拿自己这个"行动组长"当回事了。就算白所和政委还没赶到，但人家大卞还在呢，轮得着他在这儿指点江山吗？好在大卞实在，不与他计较。他是了解这帮刑警的，脑子都用在活儿上，弯弯绕的其他事儿，不灵。

这是一场没有悬念的行动，等白所和政委一到，便立即展开。ABCD 四组协同作战，以雷霆之势突入嫌疑人的盘踞地。抓捕、搜查，干净利落；堵门、守口，万无一失。七名嫌疑人悉数落网，在院内缴获了多达五十余辆电动自行车，但却并未发现"大果子"。但行动毕竟成功了，大家欢呼雀跃，打击队的几位更是喜笑颜开。而就在这时，杨威的那匹"大黑马"却突然"轰轰"两声，冲了出去。

突发的情况令所有人猝不及防，大家循声望去，只见就在"大黑马"车头的百米之外，一辆黑色的摩托正在逆向行驶。摩托的"屁股"冒着白烟，速度极快，几秒钟就变成一个小黑点。

"各组赶紧支援！"白所大喊。参战警力立马上车，尾随追赶。

不出杨威所料，摩托车上的人正是大果子。他本来就在院里，但临时有事出去了一趟，刚回到附近就发现了陌生车辆，觉察出不对。于是便给院内的嫌疑人打了个电话。杨威那时正在搜查，一看嫌疑人的手机上显示出"果哥"二字,就警惕起来,立即跑到院外,果然发现了那辆可疑的摩托车。

此时此刻,杨威已将油门踩到了底,将车速顶到了头。3.6升的排量、286的马力、V6的发动机,"大黑马"的性能被发挥到极致。他全神贯注地驾着车,不敢有一丝疏忽,前方的摩托像疯了一样,不时逆行,一路向北到了海城山附近。山路崎岖难行,但摩托却并未减速,"大黑马"死死咬住,在碎石路上剧烈地颠簸。

发动机声、胎噪声、车门的抖动声伴随着呼呼的风声,充满了杨威的大脑。他的手在抖,手心出汗了,身体也僵硬起来,这种急速的追捕已经久违,上次还是几年前在襄城抓捕"2·19"主犯的时候。前路一片漆黑,仅能凭车灯照亮,杨威努力睁大双眼,预判着随时可能出现的危险,电台里不停发出白所的声音,告诫他不要再追,做长远打算。杨威深深呼了口气,抬手关了电台,然后定了定神,猛踩油门,冲了上去。

大果子将身体趴低,将油门拧到了头,希望以亡命的姿态吓退身后的追兵。他是几进宫的老炮儿,自知再折进去的结果。但就在这时,他突然感到背后一阵狂风袭来,一个巨大的带有压迫性的黑影从侧面冲出。

"啊!"他不禁大叫,声音回荡在山谷里。

"杨威!"在后面追赶的卞队听到了声音,下意识地大喊。所有人都惊呆了。

几分钟后,"大黑马"缓缓地驶了下来,堵在了几辆警车前。

在众人的注视下，杨威打开车门，将戴着背铐的大果子拽到车外，俨然一个得胜的骑士。大家顿时欢呼起来。

红蓝灯光照亮了参战民警的笑脸，大家跑过去将杨威团团围住，然后举起来、抛到空中。太阳跟大家一起笑着，跳着，欢呼着，他注视着杨威的眼睛，觉得那眼神此刻不再寂寞黯淡，充满了光彩，已经恢复成一个刑警的模样。那一瞬间，杨威的背后似乎闪现出光芒，那个传说中战无不胜攻无不克的"刑警之刃"，那个抓获无数嫌疑人空手夺手雷的警界英雄，回来了！

案子成功告破，小满打击队扬眉吐气。之后的一周是紧张忙碌的，审讯、填表、送人、继续扩线追查，每天都加班到很晚。但几个人的心里都觉得特别充实，特别满足。太阳这个副队长更是率先垂范、冲锋在前。但案子还是留有遗憾的，比如大果子团伙依然有漏网之鱼，需要进一步抓捕；被窃的车辆一部分已被转卖到外地，追缴起来难度很大。更重要的是，那个一直在案件中穿针引线的犯罪嫌疑人"彪子"，依然没能被绳之以法。

按照肖小强的供述，打击队循线追击，突袭了赌局的地址，却不料那里只是出租房，已经住上了新的租户。到中介调查，发现租客用的是现金支付，手机号码也已停用，说是"押一付三"，但实际上不到半个月就走了，这帮人是打一枪换一个地方。这点从周边邻居的走访也可以印证。

蛛丝马迹断了线，案件似乎进入了瓶颈，但精明的猴子却发现了新的情况。在走访邻居中得知,租客总在很晚的时候叫外卖。于是猴子便出主意,能不能找到外卖平台反向查询这个地址。这个方法听起来挺好,但做起来却难,外卖平台很多自不用说,其中几家的分部还设在省会,要调查得拿手续出差。最后还是老洪脑子快,一下就想到了那个报案的外卖小哥。都说从群众中来、到群众中去,群防群治是公安工作的看家法宝。与其跨级寻求平台的帮助,不如依靠周边的力量。于是在那个外卖小哥的帮助下,周边不同平台的外卖员便行动起来。

另一方面,白所这几天也颇为忙活。作为笔杆子出身,他自然不会放过这个出彩的机会。他大书特书,第一时间将破案的情况上报分局,并专门给主管他们的领导打了个电话口头汇报,在得到表扬和称赞之后,再将表扬称赞的原文引用在工作简报上,召开全所大会贯彻和传达。他自然不忘凿凿实实、添油加醋地将打击队的同志们表扬一番,特别是新提拔的副队长太阳同志。说的那些话确实有点大,什么不畏危险、攻坚克难啊,什么兢兢业业、服务百姓啊,什么充分体现了新时代人民警察忠于党的事业、保一方和谐平安的信心和决心啊……总之巴拉巴拉,振臂高呼,再加上咏叹。确实像别人评价的那样,这哥们儿一煽呼就搂不住,凭他的演讲能力,当个某省市的宣传部部长也不为过。

但白所这么做也可以理解,小满派出所已经好久没这么扬眉吐气了,他太需要一场胜利来证明这个集体的转变了。他就是要鞭打快牛,通过太阳这根头发丝儿将这支队伍给提起来。在外人眼里这个案件可能不算大，不就是几个偷车贼吗？被盗物品也算不上多。但白所却抓住的是破小案、保民生、服务群众这几个关键词。你想啊，每辆车的背后就有一个群众，每个群众背后就是一个家庭，这一下缴获了五十多辆电动自行车，这得服务多少百姓、多少家庭啊？为此他还经分局领导同意，在市局、分局外宣部门的协助下，召开了一个别开生面的发还仪式。

在派出所门前的小空场里，二十多名民警警容严整、警姿端庄，颇具仪式感地将电动车发还给失主。负责摄影的外宣同志"啪啪啪"地狂摁快门，记下了不少感人至深的警民和谐片段。其中太阳和那个快递员的合影更是被登在了分局的主页上。但还是应了莫泊桑老师……不，准确地说是应了老洪的那句话，一切都是双刃剑。这好的来了吧，不好的也来了。这不，发还仪式刚搞完，隔壁辖区大满派出所的所长"老牛头"就找上门来了。

"老牛头"不姓牛，姓刘，之所以被人起这个外号，是因为他头大、脸总绷着，和分局警保处的董副处长并称"牛头马面"。记得前几年还闹过一个笑话，他们派出所新来了一个民警，想跟刘所长套近乎，听别人"老牛头、老牛头"地叫着，就在中午吃饭的时候在食堂一个立正、磕后脚跟儿叫"牛所"，结果引起哄堂大笑。老牛头一拍桌子，勒令这个民警到派出所的接待大厅去背诵每个民警的姓名。"老牛头"跟白所不同，说话不会扯着嗓子唱高调，也不会动不动就抬手挥向天空，来个咏叹。他是个务实派，三十多年一直扎根在基层，把大满辖区也算治理得井井有条。

在所长办公室里,"老牛头"嘬着还剩最后一截的香烟,冷眼看着白所。那烟头的火星子几乎烫到了他的嘴。

沉吟半晌,老牛头一副苦大仇深地问:"'白大忽悠',我今天来就想问问你,咱们还处不处了?"

"处啊,当然处了。"老白自然是赔着笑脸。这些年他什么风浪没见过呀,深谙兵来将挡水来土掩的处事方法,"老刘,这事儿啊,是我干得不对。我应该早跟你打招呼。但是……你听我解释啊。第一,那天行动的时间太晚了,你也知道我手底下的那帮人,唉……工作热情是有的,但缺少经验,不懂方式方法,一干起活儿来就抓瞎。他们没想到那天晚上能'摘果儿',就愣头愣脑地跟着那帮贼到你的辖区。嘿,没想到还瞎猫撞上死耗子,掏了贼窝。我知道的时候都凌晨两三点了,就没敢打电话吵你觉。再说了,咱们警察遇到了犯罪能不管吗?这可不光是工作态度问题啊,这是为人民群众除害、保社会平安的原则问题!所以我当时就立马拍板,抓!后来的事儿你就都知道了,打了个小团伙儿,收缴了几辆电动自行车。我当时就告诉手底下的材料内勤,等往分局写报告的时候一定注明了,咱们这个破案抓人数啊,得跟大满派出所对半分。结果……咳……"他叹了口气,"我那内勤的脑子啊,真是不好使。第二天一忙活就给忘了。你说这事儿闹的。"

老牛头看着白所在那"白话",知道这位有口吐莲花之能,使点劲儿能把死人说活。就无奈地摇了摇头,"你啊,别跟我来这'马后炮',也别揣着明白装糊涂。就算你的内勤忘了,但往分局提的报表呢？你可没把数儿分我们一半啊。老白啊，你是真不地道。你是给分局领导打过电话、邀过功了，也得到表扬了。但你这边儿怎么得的表扬，我那边儿就怎么挨的骂！你攻坚克难、打击犯罪、保一方平安了，我那儿就藏污纳垢、治理不力了。嘿，这是什么逻辑呀？合着你是杨子荣，我那儿是威虎山啊？"他一激动，烟屁股掉在了地上。

"得得得，您老消消气，消消气……"白所赶忙坐到他身旁，"我这话还没说完呢，刚说'第一'你就急眼了。不至于，不至于。"他摩挲着老牛头的后背，"第二才是重点呢。我准备跟你商量啊，这案子虽然破了，但还有后续工作呢，得深挖呢！就算你不来，我也得找你去。下一步咱们两个所得相互配合、形成合力啊，不绑在一块儿干怎么扩大战果啊？还有没有其他被盗的赃车？这帮小子的销赃下线是哪儿？弄不好就再挖出个惊天大案来。到时候我全力以赴，帮衬你。"白所郑重其事地说。

老牛头没话了，感觉满腔的怒火都被堵住了。觉得哪儿不对，却又说不出来，"得，这可是你说的啊。那以后这案子的后续，得带着我玩啊。"

"那必须的。"白所做出了肯定的回答。

送走了老牛头，白所就推着他那辆"小白"准备去补漆。卞队没能履行他的承诺，"小白"被蹭得跟花瓜似的。但他还没到修车店，就接到了卞队的电话。案子来新线索了。

那个外卖小哥不负众望,发动了身边的所有同行反查那个地址,仅用了一天时间就有了发现。他们虽然没能通过对订单的反查获取嫌疑人的手机号,却在一个新的地址发现了一个疑似嫌疑人的男子。那地址在大满派出所的辖区,平远路小区。

查!马上!尽快!白所立即下达命令,同时要求卞队不要惊动大满派出所的人。

打击队迅速集结,大家拿好各种装备,佩戴上执法记录仪,赶赴目标地址。平远路小区建于二十世纪八十年代,楼体已经破旧,楼道里贴满了小广告,一看就是疏于管理。因为没有确凿的证据,开不了搜查证,所以打击队经过商量,准备先化装侦查、投石问路。

从外面观察,那户的阳台上挂着衣服,应该是有人居住。老洪去了趟物业,不一会儿就提拉着这两身衣服回到了车上。他和太阳"cosplay"了一番,扮装成物业人员的模样。老洪夹着个小本,煞有介事地敲响了防盗门。门一开,里面站着一个中年男子,一米七五的身高,一百八九十斤的体重,头发谢顶,身材发福,穿着一件睡衣,一副没睡醒的样子。老洪称自己是物业的维修人员,负责定期上门检查煤气管道。那个中年人也没多疑,就伸手开了门。老洪和太阳进了屋,左右观察着。这是个两居室,东西摆放凌乱,一看就是临时租住。门厅里还有个三十出头的年轻人,正靠在沙发上玩手机。看不出有什么异常。老洪走进厨房,装模作样地检查一番,然后又溜达到门厅,跟那个年轻人搭话。

"玩什么呢？这么认真？"

年轻人抬眼看了看他，一副爱搭不理的表情，"网络游戏，说了你懂吗？"

老洪笑了笑，没再说话，就带着太阳出了门。

在车上，老洪连连摆手，"不太像，应该不是赌点儿。"

"一共几个人？"杨威问。

"就俩人，凑不成一个牌局，而且一没现金二没工具，估计是那快递员看走眼了。"

"需不需要再查一下他们的身份证？"太阳问。

"扯淡，那不给'明'了吗？万一牌局刚打完或者还没开始呢。记住，宁可按兵不动也不要打草惊蛇。"老洪说。

卞队权衡了一下，就叮嘱太阳和猴子，近期要注意盯着这个地址，力争有新的发现。

杨威打着了火儿，开着"大黑马"准备收队。但卞队却让他把车开到分局，说还有个重要的工作要做。一路无话，等杨威把车开进分局大院的时候，卞队才说明来意，这个重要的工作就是去刑侦大队面见牧安。

一听这话杨威就火了，"见那孙子？我可不去！心胸狭窄、好大喜功，我见不了他那张臭脸。"他说着就要掉头。

"老杨，都到了地儿了，你就屈一下尊，过去戳一会儿，行不行？到时好话我们来说，你就作个陪，给他个脸，权当为了工作。"卞队跟他商量。

"是啊,老杨。我们都来好几次了,这牧安一直阴阳怪气儿的,总抻着你不来,不给他面儿。你不是不知道,咱们搞案子没刑警的支持是真不行。都说冤家宜解不宜结,你赏他个脸,给他个台阶,以前的事儿也就过去了。"老洪也劝。

俩人一唱一和,最后杨威实在没辙了,就答应上去戳会儿。但底线是绝不跟牧安说服软的话。

刑侦大队在分局的副楼里,一进门儿就看到墙上的标语,"群众看公安,首先看破案"几个大字。太阳走在杨威等人身后,心里是有点小激动的。牧安这个大名他也听过,那个"刑警之光"的名号和"1·13"大案中击毙悍匪的传说可谓如雷贯耳。他在警训的时候曾见过牧安一面,那时牧安是训练队特邀的教官,个子高高的,脸上充满阳光,并不像杨威形容的那么不堪。太阳觉得,英雄应该惺惺相惜同仇敌忾,却不懂这两个刑警精英为何总针锋相对。

牧安没想象中的那么端架子,几个人还没走到大队长办公室,他就迎了出来。

"哎哟喂,这不是海城市公安局的尖刀和拳头,踏雪无声、抓铁有痕的'刑警之刃'杨威同志吗?是哪阵风把您给吹过来了?"牧安满脸笑容,说起话来底气十足。

"哎哟喂,这不是从胜利走向胜利、伟大光荣正确、攻无不克战无不胜的'刑警之光'牧安队长吗?"杨威也提起了"中气",反唇相讥。

"要说您可真是沉得住气啊！等嫌疑人把手雷都掏出来了才将其扑倒，真可谓是为了人民的幸福、社会的稳定敢于舍生忘死啊。"牧安伸出大拇指。

"要说您可是技艺超群啊！拿一把'92式'突突突地跟开机关枪似的，子弹都快打没了才将嫌疑人撂倒，真可谓是精准射击、弹无虚发啊！"杨威拱起双拳。

俩人这么一聊，众人都傻了，没想到他们是属蛐蛐的，见面就掐。但表演却还在继续。

"怎么着，现在身手还那么敏捷吗？还记得那次吗？拿根儿警棍跟三个流氓生刚，让人打一鼻青脸肿。"牧安笑着说。

"唉，岁数大了，身手不如以前了。你那体力还那么充沛吗？还记得那次吗？光凭两条腿儿就敢追摩托车骑抢。在大腿抽筋的情况下还把嫌疑人掀翻在地，然后单腿蹦着跟领导邀功。那样子堪比一个国名儿？丹麦（单迈）啊！"杨威也笑着说。

"哎哎哎，两位，打住，打住。"卞队赶忙走到两人中间，伸开双臂，那样子就像个叫停比赛的裁判，"牧队，我们今天来，是想跟你聊聊下一步的工作。"他赔着笑脸。

"哦……"牧安拉了个长音，慢慢地点头，"没事，好说，我们是老友相见，多聊两句。"他皮笑肉不笑。

进了队长办公室，牧安给几位倒上茶。杨威坐在下首的位置，并不正视他。脸上的肌肉紧绷着，呈战斗状态。

"大卞，什么事儿？"牧安摆谱。

99

"我们打击队之前的情况您也知道,平均年龄偏大,就我、老杨、老洪仨人。几个月前,所里为了加强力量,分给我一个辅警,就是小孙,精明能干,很优秀。上个月呢,小邰也过来了。哦,您听说过吧,就是郭局特批从辅警转成民警的,咱们海城第一个。现在是我的副队长。我不是想着人凑齐了,过来拜访拜访您吗,也请您在以后的工作中多多支持。"卞队很客气。

"咳,我说大卞啊,你这么说就不对了。你们最近案子办得多火啊,风生水起的,不但在分局出了名,在市局也挂了号。今天早上开会分局领导还跟我这儿说呢,你们刑警队得跟小满的打击队学习呀……要我说呀,以后得请你们多多支持才对。"他说着从桌上拿起香烟,抬起来示意众人。

杨威没搭理他,老洪摆摆手,只有卞队接过了香烟。但没想到他香烟还没拿稳,牧安就从腰间掏出了一把手枪。枪口黑洞洞的,直指卞队的脸。卞队一慌,香烟落到了地上。

"哎哟,紧张什么啊?"牧安微微一笑,扣动了扳机,只听"噗"的一声,从枪口冒出一个火苗,那只是个打火机。

卞队有些尴尬,低头将香烟捡起。牧安又扣动扳机,假惺惺地给他点燃。

杨威满眼不屑,知道这是牧安的惯用伎俩。牧安是个优秀的刑警,但也是个挺各色的人,他恃才傲物,自觉高人一等。杨威绷不住了,刚想张嘴挖苦他两句,就被老洪用眼神制止,无奈叹了口气,把话咽了回去。

"哎，我说牧大队长，要说我们这次破案，那一半功劳也是你的。"老洪不失时机地说，"要没你提供的那些线索，我们肯定两眼一抹黑呀，到哪儿去摸嫌疑人？而且说到底，无论是哪个单位破案，还不都是咱们分局的功劳。咱们是在一个锅里吃饭的战友。以后您多支持我们，我们基层单位把犯罪消灭在萌芽了，您这领导机关不也少受累吗？"

"对，案子都让你们破了，我这儿少受累了，那还要我们这支队伍干吗啊？干脆你们小满打击队给接管了得了。"牧安总是话里有话，一口一个"大便"，听着让人很不舒服，而且也没给老洪面子。

其实在来之前，老洪就跟太阳说过。牧安这个人能力强、作风硬，算是海城刑侦系统的一把尖刀，但就是肚量小了点儿，不够大气。要说他跟杨威真有什么深仇大恨吧，其实也没有，就是一些日积月累的小摩擦。两位都是刑侦系统叫得响的人物，曾在无数次警务技能比赛中你来我往地较量过，算是各有胜负。那句话怎么说来着，叫一山难容二虎。

"那你的意思呢？继续压着我们，拿手拢着各种资源不放，装孙子呗？"杨威终于绷不住了。

"嘿，你这是什么话？正常填表、按程序审批，只要是工作上的事，谁也没权力阻拦。"牧安反驳。

"你呀，甭跟我在这儿装着玩。"杨威绷不住了，"你是什么人我不知道吗？表面上理直气壮、义正词严，说得跟大公无私似的，其实表里不一、留着后手。我问你,就算我们正常填表、按程序审批,在碰见急活儿的时候,你能给我们特事特办吗?你扪心自问,支持过我们工作吗?"他提高了嗓音。

"我凭什么给你们特事特办啊?就你们小满的案子是案子,人家大满、五里坨、阳光路的案子就不是案子?"牧安腾的一下站了起来。

"哎哎哎,牧队,老杨不是那意思……"卞队还想抹稀泥。

"那他是什么意思?"牧安冷下脸,"敢情你们今天过来,是来叫板的啊?不服是吧?那行!要不咱们两支队伍打个友谊赛,看看下个月谁破案多?"他较起劲来。

一听这话,几位不言语了,气氛变得尴尬。

"哼,哼哼……"牧安冷笑,"这一说正事就怂了吧,怎么着,杨威,听说你刚做完手术,把胆给摘了。现在没'胆'了?不能吃油腻的,不是肉食动物了?"他使用激将法。

杨威一听这话,刚要回嘴,却被太阳抢了话。

"怎么打友谊赛?"太阳站起来问。

牧安瞟了太阳一眼,没想到这个新转正的小警察也敢跟自己叫板。他轻蔑地一笑,"行啊,有勇气,不愧是新提拔的副队长。听说你参与侦破了一起涉毒大案,还立了一等功。嗯,后生可畏,比某些总提当年勇的老刑警厉害。"

太阳被他刚才的态度激怒了,直勾勾地看着他。

"你们加一块儿五个人对吧?正好,我们重案一队也是五个人。

那咱们就这样,这个月也没几天了,就从下个月开始。你们小满打击队就跟我们重案一队赛一场,以一个月为限,就比破案、抓人两个指标。输了的得给赢了的做面锦旗。行不行?"他看着太阳。

"那办案需要的资源怎么办?你要是压着不给怎么办?"太阳问。

牧安停顿了一下,拿起手机,"沈姐,从下个月开始,只要是小满派出所报来的查询,你们综合队都给加塞解决,要是来不及审批,我后补签字……"他说完就挂断了电话,"行吗?我们能查的,你们也能查。咱们公平竞争。"他昂着头说。

"好,一言为定。"太阳郑重地点头。

"好,一言为定。"牧安轻蔑地笑着,"哎,大卞,他说了算吗?"

"这……"卞队没想到太阳能"蔫人出豹子",来这么一出,但想了想,事到如今也只得如此了,"行,那咱们就打个友谊赛,友谊第一、比赛第二,锻炼锻炼队伍。"他笑着说。

"牧安队长,我能提个要求吗?"太阳插话,"以后请对我们队长尊重一些,不要总说'大卞大卞'的,按照规定,同志之间要使用尊称,姓氏加职位。"

牧安一愣,没想到这小子还挺硬,"行,邝副队长。"他努力笑了一下。

回到所里,卞队这个后悔呀。什么叫适得其反,今天就是个典型的例子。自己忍辱负重、卑躬屈膝地带杨威去见牧安,本想是让两位摒弃前嫌、同仇敌忾，一起开创打击工作的新局面。但结果呢，非但两人的疙瘩没解开、局面没打开，这矛盾还上升到单位的层面了。弄什么友谊赛啊？先不说有没有胜算，无论输赢都得得罪刑侦大队啊。他看着办公室墙上挂着的案件数字统计表，那几条一直趴窝的红蓝曲线，这个月刚有点儿起色，没准过俩月就又趴下了。

"唉……"他长叹一声，抽出一支烟，却没找到火机。

"太阳，就是你惹的祸，你犯什么神经啊？得罪他干吗？"猴子埋怨道。

"别担心，玩笑而已。当真你就输了。"老洪掏出了打火机，给卞队点燃。

"怎么是玩笑啊？君子一言驷马难追，要比就比出个所以然，咱们必须干趴下他们！"杨威拍响了桌子。

"卞队，既然是我答应的，案子就由我来破。"太阳说得挺痛快。

"扯淡，你把责任都担了，要我们干吗？"杨威瞥了他一眼。

"得，事已至此，咱们就准备加班吧。"卞队摇头苦笑。

既然话放出去了，就不能不拿比赛当真，打击队的几位开始紧锣密鼓地忙活起来。他们知道，牧安明面上说是以一个月的时间为限、比破案抓人数，但实际上是"藏着坏"的。刑警大队负责城南分局片区内的所有刑事案件，上到杀人抢劫强奸放火，下到溜门撬锁坑蒙拐骗，他们的案源是小满打击队不能比的。没有案源谈何破案？所以这是一场不公平的比赛。当然，这世界上也没有绝对的公平，所以打击队的首要任务就是要开拓案源、扩大基数。为此，几个人一研究，制定了以破现案为主、同时深挖积案的策略。他们把档案柜尘封已久的案卷都搬了出来，摊在桌子上逐一分析，分析哪个有继续工作的可能。白所看他们这么积极，以为自己的思想政治工作取得了实效呢，结果一问才知道，是打击队跟刑警杠上了。他心里暗笑，觉得牧安跟杨威这俩人挺有意思，干公安这么多年了，还跟小孩儿似的意气用事。于是想了想，就抄起电话跟领导做了汇报，说为了巩固警务实战大练兵的成效，打击队准备跟刑警来一次业务技能竞赛，目的是向专业办案部门学习。领导听了很高兴，鼓励他们要赛出水平、赛出成绩，并说会将此情况通报给主管刑侦大队的领导。白所这么做的目的有二，一是提前汇报，防止领导对他们有想法；二是让领导从中把住尺度，避免两单位产生实质的矛盾。如此看来，白所的情商是远高于这两个刑警的。

要说现案，摆在面前的就是果建斌的盗窃团伙。为了深挖余罪，老洪和太阳特意抽了几天时间，扎在了看守所里。

此时此刻，果建斌正将脑袋埋在双腿之间，做认怂状。

"哎哎哎，一个大老爷们儿别跟软柿子似的，叫人看不起。说，除了收车，你还收什么东西？"老洪用手指点着桌面。

"我是真不知道那些东西是他们偷的，要知道，我能收吗？我也是一而再,再而三接受过政府教育的人,不会干这种糊涂事儿。"他抬起头,满脸写着冤枉。

"哼……"老洪乐了,"一辆崭新的电动自行车,你三百块就能收到,哎,这种好事儿我怎么遇不到啊?"

"咳,都是些二手车,您不能拿新车的价格比啊……"

"果建斌,你觉得自己是'老油条'是吧?跟我装着玩?"老洪冷下脸,不再迂回,语气强硬起来。

一听这话,果建斌不说话了。

"扛着是吧?行!你也是几进宫的老炮儿了,应该知道我们的办案程序。我告诉你,就算你不说,你身边的那帮伙计是哑巴吗?他们不会说吗?你要是不信,咱们就走着瞧,到时候一准儿能把你办得妥妥的。哎,把刚才他说的那些什么'不知道收的是赃车'的话都记录在案,到批捕起诉的时候,也能体现出他抗拒的态度。"老洪对太阳说。

"哎,警官,你别生气啊。你们问人不都得来来回回有个过程吗?我一下就撂了,显得多没劲啊。"果建斌收起了脸上大写的冤枉,做出一副无赖的表情。

"大果子,这么多年公安机关处理你,你哪次逃掉了?这次我能让你跑了?"老洪质问。

"得,我落您手里,认栽,行吧?"果建斌叹气。

"想立功吗?"老洪收起锋芒,语气缓和。

"怎么立功啊?我这也不算自首,是让你们从山上给薅下来的。"

"彪子认识吗？"

"彪子？"他皱眉。

"就是总穿个皮衣、戴个棒球帽的那人。"老洪提醒。

"哦，那孙子啊。在我这儿他可不叫彪子，叫小旭。"

"小旭？哪个旭？"太阳问。

"不知道，就是那个音儿。"

"他多少岁？什么体貌特征？"

"应该不到四十岁的样子，……三十七八吧。高、瘦，做事总是神神秘秘的，爱戴个帽子。"他回忆着。

"帮我们找到他，算你立功一件。"老洪说。

"警官，他现在在哪儿，我可不知道……"

"他不是你的手下吗？"老洪打断他的话。

"哎哟喂，我都跟您说了多少遍了。我手底下就那么两个出生入死的兄弟，其他人都是业务关系……"

"啪"，老洪听不下去了，拍响了桌子，"你们干的这事儿还配得上叫业务？你们几个混子在一块儿还能叫出生入死？"

"得得得，那我们是鸡鸣狗盗的同伙儿，您看行吗？"果建斌转得倒快。

"这还差不多。"老洪点点头。其实在讯问果建斌之前，他和太阳已经提审了那几个从犯，从供述上看，彪子确实不是果建斌的手下。这是审讯中围城打援的方法，先突破从犯再攻克主犯。

"那你自己看着办吧，能找到彪子，我就算你立功一件，给你记在笔录上。以后到检察院也算有个说辞，万一能减个一两年呢。你要是不说也就算了，我们有的是渠道能找到他。"老洪做出一副满不在乎的样子。

"明白，明白。"果建斌连连点头，"您容我想想啊……"他抬头望着天花板，"有一次我跟他聊，他说自己刚出来两年。听那意思是进去过。"

"这算什么线索啊，干你们这行的有几个底儿不潮的？"老洪撇嘴。

"您接着听我说呀。我听他那口音应该是咱们海城本地的。这犯了事儿要是给判了，不都得回原籍服刑吗？海城人，刚出来两年，这不离他那真实身份越来越近吗？"

"行，都会帮警察分析了。"老洪笑，"接着说。"他抬了抬下巴。

"还有，我看这小子什么都偷，手艺应该不错。我分析啊，他之前进去没准也是因为盗窃。"

海城本地人、有盗窃前科、两年前释放，太阳将这三个重点记在笔录上。

"哎，你那窝点儿没弄个监控啊，有没有他的影像？"老洪问。

"咳，您觉得可能吗？我们一帮贼，弄个监控整天照着自己？这不是等于给你们留证据呢吗？""大果子"撇嘴。

"行，你小子还算识相，再想起什么来随时告诉我们，要真能通过检举揭发把彪子给抓住，我们肯定会通报检察院，在移送起诉时体现你立功的情节。"老洪正色地说。

"得，那您费心了。"果建斌还挺客气。

讯问结束后，老洪和太阳并没回所，而是直接前往了海城监狱。俩人说明了来意，在监狱人员的配合下，按照海城人、有盗窃前科、两年前释放、35岁到45岁之间的年龄、1.78米左右身高等条件进行了检索，共发现疑似人员6名。之后，他们又返回到看守所，将这6人的照片分别混杂在其他照片中，让肖小强、果建斌及其他同伙进行辨认。果不其然，化名"彪子"的盗窃嫌疑人就在这6人之中。经过辨认，几个人一致指认了一名有多次盗窃前科的海城人，那人的名字叫乔辉。

在打击队的办公室里，乔辉的照片被贴在白板的中央。他今年38岁，有多次盗窃前科，第一次入狱被判刑5年，出来之后又接连犯罪，是个不折不扣的盗窃惯犯。杨威站在照片前端详着。看了许久，像是想起了什么。他回到自己的工位，翻箱倒柜了好半天，找出了一个旧的工作记录本。他逐页翻看，停在了一页之上。

"看，是不是他？"杨威指着页面上的一张照片说。

照片已经泛黄，太阳仔细看去，上面那个人的模样与乔辉很像。

卞队、老洪和猴子也围了过来。

"嗯，应该就是这个人，你看他的颧骨和鼻子，不会有错。"卞队说。

"这孙子是我十多年前给弄进去的。当时海城发生了一系列重大盗窃案，犯罪团伙冒充搬家公司入户作案，将被害人家中清空，不少物业和保安还帮着他们开门、指挥倒车呢。嫌疑人一共四名，那帮混混给他们起了个外号叫'搬家队'。这个乔辉就是团伙成员之一。"杨威介绍。

"他是主犯吗？"太阳问。

"不是。"杨威摇头，"主犯一直没抓到。"

"看来他这次学聪明了，作案自己不往前冲，让肖小强当马前卒、替死鬼。"猴子说。

"搬家队……"老洪用手托着下巴，"怎么听着这么熟啊，哎，那个给歌厅看场子的邓彪，以前是不是也是这个团伙的？"他突然想了起来。

他这么一说，杨威不说话了，面沉似水。

卞队见状，赶忙过来打岔，"老杨，如果发现了他的真实身份，是不是就可以上网追逃了？"

"咱们还得再做几步工作。"杨威说，"太阳，你联系一下乔辉户籍地的派出所，让他们摸一下这个人是不是在户籍地居住，有没有正式工作。猴子，你通过系统查一下乔辉的轨迹，看他是否正常缴纳社保，有没有入职、就医等情况。"

"如果乔辉没在户籍地居住，没有正常的工作和生活，就能判断他是那个彪子了吧？"太阳问。

"也不能完全断定，只能让他的嫌疑升级。"杨威说。

"好，我们马上就去办。哎，那他的基本情况怎么填啊？"

"你傻吧，咱们不是都给调出来了吗？"老洪狠狠拍了太阳一下，回手抄起从海城监狱获取的材料。

乔辉从出狱之后，一直未在原籍居住，且行踪神秘，并未留下多少轨迹。于是打击队便立即将其上网追逃。但守株待兔显然不行，主动出击才是正路。眼看着就到了月底，与刑侦大队的比赛马上就要开始了，打击队的几位都挺有压力，但压力最大的则要数太阳，他是那种心里装着理想、信念、责任、使命这些大词儿的人，加上这场比赛因他而起，就更加不用扬鞭自奋蹄了。白所和卞队让他当这个副队长，是为了起到"鲇鱼效应"，现在他不仅是条鲇鱼，还成了剑鱼，整天冒着头地往前冲。这几天跟着了魔似的，每天起床先不洗漱，就直勾勾地盯着对面墙上的嫌疑人照片发愣，他按照莎莎说的一遍不行做十遍的方法，试图将这帮孙子的面孔深深印在自己脑海。而且还大清早的动不动就往外跑。

这几次抓人，太阳深感自己的体能太差，再加之莎莎说他有点胖，应该去锻炼锻炼。太阳就当真了，问莎莎怎么锻炼才好。莎莎就给了他一个号码，说这个人叫戴姐，是个长跑爱好者，她是"绕指柔"的常客，每次跑步之后都会来做按摩，人特别好。她所在的团队据说是一个很厉害的长跑团，你要能跟着他们练，体能肯定能上去。太阳好奇，问莎莎为什么说他们厉害，莎莎说自己也不清楚，是听戴姐自己说的。于是太阳便联系到了戴姐。

次日正好是周末，清晨五点，太阳就按约定来到了城南郊野公园。公园面积很大，中间有一片大湖，很多人都在这里锻炼。远远地，他就看见十来个人，正在做着跑步前准备运动。他是心怀敬仰来见戴姐的，在他的想象中，这帮最厉害的长跑团应该个个身材健美、步履如飞。却不料临近一看，这些人的年龄大都在六十上下，高矮胖瘦，穿着各异，根本看不出哪里厉害。太阳找到戴姐，说明了来意。戴姐却并没正面回答。

她的身材很好，穿一身粉嫩嫩的跑步服，头上戴着遮阳帽。能看出，她的外貌和实际年龄并不相符，但皮肤、发色和眼神却出卖了她。

她上下打量了太阳好半天，突然笑了，"你就是莎莎说的那个大英雄？"

"大英雄？"太阳一愣。

"呵呵，我还以为什么样儿呢，没想到是个小胖子呀。"戴姐撇嘴，"哎，为什么要加入我们啊？"

"想锻炼身体，提高体能。"

"提高体能的方法多了，游泳、健身、器械……干吗非要跑步呢？"她一副高高在上的样子。

太阳不喜欢她的语气，没想到跑个步还这么麻烦，就赌气地说："跑步不是不花钱吗？"

一听这话，戴姐不高兴了，"那你还不如去工地搬砖呢，还能挣钱呢。"

俩人正说着,又走过一位老者。他不到六十的年纪,身材不高,浓眉、大眼、方脸,肤色黝黑,一看就是老跑友。

"这孩子想参加咱们长跑团?"他问。

"是啊,给我按摩的那个小姑娘介绍的。"戴姐说。

"小伙子,为什么想练长跑啊?"他又问。

"为了能减肥,跑得更快。"太阳换了个说法。

"哼,长跑真正的意义是拥抱痛苦,寻找痛苦之后的自由和快乐,战胜自己。而不是为了吃得香、睡得好。哎,加入我们,可得需要考试啊。"

"还需要考试?"太阳没想到。

"起码得能跑完一个半马吧?马拉松的全程是42.195公里,半马就是21公里。你看,这个公园一圈差不多有10公里,你得跑完两圈多。"老者用手指着。

"两圈多……"太阳有点犯含糊。

"没事儿,你要是觉得难就算了。在这儿遛遛弯儿也能锻炼。"老者说着就转身要走。

"没问题,我能跑!"太阳叫住他。

于是一场半马随即开始,太阳随着这十多名老者,围着郊野公园的大湖迈开了脚步。老者们跑得并不快,匀速前进,衔接成一个队列。太阳刚开始跑的时候还凑合,能在队前,但渐渐地就被老者们赶超。他在警训时也没少跑步,但最长也就是五公里。这次长跑可以用几个词来形容他的状态,那就是最初全力以赴、勇争第一，之后疲于应战、困兽犹斗，再后筋疲力尽、苟延残喘……那位老者说得没错，长跑的真正意义是痛苦，这回太阳可是深深体会到了。历经三个多小时，太阳终于"挪"到了终点，比倒数第二名整整差了二十多分钟。他浑身被汗水浸透，躺在地上就起不来了。这可把那帮老者给逗坏了。

戴姐走到他面前，俯身看着他笑，"怎么样？这不花钱的运动，比搬砖累吧？"

太阳大口大口地喘着气，没力气说话。

那个老者也走了过来，"以后还跑吗？"

"跑！"太阳用力地回答。

"呵呵……"他笑了，"听我的，你这身材和体力不适合长跑。"

"我爸说过，只要怀着输了也无所谓的心态就不会输。"太阳执拗地说。

"嘿，听见这小伙子说的了吗？至理名言呀。"老者冲戴姐笑。

"那我告诉你，这句话不是你爸说的，是他抄的。"戴姐也笑起来。

"我……能加入……你们吗？"太阳挣扎着坐起，抹着头上的汗水。

"每天早晨，围湖半圈五公里，每个周末，一次半马。无论刮风下雨，雷打不动。你行吗？"老者问。

"行！"太阳点头，"但是……我还得上班，不能保证每天都来啊。"他如实说。

"你是干什么工作的?"老者问。

"我是个警察。"太阳郑重地说。

"哟,人民卫士啊。"老者和戴姐都笑了,"你知道我们是干什么的吗?"他问。

"这个不重要吧?"

"嗯。"老者点头,"行,你平时不来没事,但得保证运动量,不能拖我们后腿。"

"那没问题。"

"好,那欢迎入团。也正好能拉低我们的平均年龄。"老者笑。

"太好了……"太阳努足一口气,爬了起来,"大叔,您怎么称呼啊?"

"叫我老栾吧。"老者笑着回答。

派出所是公安机关最基层的战斗堡垒,处于服务百姓的最前沿和第一线,每天要应对大量纷繁复杂的工作,"五加二""白加黑"是常态,工作强度和工作压力都是其他警种没法比的。而且接触面还广,上面千条线、下面一根针,不仅如此,社会上千丝万缕的关系也会从这里穿过。也难怪白所总说,派出所是最历练人的,结交五行八作、体味百态人生。太阳到小满已经有一段时间了,他过得很充实,成长得很快,举手投足都越来越有警察样儿了。他经历了许多故事,也目睹了不少事故。就比如现在,他正站在高空中，迎着呼呼的风，面对着一个歇斯底里的年轻人。

"你们别过来！"那人大喊着，声音回荡在空中。

据说鹰在高空的时候，看猎物是沧海一粟。太阳此时就是这种感觉。他和杨威站在城北区一栋15层楼的楼顶上，劝解着那个站在楼边的年轻人。风很大，那人说话的声音听不清楚，大概意思是和女友分手了才想不开。太阳刚往前走两步，他就激动起来。

"你们再过来我就跳了啊！"他威胁道。

杨威拦住太阳，"我们不过去，有话好好说。"

楼下已经站满了民警，商业区的不少白领都在围观，他们面带麻木和疲惫，像观众在看戏。

不一会儿，郭局赶到了现场。白所向他做了简单的汇报。

"什么诉求？"郭局问。

"没有诉求。"白所摇头。

郭局走到楼下，看充气垫已经铺好，但从这么高的地方跳下来，稍有偏离，仍然会酿成惨剧。现场所有人都如临大敌，只有老洪在远处哼哼唧唧地打着电话。

"哎，洪东风。"郭局叫他。

老洪没听见，继续聊着。

"哎，郭局叫你呢！"白所跑过去，推了他一把。

老洪这才挂断电话，迈着外八字儿跑了过来。

"你上去试试。"郭局说。

"我？"老洪张大了嘴，"不是由杨威他们处置吗？"

"直来直去的方法不行。你弯弯绕儿多,过去劝劝,不战而屈人之兵。"

"哎哟喂,郭局,您可太抬举我了,我哪有那本事啊。"老洪摇头。

"别废话,这儿就你一个搞过预审的,你不去谁去。"郭局拉下了脸。

"得,遵命。"老洪无奈。他停顿了一下,想了想,抄起两瓶矿泉水递给白所,又小声嘀咕了几句,白所有些犹豫,但还是点了头。

在通往楼顶的消防通道里,站满了民警和特警,白所拨开众人,引郭局和老洪来到门前。外面风声呼啸,楼顶上一览无余,想要突袭显然很难。为了缓解当事人的情绪,此时外面只有杨威和太阳两人。

老洪低头想了一会儿,掏出一支烟,点燃,猛嘬两口,然后迈步走了出去。

他冲杨威和太阳招招手,那意思该自己上场了。

杨威和太阳退后,跟老洪换了场地。此刻,年轻人正坐在楼顶的边缘,满头乱发、满脸泪痕,显得极度虚弱。看老洪来了,他下意识地往后挪了挪。

"嘿,打住!再挪就掉下去了。一个大老爷们儿,紧张什么啊。"老洪冲他笑笑,一脸的轻松。他颇有仪式感地咳嗽了两声,清了清嗓子,刚要说话,没想到电话就响了。

"喂，老乌，那个事儿有戏吗？咳！我这不是倒霉吗，前两年局里还有政策，去年突然给停了，我连个末班车都没赶上。哪个片儿区？都行啊，只要比我们家那片儿强就行。唉，现在都屎到屁股门儿了，买房子都来不及了……是，是，你人脉广、路子野，给我多操操心。我可就指望你了啊。我现在啊，家里都快火上房了，你弟妹给我下了最后通牒，要是干不成，就让我卷铺盖卷滚蛋……"他说着冲那个年轻人招招手，示意他等等。

现场十分尴尬，所有人都安静地看着他，等待他把电话打完。

"踢足球？这个他还真不会。现学？那哪来得及啊？"老洪继续说着。

"喀，喀喀……"郭局在门洞里用力地咳嗽。

老洪这才收敛些，"哎，要不先这样儿吧。我这忙工作呢，等完事再给你打。"他挂断了电话。

"抱歉啊，家里的事儿。孩子今年小升初，这不想给他找个好学校吗。"老洪还真不拿对方当外人，"哎，抽烟吗？"他抬了抬下巴。

年轻人摇头。

"因为什么呀？有什么大不了的，比这条命还重要？"老洪做关心状。

"我活不下去了，一了百了，于人于己都有好处。"年轻人说。

"扯淡。"老洪不屑地抽了口烟，"你这条命没了，最大的受益者就是看你不顺眼的人。哎，有房贷车贷吗？"

年轻人犹豫了一下，点点头。

"得，那便宜银行了。"老洪撇嘴。

"活着太累了，我撑不下去了……"年轻人摇头。

"干什么不累啊？我媳妇以前银行的，点钱也累着呢。"老洪说，"再说了，你能保证从这儿跳下去，就能来个痛快，一了百了吗？"

"什么意思？"年轻人没懂。

"我给你科普一下啊。哎，我以前可干过法医。"老洪背着手踱步，"从这儿掉下去，你就成了一个不受控制的自由落体。到时候可没后悔药。往地上一拍，'啪'！如果头先着地，那恭喜你啊，痛苦可能会少一点儿。但是呢，你也不会立刻死亡，几十秒甚至几分钟都能感觉到全身骨骼碎裂、内脏破裂的剧痛，那才真叫疼呢，非常痛苦。"

年轻人被他镇住了，下意识地咽了口唾沫。

"那是种精神和肉体的双重折磨，那种血肉模糊的恐怖，比你现在所谓的痛苦，大一万倍都不止。"老洪做出夸张的表情，"哎，我这说的还是头先着地啊。但实际上呢，从以往的案例来看，头能先着地的概率不到十分之一，从十多层楼摔下去能立即死亡的，不到五分之一。哎，你记住这两个概率啊。也就是说，大概率你死不成。那死不了会怎么样呢？"老洪做了个设问句，看着对方的表情。

"会……会怎么样呢？"年轻人显然听进去了。

"会……喀喀……"老洪又咳嗽两声，"哎，有水吗？给我拿两瓶过来。"他回头喊。

119

白所紧跑两步，把水递了过去。老洪拧开一瓶，仰头咕咚咕咚地喝了一半，然后一弯腰，把另一瓶滚到年轻人面前，"哎，咱们边喝边聊。"

年轻人试探地往前走了两步，离开了楼顶边缘，缓缓地拿起水。

"要是死不了可就遭罪喽……我记得有个年轻人啊，跟你岁数差不多，跳楼的原因是家庭琐事。那是在一个春节前，他还穿着件棉衣，从十多层往下跳的时候，本来是头朝下的，结果被风一刮，就变成了坐姿，落地的时候还下意识地用手撑地。结果胳膊、肋骨、腿全折了，血气胸，内脏大出血，骨盆也碎了，颈椎、腰椎、尾椎全粉碎。说句难听的吧，基本就是一个脑袋埋在骨头渣子里了。啪嚓！"他发出了一个象声词。

年轻人一激灵，被老洪拉进到情境之中。

老洪又咕咚咕咚地喝着水，年轻人也不自觉地拧开瓶盖，喝了几口。他的情绪显然没刚才那么焦躁了。

"然后呢，这哥们儿就被送到医院抢救了，插胃管、接骨头、进ICU，一天好几万。到那时候可不是他想死就能死了。他的家人让医院全力救治，保住他的命，医生就给他全身打钢板、固定钢钉、翻来覆去、前前后后做了二十多次手术。最后虽然他的命没丢，但全身瘫痪了，大小便失禁了，没有自理能力了，除了能喘气儿，什么都干不了。到现在还那么躺着呢，估计下半辈子也就这样了。怎么着？看这意思，你也想步他的后尘？"老洪质问。

年轻人的手颤抖着，瓶子里的水洒在了地上，显然是被镇住了。

"我都说了这么半天了，你自己也得上上心，好好琢磨琢磨。我把道理给你讲透了，何去何从你自己选择。你要是想不开，我拦住你第一次，也得有第二次，所以是生是死，你自己决定。"老洪边说边估摸着时间。

年轻人沉默了良久，仰头把水喝完，"我真的特难受，特难受……我什么都没了，一无所有了……"

"这世界上的事儿啊，都是双刃剑。有好的就有坏的，有顺的就有不顺的。在你特别好的时候，心里得绷着一根弦儿，叫人无远虑、必有近忧；但在不好的时候呢，也别太过灰心，撑住了，没准就峰回路转、触底反弹了。等你到了我这岁数，再往回看，咳……就那么点儿事，酸甜苦辣都是人生的作料，你要不尝尽百味，还亏得慌呢……"他还想再说几句，不料年轻人突然摇晃起来，瘫软在地。

杨威见状，迅速扑了过去。和太阳一起将他拽到了安全区域。

"干得好！"大家欢呼起来。众民警跑过去，将年轻人解救。

"我头特晕，特难受。"年轻人目光迷离，断断续续地说。

"肯定是被风吹的，感冒了。"老洪叉着腰，俯视着他，"哎，我怎么看你这么面熟呢？"

"我……也看您面……"年轻人还没把话说完，就晕了过去。

"嘿，这小子我见过啊。那天在平远路小区那个赌博点儿，他就在房间里。"老洪指着他说。

"哟，那是巧了。"杨威一愣。

在楼下，老洪叼着根小烟，在郭局面前扬眉吐气。

"行啊，弯弯绕，深入浅出、以理服人，不战而屈人之兵。干得不错。"郭局点头。

"那是您领导得好，没您在这儿坐镇指挥，我们哪敢放开手干啊。"老洪还谦虚上了。

"那麻醉剂没问题吧？"

"您放心，那剂量是法医老马亲自确定的。我们也怕这小子醒不过来。"老洪笑。

"赶紧让他家属过来，看紧着点儿，别再反复了。"郭局叮嘱，"哎，这不是小邰吗？"他冲太阳招招手。

太阳见状，赶忙跑了过来。

"怎么样，在派出所工作有什么感受？"郭局问。

"感受……"太阳犹豫着，"我觉得挺好的，挺充实。"

"呵呵，这就是基层工作。要能在派出所干好了，公安系统的其他业务也难不倒你。与许多业务单一的警种相比，派出所的工作繁而杂，得处理不少'疑难杂症'。处理这些事情，除了责任感、使命感之外，还要有诚心、耐心和热心，要掌握高超的工作技巧。局机关曾有民警说过怪话，什么派出所搞的都是些兜底的事儿、办的都是小案……我当时就对他进行了严厉的批评。派出所是维护社会稳定、保一方平安的坚实堡垒,派出所民警是打击犯罪、守护人民的最直接力量,派出所工作是公安工作的根基和命脉。破小案、保民生、服务群众与破获大案要案一样重要,做好了派出所那些'小'的工作,才能实现公安事业'大'的发展。小邰,我从警的前十年也扎根在派出所,你好好干,稳住心神,别怕吃苦,这段生涯会令你一生受益。"郭局谆谆教诲。

"说得好!"白所是多有眼力见儿的人啊,带头鼓起掌来。

"听说你们打击队要跟分局刑警来场比赛?"郭局问白所。

"咳,都是他们在底下瞎捣鼓,您别当真。"白所笑。

"干吗不当真啊?公平竞争,共同提高,这是应该提倡的呀。哎,我可拭目以待啊,谁赢谁输,到时你向我汇报。"

"是。"白所一磕后脚跟,给郭局来了个标准的敬礼。

郭局走后,白所兴奋地拍着大腿。他有种感觉,就是在太阳来到小满之后,一切似乎都顺了起来。破案、抓人、在郭局眼皮子底下露脸,好事接踵而来。

"哎,小王,'深入浅出、以理服人,不战而屈人之兵',郭局的话都记住了吧?"他回头对综合指挥室的王姐说,"赶紧弄份简报,引上郭局的原话,给分局政治处报过去。哎,我说大卞,那比赛可得重视起来啊,听见郭局说的了吧,他都拭目以待呢。一会儿回去咱们就开个班子会,举全所之力支持你们,咱们小满一定得赢过刑侦大队。"他起了范儿,"还有太阳,你可得对自己高标准严要求啊,我送你俩词儿,急先锋、排头兵。马上开始的比赛,

123

你得给我摆好姿势往前冲,不辜负领导的肯定和同志们的期待。啊……"他一个咏叹,然后又一抬手,画出一个抛物线。

白所风风火火地走了,老洪坏笑着走过来,拍着太阳的肩膀,"听见没有？你得摆好姿势往前冲,太阳,可有你受的了啊。"

太阳看着老洪,满怀敬佩,"洪师傅,您还干过法医呢？"

"哼,我干的那是兽医。"老洪撇嘴笑了。

经过治疗,那个年轻人不久就恢复了清醒。他叫白洁,是一个国企的会计。卞队联系到了他的家属,要求对他多加开导,避免再发生意外,同时又联系到了他的女友,想见面了解情况。但他的女友却拒绝见面,说两人已经分手了,日后各走各的路,非常决绝。老洪听后又开始感叹,说:"在这个世界上,绝大多数的事是无法把控的,情感生活、生老病死,磨难和灾祸才是日常,所以'白大忽悠'那句话挺对,人生难得如意,平常就是馈赠,小满即是圆满。学会看淡,放自己一马,才能获得快乐。"那样子就像个诗人。杨威听了故意打岔,问他孩子上学的事儿怎么样了,老洪立马就不诗人了,坐在那儿闷了。

时间不等人,月份牌翻篇儿的速度总令人猝不及防。转眼新的一个月开始了。

即将惊蛰,万物生机勃勃,随着第一天早点名的结束,那场友谊赛便悄无声息地打响了。在白所反反复复、不厌其烦、深入浅出的发动和鼓励下,打击队的几个人像打了鸡血一样,后腿挠地往前冲。但说实话，除了太阳之外，其他几位的心里都跟明镜儿似的。把刑警打趴下哪那么容易呀？是，白所说了，举全所之力支持打击队，但你可别忘了，牧安那边可是举全刑侦大队之力支持重案队，这可是降维打击。但老洪又说了，一切都是双刃剑，只要是比赛，挑战就会与机会并存。杨威分析过，刑侦大队虽然人员多、专业能力强，但案源复杂，许多都是重特大案件，所以取证规格高、破案难度大。而打击队虽然人员少，但受理的案件也小，只要能发挥好几个人的主观能动性，船小好掉头，战胜刑警也不是不可能。

为了扩大案源、获取更多的线索，小满派出所广泛发动群众，对一些积案和隐案进行发掘，对高发案件进行有针对性的研判。此举果然奏效，在群众的反馈和对高发案件的研判后，他们发现近期高发的是盗窃电动车电瓶的案件。杨威分析，之所以近期丢整车的案件少了，应该是与打掉"大果子"团伙起到的震慑效果有关。盗整车动作大，容易被发现，而偷电瓶就相对隐蔽了，销赃渠道也更广。长久以来，警与匪之间的猫鼠游戏一直没停过，只不过在不同时期有着不同变化。于是经过商议，打击队就将工作重点集中在此类案件上。

从报案情况看，发案最集中的区域在东方红中心广场附近，仅半个月的时间就发生了十余起类似的案件。于是打击队兵分两路，双管齐下，一路是蹲守组，负责观察蹲守，获取线索；一路是摸排组，负责摸排跟踪，循线追击。打击队在广场附近一处临街的居民楼里设置了观察点，这里不但隐蔽，而且眼观六路，能随时发现掌控情况。这项工作由太阳和老洪负责，两人几小时一换，人歇眼不歇。而卞队、杨威和猴子则分散在广场各处，随时与观察点联系。

蹲守艰辛且漫长。时间难熬，老洪就给太阳指点江山。他告诉太阳，蹲守不光要认真仔细，还要动脑子，要在工作中学会换位思考才能事半功倍。比如发现嫌疑人了，不能光追，还得琢磨他是从哪儿来的、为什么要在这儿下手、盗窃后用什么手段将赃物运走、逃窜会走哪条路、目的地是哪里。手脚是听大脑指挥的，每个人做事都有目的，掐中了目的，就能参透内心，就能事半功倍。太阳点头牢记，一副好学生的样子。

别看蹲守组整天猫在屋里，风吹不着、雨打不着的，但这活儿可不好干。蹲守是最讲责任感的，一时一刻也不能分心走神。有时费劲巴拉蹲了好几天，只要几秒钟疏忽走眼，就会漏过嫌疑人，前功尽弃。而摸排组也很辛苦，几个人不能总待在一处，得围着广场不停溜达。没过两天，卞队的颈椎和腰椎就一起"报警"，没辙了，他就把颈托和护腰都给戴上，走起路来梗着脖子，像个全副武装的"机器战警"。这样子可太吸引眼球了，于是太阳就跟卞队换了班，让他听老洪指点江山，自己跟杨威和猴子进行摸排。

杨威在摸排的间隙，见缝插针地教太阳视频追踪的窍门。比如有些时候，虽然嫌疑人作案的地方没有监控，但只要从原点出发，找到不同方向封闭口的监控，就能形成一个包围圈，获得有价值的影像。搜集素材时要滴水不漏，不但要搜集沿途所有公用探头的素材，还要搜集店铺、工厂、单位和私人探头的素材，有时还要包括往来车辆的行车记录仪的素材。工作中没有绝对的视频盲区，只有办案思维的盲区。

这两位蛰伏已久的老警察如今都焕发了青春。他们手把手地对太阳传道授业解惑，让这次蹲守成了一次一对一的专家级训练。太阳受益匪浅，心里暖乎乎的，他高兴地看到，两位师傅的眼里又重现出光彩。

正如杨威所说，看得多了，就能发现在正常中隐藏着的不正常。许多情况第一次看不到异常，第二次、第三次就能察觉出不对。经过几天的摸排，太阳发现总有三个人在广场周边闲逛，他们时而分散、时而聚集，会在不同的位置出现。他们戴着帽子、墨镜和口罩，穿着两面穿的衣裳，看似游手好闲、无所事事，实则是在观察踩点。而摸排组也分散开来，对这些人进行贴靠，同时让观察点进行拍照取证。

"滤"出嫌疑人了，下一步要想办法获取他们的身份。他们很警惕，用帽子、墨镜等物掩盖面貌，很难通过人脸识别验证。猴子提出能不能找巡警设卡进行盘查，杨威摇头，说宁丢勿"醒"，不能打草惊蛇。正当工作遇到瓶颈，老洪突然发现了一个细节，一名嫌疑人在一个拉面馆门前做了一个动作。他立马在电台里大喊："拉面馆门口儿，快去！"

几个人还没弄明白，他就从楼上蹿了下去。

"太阳,证物袋,把证物袋拿来。"他补充道。

太阳随着跑到现场,看老洪正蹲在一辆电动摩托前,小心翼翼地夹起一个烟头,"证物袋。"他伸出手。太阳递过去,看着老洪把烟头放了进去,"看见没有,这烟屁股还湿着呢。"老洪笑了。

几个小时后,DNA鉴定的结果出来了。经过对烟头上残留的唾液进行比对,嫌疑人的身份浮出了水面。此人叫罗良,海城人,现年55岁,曾有过吸毒、盗窃的前科,曾被判处三年有期徒刑。他就是这几天在广场踩点的嫌疑人之一。

太阳欢欣鼓舞,觉得洪师傅太牛了,果然是细节决定成败。但在观察点里,杨威拿着罗良的资料,却眉头紧锁,表情复杂。

"能确定是他吗?"杨威问。

"鉴定结果不会有错。我让猴子调了拉面馆门前的监控,确定烟头就是他扔的。"老洪说,"'金桥',便宜货,看来他过得不怎么样。"

"嗯……"杨威默默地点了点头,"那就走,拿人!"

罗良的住处在一个破旧的大杂院里,院内横七竖八地摆放着许多杂物,使本就狭窄的空间显得更加拥挤。杨威轻推开一户的房门,听见里面有细微的声音。门没有锁,他轻迈脚步,刚一进屋,就见一个人正躺在床上。那人很警觉,伸手就从床头抄起一把菜刀。但杨威更快,一个猛虎扑食就冲了过去,用擒拿动作将其按倒。

"啊!啊!"罗良趴在地上大喊,奋力挣扎。

杨威死死控制住他，"罗良，是我，杨威。"

一听这话，罗良就不再挣扎了。像个泄气的皮球。

太阳环顾四周。这哪像是个家呀，也就七八米的空间，堆放着乱七八糟的衣物和快餐包装，简直就是一个垃圾场。几个人随即进行了搜查，并未发现作案的工具和盗窃的电瓶。但太阳却在罗良的衣柜里发现了一个镜框，里面的老照片上是罗良和几个警察的合影，其中竟有杨威。

在审讯室里，罗良被铐在铁椅子上，头低垂在膝间，一言不发。杨威坐在对面，默默地看着他。

"大罗，这些年过得怎么样？"杨威问。

"你觉得呢？我这副德行，人不人鬼不鬼的还能过得怎样？"罗良有气无力地回答。

"没再干'库管员'的事儿了吧。"

"哼，世道变了，谁也不信谁了，想干也干不了了。"

"老徐不是给你介绍了一个工作吗？你怎么还往这条道上走啊？"杨威皱眉。

"哼……那个搬家公司的活儿倒是不错，但我觉得对不起人家老板。我一个人搬家，他还得再派一个人盯着我。整天跟防贼似的，累不累啊……撑了一段儿，我就辞了。"

"那你就不能干点儿别的？送外卖、开顺风车，人家都是怎么干的啊？怎么到你这儿就不行了？"杨威质问。

"杨警官，你了解现在的情况吗？像我这样几进宫底潮儿的人，根本就干不了那些活儿。我不是没想过重新开始，也他妈想好好活着。也想在我女儿结婚的时候，让她能堂堂正正告诉所有人，我是她爸爸。但是……"他没把话说完，眼泪就涌了出来，"我现在就是个臭狗屎，烂泥扶不上墙，谁都不敢沾我。唉，我也是自找的，不值得同情。我女儿让我离她远点，别打扰她的生活。得，我照办，咱别给人家添麻烦。"

杨威看着他，心里五味杂陈，一时无语，"那玩意儿还没戒吗？"

"唉，吸了戒戒了吸，被那玩意儿拿住了，我就是这么没出息。"他摇头。

"说说这次吧，怎么回事？"

"还能怎么回事？不就为俩钱儿吗。"

"你主要干些什么？"

"踩点，盯准了目标给他们通风报信儿。"

"主犯叫什么？一共有几个人？大罗，你懂规矩，要争取个好态度。"

罗良叹了口气，点了点头。他如实交代了帮盗窃团伙踩点的犯罪事实，并提供了相关嫌疑人的体貌特征、联系方式和活动规律。太阳在一旁记录着，从只言片语中得知，这个人以前曾是刑警队的一名辅警，也曾站在打击犯罪的最前线，但后来因为吸毒而堕落，妻子早亡，女儿也离他而去。

问话结束，太阳才发现忘了问他的家庭情况。

"说一下你女儿的情况。"

"女儿?"罗良缓缓抬头,"这个就不要记了,她跟我没关系了。"

"回答我的问题。"太阳说。

"邢露,随她妈的姓。在襄城一个理发店工作。"他有气无力地回答。

结束笔录后,太阳久久无语。杨威走过来,拍了拍他的肩膀。

"怎么了? 跟霜打的茄子似的。"

"心里挺不舒服的。一个好好的人怎么就变成这样了?"太阳摇头。

"唉……"杨威长叹,"咱们干警察的呀,在工作中不光有身体上的危险,还得抵得住各种诱惑呀。当初大罗也挺能干的,配合我们办了不少案子。但后来被一帮人给盯上了,女人、钞票、毒品,那帮孙子为达目的不择手段。等我们发现的时候为时已晚,大罗泄露了工作中的秘密,越过了红线,被清除出了队伍。后来还染上了毒瘾,做了许多不该做的事儿,被判了刑。太阳,这是个反面典型啊。你干警察的时间越久,经历的事情越多,就越不能忘了自己从警的初心,要始终绷着一根弦儿,不要被一时的贪欲和光怪陆离的欲望蒙住双眼。"

"谢谢您,跟我说这么多。"

"哟,杨师傅教徒弟呢?"老洪笑着走过来。

"你小子刚经历多少事儿啊? 以后的日子还长着呢。咱们干警察的,最不缺的就是经历。"老洪也打开了话匣子,"记得我刚分到城北分局车马店派出所的时候,第一天上班,就有一个白胡子老头到派出所报案,说孙子丢了。那老头慈眉善目的,急得不行,我就立马给他做笔录,还上报分局要求邻近的几个派出所协查。但没想到这忙活了一通吧,第二天那老头又来了,还是那套词儿,说孙子丢了。我就觉得不对,一问老民警才得知,那是个疯老头,在一年多前,早晨出去遛弯时将烟头扔在纸篓里造成了火灾。家里的人都遇难了。老头从此就变得疯疯癫癫,每天都在街上找孙子。我没揭穿他,就又比画了一份笔录,起码让他踏实一宿。最后他去世的时候,还是我们凑份子给他送的终。"

太阳听着听着,眼泪流了出来。老两位都绷不住笑了。

"哎哟喂,还流眼泪了,不至于吧?你呀,一看就是个新警察。"老洪摇头,"干这活儿时间长了,你小子的心也就硬了。人生难得如意,平常就是馈赠,小满即是圆满。"

"我觉得你呀,在派出所历练几年就行了,不能总在这儿窝着。人跟人之间之所以有差距,就是因为平台和见识。从警不过三四十年,得多换几个警种,见多识广才有更好的发展。"杨威说。

"杨师傅,我觉得现在就挺好的。接触五行八作,体味百态人生。"

"别被'白大忽悠'给洗脑了,他的话得三七开。"杨威摇头,"但无论你到了哪个岗位,都得记住,自己是谁,为什么要穿这身警服。"他语重心长。

"其实我一直不自信,总怀疑自己的能力。"太阳说。

"智者不惑,仁者不忧,勇者不惧。"杨威看着太阳,眼里闪着光。他对太阳说,也是在对自己说。

根据罗良的供述,这个犯罪团伙有七八个人,大都是孟州口音。他们分工明确、反侦查能力很强,每次作案先会找本地人踩点,一旦发现异常就立即收手。但罗良的突然消失,必然会引起犯罪团伙的警觉,于是杨威让看守所配合,继续保持他的电话畅通,如果有人来电,就让他谎称自己有急事去襄城了。猴子突发奇想,问能不能先把他放出去,让他戴罪立功深入犯罪团伙进行卧底,再一网打尽。杨威给了他后脑勺一下,问他是不是香港警匪片看多了。像罗良这样的人,只要沾上了毒品,就再也不能信任了。

这个案子不能再等了,卞队立即请示白所,要求增加警力,加大对嫌疑人的贴靠跟踪力度,同时尽快落地他们的真实身份。但派出所的警力捉襟见肘,白所调来调去,只派过去小刘和老顾两个人。

又是一个夜晚,太阳和猴子"cosplay"成民工的模样,坐在城市广场的路旁,举着两个空易拉罐佯装喝酒。俩人默默地观察着周边的动向。微风拂面,不冷也不热,让人觉得有点儿岁月静好。猴子不禁轻声哼唱起一首老歌:

How many roads must a man walk down, Before you

call him a man? How many seas must a white dove sail, Before she sleeps in the sand... The answer, my friend, is blowing in the wind, The answer is blowing in the wind...

太阳静静地听着,"这首歌叫什么名字?"

"*Blowing in the Wind*,一个电影里的插曲。"

"歌词什么意思?"

"人生难料,世事无常。"

"那个电影我好像看过,是讲一个傻子,干什么都特别顺。"

"哼,是啊……我当时看的时候觉得特假,胡编乱造吧?这世界上聪明人这么多,凭什么就那个傻子顺呀?但现在倒觉得,这可能就是事实。"猴子话里有话。

"你比我聪明,肯定会有好的发展。"

"聪明有个屁用啊?命不好怎么办?"猴子自嘲地笑,"但说实话,我挺不服的。"他看着太阳。

"别灰心,会好的,你很优秀的。"太阳安慰他。

"我优不优秀,用不着你来评判。"猴子的语气带着敌意。

"哦,那我不说了。"

"哎,有个事儿,帮帮忙呗。过几天有个演唱会的勤务,所长叫我去,但马上快考试了,我想看书复习,能替我一下吗?"

"没问题。"太阳答得挺痛快,"好好看书,你这么聪明,又刻苦,一定能通过入警考试。"

猴子摇摇头，"其实有时想想，当不当警察也没什么大不了的。只不过跟你在一块儿的时候，总觉得你拥有了什么，我就应该拥有。这种感觉真是挺奇怪的……当警察有什么好啊？整天忙忙碌碌，起早贪黑地加班熬夜，办案的时候明知是危险也得往前冲，还挣不了多少钱。图什么呀？"他下意识地举起易拉罐，却想起里面根本没有酒，"这些天我也劝自己，条条大路通罗马，这次再考不上我也就不考了，回老家让父母找找人，混个事业编，娶妻生子也能活得不错，没必要苦哈哈地在海城打拼。"

"你舍得这身警服吗？"太阳问。

"嘿嘿嘿，咱俩衣服不一样好吗？"猴子撇嘴，"我呀，没你这么有理想，充满使命感，我就是一个普通老百姓，上班下班混口饭吃。"他缓缓抬头，望着云中的月亮。

一转眼就到了深夜，商户黑了灯，周围安静下来。俩人刚起身准备返回观察点，几个黑影就出现了。他们背着大号的背包，蹑手蹑脚地潜入到广场的停车区。太阳赶忙给杨威发微信，"发现目标"。

杨威让太阳和猴子按兵不动，继续观察，他则带着小刘和老顾前来接应。那几名嫌疑人应该看见太阳了，却没当回事儿，继续动手。他们手段娴熟、干净利落，一看就是惯犯，只用了几分钟的时间，背后的背包就鼓鼓囊囊的，应该装满了电瓶。

杨威等人还没赶到，嫌疑人已开始撤离。太阳和猴子不敢怠慢，随后跟踪。嫌疑人一共四个人，他们没骑电动车，也没乘坐其他交通工具，在夜幕中疾行。太阳和猴子与他们保持几十米的距离，从广场一直追到一片城中村。

"抓不抓？"太阳轻声问。

"不抓，跟着。"杨威在耳机里回答。

"我不明白，他们为什么要步行呢？"

"他们的交通工具应该停在附近，注意观察。"杨威叮嘱。

又走了一段，嫌疑人三拐两拐，在一大片被拆除的院子前驻足。猴子一把拉住太阳，让他隐蔽。

"太阳，你们别追了，老顾发现疑似嫌疑人的交通工具了，下一程我们跟。"杨威在耳机里说。

太阳和猴子缓步后撤，眼看着那几个黑影消失在夜色里。

过了十多分钟，打击队的几个人在那处院子前碰了头。

"我不明白，他们为什么不直接乘车逃离呢？干吗舍近求远？"太阳问。

"人算不如天算，今晚市局设卡盘查，在那边设了一个'卡点'，这帮小子很贼，闻着味儿了。"杨威说，"他们把车停在了那头儿，白色的面包，走的时候还故意绕道。现在这个点儿车太少了，我们就没敢跟太紧。"

"那他们来这儿干吗？"太阳不解。

"看看你就知道了。"杨威抬了抬手。

几个人跨过已经坍塌的院墙，走到里面，经过仔细搜查，在一处堆砌的废木料下，发现了十多个电动车的电瓶。

"他们上车的时候背包都瘪了,一看就是在这里卸的货。"杨威笑。

"哦,原来如此。"太阳点头。

"盗窃后并不着急转移赃物,而是找个地方进行隐藏,等风声过后再取走销赃。这是盗窃嫌疑人的惯用伎俩。"老洪说。

"那下一步咱们怎么办?"太阳问。

"咱们也用老办法呗。"老洪笑。

半个小时后,老洪取来了好几个追踪器。他用螺丝刀拧开电瓶的外壳,把追踪器装到了隐秘的位置。

饵已经布下,就等鱼上钩了。

在"大黑马"里,卞队跟杨威商量着计划。打击队的几位连续奋战多日了,现在已经疲惫不堪,看似还能支撑下去,但再遇到高强度的工作,肯定是强弩之末。如果找派出所社区警务队支援,他们四班三运转,很难一下抽出太多警力,况且他们专业性不强,容易出现纰漏。这个团伙人员众多、反侦查能力很强,不拿出三比一的优势警力,很难做到"手拿把攥"。

"要不……"卞队犹豫了一下,"咱们问问牧安,能不能配合这次行动?"他试探着问。

"要去你去啊,我可不拿这'热脸贴冷屁股'。"杨威冷下脸。

他这么一说,卞队也没话了。而太阳却听进了心里。

第二天一大早,牧安拿着一个大本,刚要出门,就被太阳堵在了办公室。

"哟,这不是打击队的郜副队长吗? 找我有事?"他昂着头问。

"牧队,我想找你帮忙。"太阳单刀直入。

"我要去开会,你下午再来吧。"他下了逐客令。

"很急的事,就耽误您几分钟。"太阳堵在了门口。

牧安无奈,看着太阳。

"我们现在正办着一个案子,涉案人员多,难度大,需要您的支持。"

"上次我不是说过吗? 有什么需要查询的,可以直接找我们综合队的沈姐。"

"我们不光需要技术上的支持,还需要你们的警力支持。"

"警力支持?"牧安皱眉,"咱们不是公平竞争吗? 我们刑侦大队出警力帮你们抓人? 这输赢怎么算啊?"

"是输赢重要还是破案重要?"太阳问。

"你……"牧安被噎住了,"你来,是杨威的意思吗?"

"不是。"太阳摇头。

"那是大卞的意思?"

"请您叫他卞队长。"太阳纠正。

"哦,卞队长。"牧安点头。

"也不是他的意思。"

"明白了,这么说是你这个副队长的意思。"

"这个案件很大,涉案的金额也不小。我希望您能重视。"

"什么案子啊？杀人，抢劫？"牧安皱眉。

"一个盗窃电动车电瓶的案子。"太阳郑重地说。

"啊？哈哈，哈哈哈哈……"牧安被逗乐了，"一个偷电瓶的案子就是大案了？小子，我告诉你，我们这儿的任何一起案件都比你这个大。"

"郭局说过，破小案、保民生、服务群众与破获大案要案一样重要，做好了派出所那些'小'的工作，才能实现公安事业'大'的发展。"太阳流利背诵。

牧安又被噎住了，"哼……你这个小孩还真有意思。"他笑着摇头，"你为什么觉得我一定会帮你？"

"因为我觉得你是个好警察。"

"好警察？哼，什么样儿啊？"

"智者不惑，仁者不忧，勇者不惧。"太阳一字一句地说。

"行……"牧安感叹，"这'白大忽悠'给你封个副队长，可真是高招。"他竖起大拇指，"那你说吧，需要我怎么配合。"

太阳把一摞材料放到了牧安的桌上。牧安拿起来仔细看着。

"好，你马上给'大便'。不，给卞队长打电话。让他带人过来，咱们一起开个碰头会。"牧安痛快地说。

在刑侦大队的会议室里，打击队和重案一队兵合一处，坐在了一起。

重案一队的张旭队长在大屏幕前，介绍着情况，"经过对两名嫌疑人的信息串并和技术手段的追踪，我们还原出了大部分团伙成员的身份信息。贾宇，三十岁，有盗窃前科；吴贵，二十四岁，曾因寻衅滋事入狱……"

"资金情况查了吗？"牧安坐在前排问。

"查了。贾宇一个关系人的账户上，近期有大量的现金入账，我们怀疑他负责联系销赃团伙。从时间上看，收款日期在案发之后。"

坐在后排的杨威目不转睛地盯着屏幕，脸绷着，并不看牧安。

"杨威同志，您觉得我们调查的结果，怎么样啊？"牧安问。

"只要有主、有贼、有赃，案子就能定性。我建议先报分局法制，让他们提前介入。"杨威说。

"这个我同意。要是证据不充分，抓了人也诉不出去，咱们的活儿也是白干。沈姐，这项工作交给你了，马上跟法制沟通，让他们派人过来。"牧安说。

"这是一帮'老手'，平时作案时戴着帽子、墨镜和口罩，穿双面穿的衣服。盗窃之后不走回头路，先隐藏赃物，等风平浪静后再取回销赃。大家工作时'敏'着点，别打草惊蛇。"杨威提醒。

"嗯……"牧安点头，"张旭，让重案二队也上吧。人多点儿，好挂上线。"

"牧队，感谢你的支持了。"卞队诚恳地说。

"嘿，你光顾感谢呀，我还想问问你呢，这案子要是破了怎么算呀？"牧安看着卞队。

"一家一半儿呗。"老洪插话。

"那不行，得三七开。"他狮子大开口。

"行，您怎么说都行。追踪器的电量只有24小时，当务之急是尽快挂上线，别把'饵'给丢了。"卞队说。

"哎，我说老洪啊，你这招可别适得其反啊。要是被发现了，立马就惊了。"牧安提醒。

"放心吧，我在技术科干过，藏得深着呢。"老洪笑。

"同志们，都打起精神来啊。"牧安站起身，"人家小满派出所打击队的郜副队长说了，这个案件很大、嫌疑人很多、涉案的金额也不小，咱们可别'拉稀''掉链子'，务必给干漂亮了。"他这么一说，刑警们都笑了起来，"别笑了！"他正色，"马上换便服，拿好警戒具，盯梢的、跟踪的、抓捕的，几组要通力配合。听明白没有？"

"听明白了！"刑警们腾的一下站了起来，如狼似虎。

"打击队的同志们，都给我'敏'起来。八大件儿、执法记录仪备好，务必将嫌疑人一网打尽！"杨威也提高了嗓音。

"是！"几位也不甘落后。

"乖乖……"一看这场景，牧安又笑了。

没想到这次行动连郭局也惊动了，他在分局领导的陪同下，美其名曰前来"观赛"。

刑侦大队的会议室被布置成了临时的指挥室。小满打击队和重案一队、二队的同志们分成七组，潜伏在案发地周围，随时准备行动。一张大网悄悄铺开，只等嫌疑人咬"饵"。时间分秒度过，转眼到了晚上十点。太阳和猴子在"贼道"沿途的一个小餐馆里,紧张地蹲守着。经过对嫌疑人多日活动规律的研判,此时正是他们习惯的作案时间。

按照整体的部署,他俩负责的任务是追踪,不到万不得已,不能实施抓捕。而抓捕工作则由刑侦大队重案队的同志们承担。老洪戏称这是牧安使的手段,把露脸的工作留给自己,好在郭局面前邀功。但平心而论,无论是技能还是装备,刑侦大队确实高打击队一筹。

功夫不负有心人,这一晚没让他们白等。又过了不到半小时,老洪就在电台的耳机里通报了情况,几个追踪器都移动了位置,但却奔向三个不同的方向。这帮贼果然狡猾。按照工作计划,太阳和猴子负责沿着 A 方向追踪,A 方向说的就是他们蹲守的"贼道"。这条路周边都是平房,监控探头很少,沿着这条路一直往东走,就上了三环。老洪判断,这伙贼虽然走的是三条路,但最后应该会在三环附近会合,一起乘坐交通工具离开。

太阳和猴子骑着两辆共享单车,沿着路边装作悠闲地骑行。老洪在耳机里不断通报着嫌疑人的方向和位置。几个行动组都咬紧目标,生怕鱼脱了钩。

在刑侦大队的指挥室里,郭局看着大屏幕,上面有多个红点,表明嫌疑人的位置。

"牧安,准备在什么地方实施抓捕?"郭局问。

"现在有两种考虑,第一个是等嫌疑人回到盘踞地再一网打尽;

第二个是如果他们中途分散,我们就分组抓捕。您放心,肯定万无一失。"牧安胸有成竹。

郭局点了点头,注视着大屏幕,突然发现几个红点儿集中在一起,移动速度加快了。

"怎么回事?"郭局问。

牧安赶紧用电台呼叫,"张旭张旭,什么情况?"

"牧队,刚才有几个嫌疑人突然上了过街天桥,我们没敢直接跟,就让下一组在桥的对面等待。没想到这几个小子突然从过街天桥跳到了主路上,上了一辆白色面包车。现在怎么办?动不动手?"张旭在电台里问。

情况突发,牧安眉头紧锁,在心里进行着判断。

"牧队牧队,我是卞国强。嫌疑人准备乘车逃跑,我们该怎么办?"卞队也在电台里喊。

"先等等!重案二队的D、E组,你们在哪儿?能不能跟上?"牧安问。

"牧队,他们行驶的方向与我们相反。我们没法在主路上掉头。"电台里回答。

这伙嫌疑人果然狡猾,应该是在逃窜中发现了异常,就让接他们的车辆逆着方向行驶,以逃避警方的追踪。

"煮熟的鸭子不能飞了!各组注意,现在立即实施抓捕!"牧安发布了命令。

但与此同时,他却听到了电台里一阵嘈杂的声音。

"怎么回事？"他问。

"小满打击队的两个小孩已经冲过去了。"那是张旭的声音。

"什么？"牧安大惊。

在主路上，只听"嘭"的一声，那辆白色面包车撞上了猴子胯下的共享单车。单车飞了起来，转了一个圈，砸在了地上。远处的几组都惊呆了，以为有人出了事。张旭索性掉转车头在路上逆行。杨威也冲了过来，大喊："别跑！警察！"

几个贼慌了，猛踩油门还想逃窜。但与此同时，又一辆共享单车横在了前面。面包车来不及躲闪，再次冲撞，却不料司机打轮过猛，车头一下撞到了路边的隔离带。这下撞得挺狠，车都熄火了，几个贼就弃车而逃，在主路上狂奔。太阳和猴子紧追不舍。

奔跑，疯狂地奔跑。

猴子一马当先，喉咙里充满了血腥的味道，脚步声、风声、身后民警的呼喊声，充斥着他的大脑。终于，他什么也听不见了，只能听到自己沉重的呼吸和怦怦的心跳。在此刻，他突然想起秦岭的那句话，警察抓捕的时候要像猎豹一样，一旦奔跑起来就不能轻易停下。

他奋力奔跑，将太阳远远地甩在身后，与嫌疑人的距离越来越短。他与太阳不同，脑海里没装着职责、使命、荣誉和信仰这些大词，也没想过抓捕失利会丢警服的脸。作为一个聪明人、一个机会主义者，他知道这是个千载难逢的机会，渴望着像太阳一样，一蹴而就、一飞冲天,能获得自己的光荣,开辟自己的未来。他迫切地想立功、想成功、想摆脱现在的窘况,想得到领导的重视、想出人头地!这些欲望让他的身体加速分泌着荷尔蒙,让他感到自己已经拥有了战无不胜的力量。

十米、五米,他几乎已与嫌疑人并行,能听到对方强弩之末的喘息声。但在一刹那,他看到了嫌疑人那凶狠的眼神和手里握着的一个东西。他眯眼看去,恍惚中像是一把弹簧刀。他心里一颤,感觉本已滚烫的身体迅速变冷,速度也不自觉地放慢,内心似乎有两种声音在交替呼喊。一个喊:冲上去,抓住他,成为英雄!而另一个则喊:别因小失大意气用事,不值得这么做!这也许是聪明人的通病,趋利避害、明哲保身已经印在了DNA里。他异常沮丧地越跑越慢,和那次追捕肖小强一样打了退堂鼓。但他又不甘心,竭尽全力大喊一声,再次猛冲,想要挣脱内心的恐惧和束缚。但这个时候,太阳已经超过了他。机会是不等人的。

太阳的跑姿一点儿不矫健,他气喘如牛、满头大汗,像失了控一样,以惯性的速度往前冲。但他眼神坚定,没有一丝犹豫。说时迟那时快,他已经跑到了嫌疑人的同侧。

"小心,他手里有家伙!"猴子大声提醒。

嫌疑人狗急跳墙,转身就拿手里的"弹簧刀"冲太阳划刺,"别追我!我有艾滋病!"那人大喊。

太阳因为跑在嫌疑人的一侧,并未被那东西刺中。嫌疑人眼看无法逃脱,突然一个急停,用手里的东西向太阳刺去。太阳早有准备，侧身就给了他一脚。但没想到却一脚踹空，自己坐在了地上。嫌疑人见状，想继续逃窜，不料被太阳拽住腿，也随即跌倒。两人在地上缠斗起来。

猴子手足无措，赤手空拳不敢上前，他手忙脚乱地从路旁抄起一根枯枝，却不料此时，嫌疑人已经用手里的东西连连刺中太阳的身体。

这时张旭驱车赶来，飞身下车就冲到近前，杨威一个飞踹，将嫌疑人踹出数米。几个人定睛一看，嫌疑人手里的凶器并不是弹簧刀，而是一个注射器。

"这是什么？"杨威急了，一把薅住嫌疑人的头发问。

嫌疑人摔得鼻青脸肿，大声叫嚣着："我有艾滋病，这里面是我的血！你们……处理不了我！"他狂笑。

"我去你大爷的！"杨威弯腰挺腿给这孙子来了一个过肩摔，他顿时老实了。

"快叫救护车，送他去医院！"杨威大喊。

行动大获成功，七名盗窃嫌疑人一个不落，被一网打尽。但太阳这个愣头青却再次被送进了医院，那个声称有艾滋病的嫌疑人也被一同带去验血。

经过检查，太阳的脖颈、前胸、手臂有多处被注射器划伤，如果注射器里确实装着艾滋病人的血，存在被感染的风险。医护人员用最快的速度对他进行了阻断治疗。

打击队的几个人在检测室前焦急地踱步,都为太阳捏一把汗。不一会儿,郭局和牧安也赶到了医院,询问太阳的情况。半个小时后,嫌疑人的验血结果终于出来了,虚惊一场,并未发现艾滋病毒。嫌疑人是为了逃避打击而说谎。

在众目睽睽下,太阳走出了治疗室。一帮大老爷们儿立马将他围住,一双双手拍在他的肩膀上。他再次走到了聚光灯下,成了大家心中的英雄。而猴子却躲在角落里,默默地看着这一切。失败并不可怕,可怕的是屡次与成功失之交臂。失落、沮丧、懊悔,将猴子淹没在这个夜晚。他几乎忘了自己是怎么回到派出所的,只觉得耳畔一直回响着追逐时的风声和呼喊声。那夜,猴子哭了,他为自己感到耻辱。

但那夜对太阳来说却是高光时刻,他被众人称赞着夸奖着,被当成宝贝一样地呵护着,杨威亲自开车送他回到派出所,白所更是勒令他要好好休息,并破例取消了第二天的早点名,让打击队和参战的同志们睡个好觉。

转眼就过了春分,一个月的赛期结束了。经过刑侦大队综合队的统计,重案一队破案6起,抓获嫌疑人8名;小满打击队破案4起,抓获嫌疑人5名。友谊赛最终以刑侦大队获胜告终。白所亲自给刑侦大队送来了锦旗,上面写着两行大字,"通力配合破大案　齐心合力保平安"。

在两单位小规模的聚会上,刑警队和派出所的同志们欢聚一堂。白所宣布了一个新举措,就是以后只要遇到办案,打击队的同志们可以弹性工作制,不去早点名,保证战时全力以赴。一听这话,大家都欢呼起来。在聚会中,牧安和杨威都喝多了,俩人又针尖对麦芒地你来我往了一番,但据说结束时并没有不欢而散。

一切都在向着好的方向大踏步地前进,老洪在跟卞队碰杯时感叹,也许太阳这个小子真的给小满带来了好运。卞队反问,你不是不信这个吗? 老洪又笑,说天下的事就是这样,信则有不信则无,一切都是双刃剑。

夜色中,海城国际会议中心人潮人海,当任梓霆登台的时候,全场沸腾了,歌迷们再也抑制不住内心的狂热。

"有勇气展开翅膀,把生活当作海洋,一缕光照亮世界,一滴水乘风破浪……"歌迷们随着音乐的节奏摇摆、挥手,进行大合唱,声音一直传到很远的地方。

但场外却冷冷清清的。莎莎穿着一身好看的连衣裙,仰望着照亮天空的舞台光影。而一旁的太阳穿着警服,笔管条直地站在员工通道前。

"我还以为你能把我带到里边呢。"莎莎戴着墨镜,没好气地说。

"我是负责外围勤务的,不能到里面去。"太阳回答。

"那你叫我来干什么呀? 也看不到任梓霆。"

"我就问你来不来演唱会,也没说能进去啊。"太阳解释着。

"你……"莎莎没话了,看着太阳生闷气,"那我走了啊,在这儿待着太没意思了。"

"这儿这么黑,你自己能走吗?"太阳关心。

"你不送我啊?"

"我还没撤勤呢。"

"你……唉……"莎莎长叹一声,"太阳同志,你一直都这样吗?"

"我……哪样啊?"

莎莎摇头,没往下说,"这里也没有人,你不用站得那么直吧?"

"有没有人,跟我站得直不直有关系吗?"太阳反问,"以前我上勤的时候,有的辅警偷懒,不好好站着,还笑我站得直。其实他们不懂,只有站得直的时候,才像一个警察。不是每个人都有机会站得直的。"

"哼,你真是个傻子。"莎莎摇头,"但我相信这个世界是公平的,没有人会因为投机取巧而成功。"

"嗯,我爸说过,笨鸟先飞早入林,学海无涯苦作舟。"

"你爸还说过什么?"

"他还说过,面对选择,只要超过51%就不要后悔。"

"你爸特别厉害。"莎莎认真地说。

"真的吗?"

"真的。"莎莎点头。

"你们女的,为什么都喜欢任梓霆那样的人啊?"

"任梓霆多帅呀，多可爱呀……"莎莎语气夸张。

"哼，可爱什么呀？那么瘦，还没我们那儿的猴子精神呢。"太阳小声说。

"哎，我可警告你啊，你不要侮辱我的偶像，怎么能拿他跟一个动物比呢？"莎莎皱眉。

"哈哈，我说的猴子不是真猴子，是我的同事，我今天就是替他的班。"太阳连忙解释。

"哦……原来你今天是替班啊，我还以为你是特意带我来的呢。"莎莎有些失望，"唉……白激动半天了。我都带好他的照片了，还想着要个签名呢。"她有些失落。

"对不起。让你失望了。"太阳认真地道歉。

"没事儿，怪我不该那么贪心。其实今天也挺好的，在这儿也能听到他的声音呀。这叫距离美。"莎莎自我安慰，"但我相信，只要够诚心，就一定能很快见到他的。"她做了个许愿的手势。

两人又戳了一个多小时，演唱会结束了。里面的观众陆陆续续从会议中心的出口涌了出来。太阳刚要过去疏导，一群疯狂的粉丝就狂奔过来。太阳有点不知所措，不知发生了什么。这时，一辆丰田埃尔法保姆车急停在近前，几个助理和保镖下了车，奔向了员工通道。太阳转头一看，从员工通道走出一个人，正是任梓霆。

"梓霆！梓霆！"粉丝们大喊起来。

任梓霆明显慌了，在几个保镖和助理的簇拥下，赶忙往车上跑。他原本的撤离路线并不在此，因为粉丝拥堵临时改变。现场大乱，太阳赶忙用电台呼叫警力支援。但此时任梓霆已被团团围住，更多粉丝向这里奔来。"哥哥！""老公！"莺声燕语已变成虎狼之声。莎莎视力不好，被人群裹挟其中，几乎贴到了任梓霆的身边。她拿出照片，也想求个签名，但这时却突然被一个保镖鲁莽地推开，她猝不及防，一下跌倒在地。

太阳一看就急了，"你干吗呢？为什么推人？跟她道歉！"他冲了过来，一下拽住那个保镖。

那保镖戴着黑墨镜，留个大光头，魁梧的身材将黑西服绷得紧紧的，整整高出太阳一头。但面对身着警服的太阳，还是被镇住了。

"是啊，凭什么拦着我们？""警察叔叔做得对！"粉丝们开始起哄。这一起哄不要紧，更多人向任梓霆冲了过去。有人搂着他合影，有人要求他签名，更有几个疯狂的女孩上前索吻，现场混乱不堪。而太阳痛斥保镖的视频，也被发到了网上，迅速上了热搜。

"替粉丝出头，为这个警察点赞""警察叔叔也是任梓霆的铁粉"等消息一时满天飞，甚至一些狗血网站还登出了"任梓霆疑似出事，遭警察调查"等不实消息。这下太阳可捅了"马蜂窝"，"故事"立马变成了"事故"。太阳还没回到派出所，督察的人就已经到了，他们将太阳带到讯问室里，门一关就开始问话。但经过调查，太阳一没脱岗二没违规，只是在处置突发情况时缺乏经验，手段不够"柔性"，尚达不到处理的标准。但这事显然没完，分局领导、市局领导的电话接踵而至，白所虽有三寸不烂之舌，却依然"压力山大",疲于应对。而大满派出所的"老牛头"则打电话来奚落他,说要是民警真喜欢明星,别霸王硬上弓啊,通过市局外宣找找,要个签名还不容易。

白所已经戒了很久的烟了,但那晚却抽了好几根。他收了太阳的上勤证,话也没多说,只问了一句,"那姑娘是你女朋友吗?"太阳自然做出了否定的回答。白所点头,告诉他不管谁问都得这么说,要不性质就变了。他独自开着"花车"去了分局,回来后再没提这件事。太阳挺愧疚,蔫头耷脑地面壁思过,但杨威却笑着拍他的肩膀,说他像个爷们,能替姑娘出头了。后来老洪听说,那天白所被局领导凿凿实实地骂了一顿,替太阳扛下了所有责任。

老栾说过,长跑真正的意义是拥抱痛苦,寻找痛苦之后的自由和快乐。太阳刚开始还理解不了,但一旦跑起来就渐渐懂了。跑者永远在路上,光是方向,心跳、呼吸是节奏,每一次迈步都是独善其身的修炼。在跑步中会遇到许多个平台期,令人感到痛苦、煎熬、彷徨和畏难,会有个声音在耳畔说,放弃吧,当个懦夫也没什么丢脸。但只要无视那个声音,坚持下去,就能超越身体的极限,跨越平台期。跑者就能拥抱痛苦、战胜恐惧,获得阶段性的胜利。在那一瞬间,跑者领会到了跑步的真谛。就像海明威所说,优于别人并不高贵,真正的高贵是优于过去的自己。

而戴姐也说过,生活和长跑一样是公平的。许多人觉得不公,是因为只着眼于当下，没有把生命放在人生的长河去看。有人获得了财富却丢失了健康，有人拥有了美貌却丢失了时光。就像跑步，最初领先的人有时并不能夺冠，而一直坚持方向、保持速度、稳住呼吸、跬步向前的才是赢家。所以不必纠结付出与收获是否成正比，付出的本身就是一种回报。太阳觉得她说得挺对，爱一个人有时是不需要回报的，就像莎莎喜欢那个明星。

太阳很庆幸自己能加入这个长跑团，觉得这群人都很神奇，平时看着普普通通，但只要跑起来就焕发出光彩，个个都像哲学家一样。清晨七点，长跑团即将完成半马，他们今天的路线不同，没有在郊野公园，而是一路向东。太阳经过多日的刻苦训练和不懈努力，跑步成绩有了长足进步，已经列为倒数第二了。究其原因是倒数第一的潘叔扭了脚。

晨风拂面，两边的草场郁郁葱葱，一副生气勃勃的样貌。快到终点的时候，戴姐退到太阳身边，"哎，你喜欢任梓霆啊？"她哪壶不开提哪壶。

"不喜欢。"太阳摇头。

"别不好意思，我都从网上看见了。"她坏笑，"哎，我可认识他啊，以后你要追星就跟姐说。我带你去见他。"

太阳知道她是在吹牛，低头跑步。

"太阳，你今天跑得不错啊，有进步。"老栾也故意放慢速度，退到太阳身旁。

"栾叔，你们跑你们的，别等我。"太阳气喘吁吁。

"哈哈，瞧你那熊样，呼哧带喘的。你还得练啊，再有几个月就能跟上了。我们还等着你领跑呢。"老栾说。

"不光是跑，还要去感受。感受心跳，感受力量，感受身体发生的变化，感受和大自然融为一体。驾驭自己，驾驭灵魂，阳光、田野、大海、高山都在你脚下，能准确地找到自己的位置，让眼界越来越广阔……"戴姐眯着眼睛畅想，"哎，你能体会到吗？"

"不能。"太阳真诚地摇头。

"你就是个傻子！"戴姐笑。

"你们说得太深奥了，像个艺术家。"

"嘿，怎么是像啊，你戴姐就是个伟大的艺术家啊。"老栾笑，"哎，注意了啊，要冲刺了。快！加大步伐，加快速度，跟上队伍！"他说着率先提高了速度，"稳住，身体别晃。记住，在快速奔跑的时候，路途越看似顺畅，越要注意，这时哪怕踩到一块小石头都会崴脚。"

"懂了！"太阳点头，咬紧牙关冲了出去。

终点是东郊的一个马场。马场面积很大，建在海河的河畔，大家都累了，就坐在河边的石凳上休息。老栾走进马场，拿出两大袋子瓶装水分给大家。太阳也不客气，咚咚咚地喝掉了两瓶。

"啊……"他做了一个深呼吸，感觉神清气爽，"栾叔，您是做什么工作的啊？"

"看不出来吗？"老栾摊开双手，"我是这里的马工啊。"

"马工平时都做什么啊？"太阳好奇。

"马工可是责任重大啊，得对自己的马了如指掌，哪匹马好静、哪匹马爱闹、哪匹马爱争抢、哪匹马小心眼；马有了病怎么应对、马受了伤怎么保养，哪天驱虫、哪天'打圈'，都得安排得妥妥当当。"

"哦……"太阳听得挺入迷。

"哎，这么快就缓过来了？瞧你那小眼神儿，忽忽地闪着光。"戴姐走过来说。

"嘿嘿，他们都说我'充电五分钟，通话五小时'。"太阳笑。

"哎，真羡慕啊。要不说呢，欺骗不了年龄的是皮肤和眼神啊。"戴姐拿手机照着自己的脸。

"咱们年轻的时候不也这样。"老栾说。

"是啊……时间太快了……"戴姐转头看着河面。

河面静静的，墨绿的颜色倒映着远处的风景。一阵风吹来，掀起一阵波澜。

早晨九点，白所在早点名后召集打击队开会。

"还记得那个要跳楼的小伙子吗？"白所开门见山。

"白洁？"老洪问。

"他出事儿了，涉嫌经济犯罪，被上网追逃了。昨天晚上我接到市局经侦的通报，白洁在担任海城实业公司会计期间，采用私自转账、少存现金货款、以假银行存单平账等方式，侵占了该公司两千余万元。经侦支队的民警走访了他的女友，才得知他们真正分手的原因，是白洁欠下了巨额赌债，高达上千万。咱们在办案时疏忽了，没有把事实查透。"

"我天……"老洪感叹，"我当时还苦口婆心地劝呢，以为他是个受感情伤害的'傻白甜'呢，没想到是个经济罪犯。这么说那小子想跳楼的原因也不是跟女朋友分手，而是被赌债催的？"

"这个不好说，他已经逃到境外了。"白所说。

"哎，当天有个事儿我忘了跟您说了。还记得我们去平远路小区查的那个赌点吗？白洁当时也在。看来这不是巧合。"

"我今天找你们说的就是这个事儿。"白所起身踱步，"现在市局怀疑，本市可能盘踞着一个赌博团伙，他们经营地下赌场，设局引诱他人参与，获取巨额利益后通过洗钱通道转移到境外。单从白洁的案子上看，他从国企职务侵占的资金被转移到了开曼群岛的一个账户上，很难进行查询和追缴。"

"用不用再去查查那个平远路的地址？"太阳问。

"不用去了，经侦的人已经去过多少次了，早就换地了。"

"那下一步咱们需要做什么？"太阳问。

"需要到开曼群岛出差吗？"老洪插话，"哎，那边是热带吧，得穿短袖裤衩。"

"别废话。出差也轮不到你。"白所瞥了他一眼，"这个人是咱们先接触的，现在出了问题，咱们也应该有所作为。你们近期要时刻关注咱们辖区涉嫌赌博的情况和线索，如有发现，立即上报市局。"

"是。"几个人异口同声地回答。

"还有，分局治安大队的老邢提供了一个线索，说咱们辖区的'正方圆'小区可能存在一个卖淫嫖娼的团伙。我查了咱们所的接警记录，曾经接到过群众的举报。"白所说。

"哦，是我们出的警，但是查了一圈，也没发现问题。"卞队说。

"你们查得还是不深不细，是小区里的一个KTV，具体我让王姐把材料给你们拿过去。好好摸摸。"白所说。

根据老邢提供的线索，打击队按图索骥，摸到了一处KTV前。KTV的名字是个很土的"谐音梗"，叫"朝酒晚舞"，门面装修得花花绿绿，一幅上世纪的画风。

在"大黑马"上，打击队的几位正在研究着。

"这个老板我见过，姓刘，是本市人，没有前科或不良记录。而且这个KTV是量贩式的，也没听说有什么乱七八糟的。"杨威说。

"你们年轻人现在还去KTV吗？一唱唱一宿，还带自助餐的那种。"老洪问太阳。

"我没去过。"太阳摇头。

"猴子，你没少去吧？"

"这种地方现在应该都是老头老太太去吧，早上送完孙子去唱唱革命歌曲，中午蹭顿饭，省得回家做了。"猴子说。

"我也觉得是啊。"老洪点头。

"先蹲蹲看吧，无风不起浪。"杨威靠在椅背上说。

这一蹲守就是小半天，果然跟猴子说的一样，这个KTV的顾客大多是上了年纪的老年人。他们的生活很悠闲，提着买好的菜和肉，三五成群，进去唱几个小时出来该干吗干吗。有几个老太太可能还意犹未尽，出来之后又在门口扎堆跳起了广场舞。

蓝牙音箱循环播放着土味情歌，"每当新的一天来到，记得给自己个微笑，删除昨日所有的烦恼，把今天的自己拥抱……生活要靠自己创造，快乐要靠自己寻找，有幸来过尘世这一遭，能飞翔就请别奔跑……"

这首歌特别洗脑，老洪也不自觉地哼唱起来。

"咱们这么蹲下去不是办法吧？"杨威皱眉，"哎，太阳，会唱歌吗？"

"唱歌？"太阳一愣，"《国歌》《人民警察之歌》？"

"那不行，太正了。哎，猴子，今儿你带队，带太阳进去探探。"

"我？我一个辅警，哪能给副队长带队啊……"猴子犹豫着。

"别扯淡，我跟你洪师傅都挂相，容易被怀疑。你小子心眼儿多，随机应变。"杨威正色。

在他的安排下，太阳和猴子进去探店。"朝酒晚舞"已经开了好多年了，门面和内部装修都显得破旧，前台的接待员是个大姐，看两个人进来，冷着脸问："唱歌吗？"

"唱。"太阳回答得干净利落。

"哎哎哎……"猴子怕他露馅，赶忙挡在他身前，"多少钱？"他尽量装得老练。

"一小时四十，四小时一百。"

"这价格不对啊？四个小时应该一百六啊。"太阳在猴子身后说。

"套餐，套餐懂吗？"大姐不耐烦地说，"哎，不能自带酒水啊，这是饮料单。要是干唱，我们连电费都不够。"她牢骚着。

两人买了四小时的套餐，但没过一小时就出来了。太阳拎着一个塑料袋，递给老洪。

塑料袋里装满了瓶装水。"哟，这是谁请客啊？"老洪问。

"强制消费，每人必须买三瓶，每瓶三十，都快赶上包间费了。"猴子抱怨，"我们俩在里面转悠了半天，也没发现什么线索。但他们这强买强卖的行为，市场监管局倒是该管管了。"

"一点迹象也没有？"老洪皱眉。

"一共就四五个服务员，一个负责前台，剩下都是开机器、送酒水的。满包间都是老头老太太，满楼道都是革命歌曲。您说在这个地方，能有卖淫嫖娼的吗？"猴子反问。

"唉……看这意思今天要白瞎啊。"杨威感叹。

"只能晚上再过来看看了。没准儿'变了戏'呢？哎，老杨，你喝什么？甜的还是不甜的？"老洪说着就把塑料袋的饮料倒在座位上，但随即有几张卡片掉了出来。

老洪拿起卡片细看，"经典靓妹、大胸美女、靓丽模特、清纯学生。嘿嘿，看来你们俩小子被盯上了。"他笑了起来。

猴子回忆着，给他们送水的应该是个年轻的小伙子，看样子不像本地人。如果塑料袋里有招嫖卡片，他应该是第一嫌疑人，当然，也不排除是那个前台大姐给放进去的。看来这个"朝酒晚舞"确实有问题。

既然有了线索，就得开始行动了。于是老洪用"工作号"加了上面的微信，对方的联系人叫"娇娇"，头像是个身材异常夸张的兔小姐。而老洪的头像则是一个年轻的帅哥。

"我刚刚去过你们店，有什么服务啊？"老洪在微信里问。

"什么服务都有，你是刚才的小伙子吧？"对方一这么问，老洪心里就有谱了，肯定是"朝酒晚舞"的内鬼。

"是啊。我们看里面人多，就没敢多问。"

"我们有不同类型的姑娘，包你满意。"只听微信"嗖嗖"几声，对方发过来一大堆图片。

图片不堪入目，老洪赶紧蒙住太阳的眼睛。

"行啊，洪师傅，你这聊得够专业的啊。"杨威在一旁笑。

"别废话，要不你来？"老洪瞪了他一眼。

"你们有地方吗？"他接着问。

"有，我给你地址。"对方上了套。

发来的位置距"朝酒晚舞"有四五百米的距离。老洪刚想出发，就被杨威叫住。

"这帮孙子鬼着呢，小心周围有'眼'。"杨威提醒，"先让太阳和猴子过去，投石问路，探探底。"

"嗯，也行。"老洪点头，"猴子，你拿着我的'工作号'。记住，到了之后先别动,等他们主动联系。"

"如果他们不联系呢?"猴子问。

"那就按兵不动,等几分钟再说。"

"明白。"猴子点头。

"太阳,你把眼睛放亮点儿,看周围有没有可疑的情况,发现了别出声,默默记在心里。"杨威说。

"明白。"太阳点头。

天已经黑了,太阳和猴子不一会儿就走到了位置。那里是正方圆小区的街心花园,周围有好几栋十多层高的居民楼。猴子按照老洪的吩咐按兵不动,他特意站在一个路灯下,原地踱步。而太阳则隐蔽在暗处,观察着周围的情况。与此同时,杨威和老洪也到了附近。

也就过了两三分钟,猴子手里的工作号收到了信息,"你们到了吗?"

猴子心里有谱了,看来嫌疑人果然能看到他的位置。他佯装打了一个喷嚏,发出信号。

"问她地址。"老洪给猴子发信息。

"她让我们等着,说下来接。"猴子回信。

"好,你们赶紧撤,剩下的工作交给我们。"老洪发来信息。

猴子按命令撤离,太阳却有点发蒙,不明白为什么要半途而废。老洪这么做是有道理的,卖淫嫖娼必须得抓现行,不然就没法处理。他让太阳和猴子过来钓鱼的目的,是发现嫌疑人的落脚点，而不是立即打击。这就叫投石问路。

在老洪和杨威的严密监控下，不一会儿就发现了嫌疑人的动向。从小花园北侧的一个楼门里，走出来一个穿羊毛衫的年轻女子，她年龄二十出头，留着披肩发，脸上浓妆艳抹。她的警惕性很强，并没有径直走到小花园中，而是左顾右盼了好一会儿，又进了楼。老洪和杨威没有直接跟，而是在远处观察楼内的情况，不到一分钟的时间，五层的声控灯亮了。他们心里有谱了。

经过到物业调取住户情况，他们发现在五层的四户人家里，有两户是租户。而在两个租户之中，有一户的用水量存在异常。

"您怎么知道是503房间？"太阳不解。

"这户的用水量是其他几户的三倍。"杨威说。

"那说明什么呢？"太阳还是没懂。

"唉……你这个副队长啊，真是够呛。"杨威叹气，给了他一下，"现在咱们分分工吧。太阳，你负责在楼下观察，只要发现可疑对象，就立刻进行录像，同时把情况报给猴子。猴子，你去五层消防通道的位置，实时观察503人员进出的情况，与太阳衔接好。我在楼下接应，随时处理突发情况。老洪，你给大下打电话，让他多带点人过来。"

老洪和猴子同时点头，但太阳的眼神却依然迷茫。

"还有什么不懂的吗？"杨威问。

"杨师傅，什么是……可疑对象呢？"太阳挠头。

"单身男性，鬼鬼祟祟，眼神躲闪，就跟你洪师傅那样，懂了吗？"杨威笑，"哎，老洪，你提醒大卞开个面包车过来，只要她们接到了'活儿'，就下来一个'掐'一个。告诉大家，只要'掐'了就立即搜身、查微信转账记录，固定证据。"

"行啊，老杨，没想到你抓嫖还挺专业。"老洪笑。

"废话，我干什么不专业啊。"杨威撇嘴。

说完了计划，几个人便分头行动。但没想到计划赶不上变化，猴子刚藏进五楼的消防通道，503的门就开了，三名女子从屋里走了出来。她们乘电梯下了楼，上了一辆出租车。

"怎么办？"太阳问。

"还能怎么办？跟上呗。"杨威启动了"大黑马"。

"这个点儿出来肯定有事儿，瞧那仨女的，打扮得花枝招展，没准儿就是去出台。"老洪说。

"嗯，还是洪师傅有经验。"太阳做出肯定的语气。

他这么一说，杨威扑哧一下就笑了。

三人没等猴子，开车紧随其后。没过多久，出租车停在了城北区大湾路的海城酒店门前。这是海城最高档的酒店之一。三名女子下了车，扭着妖艳的身姿进了大堂。杨威也下了车，缓步走进大堂，但并不着急，等三名女子上了楼，才拿出工作证到前台查询。经查，她们登记的身份为访客，要去的房间是808号套房，开房的人叫邵烨。老洪立马打电话，让综合指挥室的王姐摸了一下邵烨的情况，发现这位曾因嫖娼被行政拘留过。

几个人又绷了一会儿，等卞队等人赶到，就立即开展行动。

杨威打头阵,让服务员轻开房门,然后一马当先冲了进去。屋里放着令人亢奋的音乐,茶几上散落着喝完的空酒瓶,沙发上有男女的衣裤。杨威让太阳打开执法记录仪,留下视频证据,然后迅速推开了卧室的门。在里面的大床上,不堪入目的场面还在进行。三个女子脱得精光,正随着激烈的音乐亢奋地在床上扭动,一个戴眼镜的男子躺在中间,表情迷醉。甚至连警察冲进来都没发现。

老洪"啪"的一下打开了灯,拍着手大声说:"哎哎哎,收工了收工了。警察!"

三个女子这才反应过来,顿时尖叫起来。那男子也被吓得够呛,忙要穿上衣服。

"别动!"杨威一把将他按住。

"姓名?"杨威问。

"邵烨。"男子低头回答。

"干什么呢?"

"没……没干什么……"

"没干什么?光着屁股在这儿谈心呢?"杨威冷笑,"太阳,都录下来了吧。"他回头叮嘱,"太阳……"

他回头一看,哭笑不得。太阳此时已呈"木僵"状态,只见他手持执法记录仪,直挺挺地站在门口,表情凝固,满脸通红。

"哎哎哎,副队长同志,你能给我专业点儿吗?靠你固定证据呢!"杨威气不打一处来,给了他一脚。

"把衣服穿上吧,跟我们走。"杨威指着几名嫌疑人说。

三名女子名叫冯小珍、叶子华和张文静,她们初步供述了以正方圆小区13号楼503为窝点,长期从事卖淫行为的事实。那个嫖客邵烨则是她们的常客。这一仗打得漂亮,可谓是旗开得胜、马到成功。但老洪还意犹未尽,说只抓到这四个"现行"不过瘾,要有条件还应该深挖。

在回程的路上,杨威打开了"大黑马"的音响,音乐频道在放着一首歌,歌中唱道:

"暗夜里相信有光,不灭梦想,寒冬时深埋土壤,静待花香,迷茫时不变方向,低吟浅唱,待风来正好扬帆,在春天启航;总相信峰回路转,初心不忘,生活是起伏跌宕,坎坷平常,迷茫时不变方向,积蓄力量,待风来正好扬帆,在春天启航……"

几个人静静地听着,在空荡的夜里如沐春风。每次破案之后,都是警察最惬意最放松的时刻。车厢里很安静,谁也不说话,太阳用手擦去玻璃上的雾气,看着外面万籁俱寂的城市。每当黑暗来临,警察就是这里的守夜者,他们是和平年代能身体力行维护正义的一群人。太阳由衷地庆幸自己选择了这个职业。但这时,他的肚子突然不合时宜地响了起来,经他一提醒,其他几位也都觉得饿了。

老洪提议,回去问人、送人的活儿交给下队,他请几位到"宝珠"撮一顿。几位一致叫好。但这时,证物袋里的手机突然响了起来。老洪拿出来一看,是冯小珍的手机,上面显示着一个名字,"帆哥"。

老洪并没接通,而是任其响着,给卞队拨了个电话。

"大卞,问问'帆哥'是什么人。哦,哦,明白了。"老洪心里有谱了。

来电人叫周帆,是这三名卖淫女的老板。老洪眼珠一转,计上心来,"哎,你别说话啊。"他告诉大家。

在铃声第二次响起的时候,老洪接通了电话,"喂,帆哥吗?"他操着一副江湖的语气。

"你是谁啊?"周帆问。

"我是谁?哼!说出来吓死你!威哥,听说过吗?就是我们老大。"老洪咋咋呼呼。

"没听说过。"对方不屑一顾。

"你们够猖的啊,敢在我们的地盘上干活儿。"

"你的地盘儿?扯淡!"周帆也很强硬。

"别废话啊!我告诉你,现在这仨人可在我手上,没十万我们可不放人。"老洪演着戏。

"胃口挺大啊!那我要是不给呢?"

"后果自负!哎,我可告诉你,就给你一天时间,见钱放人。"老洪不留回旋余地。

"行,钱我可以出,但是你们也得露个面儿吧。'拜拜山门'总行吧?"周帆假意服软。

"行啊,时间、地点你定。咱们一手交钱一手交人。"老洪说。

那边停顿了一下,显然在跟旁边的人说着什么,"行,你等我电话。"他说着就给挂了。

"哈哈，老洪，真有你的。"杨威笑了。

等车开进派出所的时候，前来迎接的白所刚抬起手准备振臂高呼，老洪就咋咋呼呼地大喊起来，"同志们，还得加个班啊，新的任务又来了！"

白所愣住了，"怎么了？还有人没到位？"

"是啊，还得抓好几个呢。"老洪笑。

"好几个？在哪儿呢？"

"一个小时后，在城南的郊野公园。"老洪举着冯小珍的手机说。

他喜形于色地把刚才自己怎么冒充黑道，跟周帆谎称绑架了小姐、黑吃黑的过程跟白所汇报。白所一听就笑了，"行，你可真行。"他不住地点头，"同志们，先把嫌疑人押到候问室，然后换便服、整理装备，咱们还有一个行动。"他立即布置起来。

郊野公园位于大满所的辖区。白所这次没吃独食，马上给老牛头打了电话，在通报情况后，请求大满给予支援，并承诺抓人数两所平分。老牛头自然是求之不得，就立即调集所里的警力赶赴现场。打击队的各位奋战了一天，按说已经到了"三而竭"的阶段，但此时又起了范儿，重装上阵、干劲十足。

凌晨时分，郊野公园里漆黑一片、空无一人，只有月光洒在水面上，映出银色的碎片。打击队的几个人身着便服，大摇大摆地走进公园，在一处凉亭旁，见到了等候已久的那伙人。

那伙人有十人之众。他们手持棍棒，脸上都带着凶狠。

老洪犯坏，自己没上去，在后面推了太阳一把。

"洪……洪师傅，我说什么啊？"

"你就跟他们说，天王盖地虎，宝塔镇河妖。"老洪正色。

太阳半信半疑地默念着，走了过去。

"你们是威哥的人？"为首的一个大个问。

"天……天王盖地虎，宝塔镇河妖。"太阳说。

"什么？"对方愣住了，"你有病吧，什么意思！"

"哈哈……"老洪笑了，走到前面，"哎，你们谁是帆哥啊？"

"我是。"那个大个往前走了两步，"我的人呢？怎么没见着？"他瞪着老洪。

"先把钱拿来，我们再放人。"老洪歪着头说。

"不可能！你们来了，还想走吗？"周帆把手里的铁棍往地上一砸，从凉亭另一侧又蹿出来好几个人。将打击队的几人围在中间。

"哎哟喂，人不少啊？怎么着？想跟我们练练？"老洪不屑。

"我告诉你，识相的就赶紧把我们的人放了。不然……"他抬起手中的铁棍，"我让你们横着出去！"

"哟哟哟，你别生气啊，气大伤身。在江湖上混讲究以和为贵，咱们有话好好说。"老洪赔笑。

"以和为贵？哼，晚了！你甭跟我这儿耍花样儿，先把人带来再谈别的。"周帆带人向前逼近。

"嘿嘿嘿，看这意思，你们是黑社会呀。"老洪扯着嗓子问。

"你还真猜对了，哥们儿就是黑社会，你们这帮孙子今天撞到枪口上了。"周帆撇嘴。

"得，明白了。"老洪点头，"要不帆哥，您看这样行不行？我找个地儿、摆个局，咱们到那儿好好聊？"

"摆个局？什么局？"周帆皱眉。

"公安局。"老洪正色，"得了，不跟你这儿废话了，累一天了。把东西放下，蹲在地上。"他说着掏出了警官证。

"警察！把手里的东西放下，蹲在地上！"杨威也向前一步，亮出了工作证。

与此同时，潜伏在四周的二十多名民警围了过来。

周帆吓傻了，转头想跑，杨威一个"折腕牵羊"就给他撂倒在地。

"都铐起来，带回去！"老牛头穿着一身作训服，高声大喝。他顶着大脑袋，叉着腰，一副胜利者的姿态。

"怎么样，这下抓人数完成了吧？"白所笑。

"不错不错！精诚合作、形成合力，不绑在一块儿干，怎么扩大战果啊？"老牛头点头。

"后续得深挖啊，弄不好就挖出个惊天大案来。"白所捧哏。

"放心，我全力以赴，帮衬你。"老牛头郑重其事地说。

169

这场仗打得漂亮，白所和老牛头分头向主管领导进行了汇报。两人这次没有抢功，统一口径说是小满和大满通力配合、协同作战，重拳打击了一个涉黑团伙，并将该团伙全部人员绳之以法。分局领导自然给予了肯定与表扬。在半个小时后，卞队接到了牧安的电话，质问他有案子为什么吃独食、不带着刑警一起玩。卞队自然是习惯性地抹稀泥，承诺下次一定及时通报。

回所一统计，今晚这两起案子共抓获犯罪嫌疑人22名。其中涉嫌卖淫嫖娼的案件4人，周帆的团伙成员18人。当然，那18人中，有好几个都是临时过来充数的，应该刑拘不了，但涉嫌寻衅滋事行政拘留却一点问题都没有。嫌疑人装满了派出所的看押室，白所情绪高涨，让打击队的几位先去吃饭，初审和送人的工作由卞队和其他同志负责。

累了整整一天，几个人都有点打蔫。在宝珠面馆里，他们低着头唏哩吐噜地吃着面，不一会儿碗就见了底。

"哎，舒坦，好久没这么痛快地吃饭了……"老洪抹了一下嘴，掏出一支烟点燃，"记得二十多年前在预审的时候，有一次连续审了一天人，跟今儿一样，水米没打牙。我就到单位门口的一个苍蝇馆儿，宫保鸡丁、鱼香肉丝，外加两碗大米饭，别提多美了！但吃完以后就感觉脑袋晕晕乎乎的，一到单位就发烧了，三十九度几。到医院一查，医生说你这是肠胃感冒，说白了就是吃多了撑的。"他笑，"还是年轻好啊，该吃吃、该喝喝、该睡睡，你瞧太阳，充电五分钟，通话五小时。"

"太阳，跟你洪师傅学会没有？对待流氓，就得比流氓更流氓。"杨威说。

"嗯。"太阳点头。

"咳，这都是雕虫小技。记得十多年前在技术科的时候，我们那儿有个小姑娘坐公交车，让人把手机给'摸'了，到单位才发现，急得不行。我就帮她想主意。我出了个阴招，用自己的手机给她的号发，'女儿，再把银行账号给我发一次，我今天把一万块钱学费给你转过去。'结果也就过了十多分钟，我就收到了回信，还真是一个银行账号。之后我们就到刑警报了案，通过那个账号一下就查出了那个贼的身份。"老洪得意地笑。

"要不都叫你弯弯绕儿呢。哎，你这算是最早的电信诈骗了吧？"杨威笑。

"扯淡，那时我的外号叫'小灵通'。"老洪撇嘴。

"还中国联通呢。"杨威摇头，"咱们干警察的，就得灵活多变、见机行事。就跟刚才的案件一样，你洪师傅就是掐准了这帮人流氓假仗义的江湖习气，才引蛇出洞、一网打尽。这就叫知己知彼百战不殆。我干刑警时，也总和流氓打交道，那时的流氓虽然大都是社会上混的无业游民，但有一套所谓的规矩。他们'碴架'约定时间、约定地点、摆开阵仗干，从不以多欺少；出了事儿'不抬人'，愿赌服输；遇到咱们调查，铁嘴钢牙胶皮腮帮子死扛到底；无论打得多热闹，很少动'圈外人'，特别是不动警察。有一次我们重案的小袁，哦，现在已经是城北分局的副局长了，他带着辅警去摸一个在逃的流氓，没想到正好给碰上了。那是个城南老炮儿，见到警察并没反抗，就束手就擒了。但在往车上押的时候，辅警嫌他走得慢，就给了他一脚。结果那老炮儿急了，说警察抓我行，你个'二狗子'抓我不行。呵呵，这就是流氓所谓的规矩。"

一听这话，猴子不自觉地抬起头。

"哎哟喂，猴子，抱歉啊，我可没别的意思。"杨威赶紧找补。

"哦，没事。"猴子表面装作无事，心里却不是滋味，"我吃好了，先回去了。"他说着站起来，走了。

"嘿嘿嘿，你瞧你，嘴上没把门的，说错话了吧。"老洪说。

"怪我怪我。"杨威打着自己的嘴，"这小子，心还挺重。"

"越聪明的人就越要自尊，猴子这么没日没夜地看书复习，还不是想有朝一日跟太阳一样，能穿上这身警服。"老洪说。

"我去劝劝他吧。"太阳说着就站起来。

"你可打住吧，你这时候去不是火上浇油吗？一句玩笑罢了，得低调处理。"老洪把他按在椅子上，"哎……我都能想得出，明儿一早儿这白所怎么忽悠。肯定把手抬得高高的，什么协同作战呀，通力配合呀，攻坚克难呀，摧枯拉朽啊，破获了重大案件，打出了小满派出所的声势……"

"这算什么大案啊，要说当年在刑侦重案的时候，不是'八大重罪'我们都不出现场。"杨威起了范儿。

"得了，咱们也别总提当年勇了，彼一时此一时，现在早已今非昔比、物是人非喽……"老洪感叹。

杨威沉默了，点燃了一支烟，慢慢地吸吮、喷吐。烟雾在黑暗中袅袅腾腾，飘到空中，渐渐消散。

三个人吃完了饭，打着饱嗝缓步溜达着，夜风拂面，圆月如盘，他们觉得心里好久没这么轻松畅快了。案子上的事有白所和卞队盯着，审讯、填表、送人的活儿应该没问题。面馆就在派出所附近，三个人没走几步，就看见门口聚集着一伙人。那伙人穿得西装革履，一个个昂着脖子、面沉似水，杨威拿眼一瞟就知道不是善类。在那伙人身后，还停着两辆奔驰商务车，车没熄火，像是在等谁。

一进派出所，杨威就找猴子，想开句玩笑找补一下刚才的错话。却不料卞队说猴子压根就没回来。杨威又问他填表、送人的情况，卞队一回答杨威就炸了。

"什么？要放？"他这么一咋呼，老洪和太阳也凑了过来。

"凭什么啊？我们抓的是现行。这不板上钉钉的事儿吗？"老洪也说。

"那什么……邵烨说，他和那三个女的是男女朋友关系，所以……证据不太够。"卞队眼神躲闪，欲言又止。

"这是放屁！你傻呀，还男女朋友？有一个男的和仨女的到酒店光着屁股约会的吗？看过法条吗？这能叫男女朋友关系吗？这他妈叫卖淫嫖娼、聚众淫乱！"杨威急了。

老洪拿起卞队手里的笔录，扫了几眼，上面记着：

173

问：你和她们是什么关系？

答：是男女朋友的关系。

问：你跟她们认识吗？

答：认识，她们叫冯小珍、叶子华、张文静。

问：你为什么转给叶子华一万两千元钱？

答：这是我借给她的钱，还没来得及写借条……

"嘿嘿嘿，我说大卞，你这么记笔录是问人呀还是放人呀？你这不是往人家嘴里递话吗？怎么茬儿，你跟这帮孙子沾亲带故是不是？"老洪也急了。

卞队无言以对，张开嘴又闭上，那表情难看极了。

这时，白所走了出来，"哎哎哎，你们瞎吵吵什么？这份笔录不是大卞问的，是我问的。"他面无表情地说。

"你……问的……"老洪皱眉，"您这业务不行啊，哪能这么问人呀？"他看着白所，心里琢磨着。

"白所，这份笔录问得不对！邵烨说的也是狡辩！"太阳有些激动，走到白所面前，"这个案子是我和师傅们一起盯的，从蹲守到抓人，整个证据链是完整的，包括嫖娼的现场也进行了录像，事实清楚、证据充分！再说了，她们背后的卖淫集团也打掉了，通过周帆等人也能佐证卖淫女的身份！"

"那仨女的是卖淫团伙的成员，那邵烨就必须涉嫌招嫖了？这是什么逻辑啊？"白所打断了太阳，"年轻人交友不善，也是常有的事。"他一反往常，竟然颠倒黑白。

"白所，这不是事实，我觉得应该再重新做一份笔录。"太阳据理力争。

"行了行了，事实已经清楚了，疑罪从无也是法治的进步。那三个女的还有周帆等卖淫团伙的嫌疑人照常送看守所，邵烨证据不足先放了，如果以后发现其他线索再说。"他留了个活话儿，"你们都累了一天了，赶紧回宿舍休息。"他表面上关心，实则是命令。

太阳还想再说些什么，老洪走过去拽了拽他的胳膊。

"洪师傅，你拽我干什么呀？我是副队长，这个案子有问题我肯定得说出来。"太阳急了，一点不给白所留面子。

"你这个副队长不还是我任命的吗？人民警察以服从命令为天职，你入警的时候没学过吗？"白所质问道，"大卞，继续按程序办。有什么问题，我负责！"他说完一甩手，就要上楼。

"这事要是出问题了，也是你负责吗？"杨威抽冷子来了一句。

"我负责。"白所看着他说。

卞队低下头，继续办起了手续。

杨威没再说话，冷眼旁观。

半个小时后，邵烨拎着包大摇大摆地走出了派出所，上了奔驰商务车。那伙人也纷纷上车，扬长而去。太阳、杨威和老洪默默地看着，心里很不是滋味。

"杨师傅、洪师傅，这事不对！"太阳还是不甘心。

"许多觉得对的事情,往往背后隐藏着不对的东西。但当你遇到觉得不对的事情,有时可以先等等,静观其变。"老洪说。

"男女朋友,借钱转账,还相互知道姓名,就凭这几点,放人也不是不可以。老洪,这是有人'点道儿'啊……"杨威皱眉。

"事出反常必有妖,这事不那么简单。你瞧大卞那德行,他心里也憋着事儿呢。我还是那句话,先等等,静观其变。"老洪说。

"不行,我还得找白所去。"太阳说。

"没用了,人都走了,还能再抓回来?事已至此,从长计议吧。"老洪拽住他,"有时候啊,咱们也别太拿自己当回事儿了,都是大头兵,以服从命令为天职,该干吗干吗去吧。我呀,闷得儿蜜去了。"他打了个哈欠,走了。

这件事像一块石头,重重地压在太阳心里,让他感到憋闷、窒息。他怎么也想不通,一向将理想、职责、使命挂在嘴边的白所,为何会有案不办、徇私枉法,将嫌疑人放走。他一宿没睡,对着那面嫌疑人照片墙发呆,又拿出书本翻出法条,看了好几遍也没找出打击队办案的漏洞。他在屋里踱步,有种有劲儿使不出来的感觉。要不是在深夜,他真想大喊几声。

终于熬到了清晨,太阳到综合指挥室找到了王姐,把派出所门口的录像给调了出来。他回到办公室,把录像拷在电脑里,做了几个截图,然后打印出来。其他几位都没按时上班,他就自己骑着共享单车到了分局刑侦大队。

牧安看着手里的照片,抬头问太阳,"查这几个人,有手续吗?"

"没有。"太阳摇头。

"为什么查他们?"

"因为我觉得他们可疑。"

牧安沉默了一会儿,"太阳,咱们警察办案是讲究程序的。取证的程序不合法,案件的结果也不合法,你懂吧?"

"我懂,但我也知道咱们的职责是打击犯罪,维护法律的公平公正……"

"哎哎哎,咱们别扯远了,就说眼前的事儿。"牧安摆摆手,"你还年轻,干事儿的时候不能太冒进,得懂得循序渐进、步步为营。虽然我挺欣赏你这种性格,但还是要告诫你,要适可而止,不然会摔跟头的。"

"我听不懂这么复杂的话,我就想问你能不能查。如果不能查,我就找别人帮忙。"太阳看着牧安。

"哼……"牧安摇头,"那你总得找个理由吧,比如说大晚上在派出所门口聚集,可能是在'摆势',涉嫌寻衅滋事。要是这样,还算有个查询的理由。"他挑了挑眉毛。

"这……"太阳犹豫着。

"明白了,那就以这个理由。"他说着就拿起电话,"喂,沈姐吗? 一会儿走个手续,找技术部门做几个人脸识别,再查个车号。哦,我让小满所的小邰找你啊,手续咱们出。"

"谢了。"太阳拿起材料,转头就走。

"哎,我话还没说完呢。"牧安叫住他,"这个查询结果只能当线索使用,不能对外出示。明白吗?"他叮嘱道。

"明白。"太阳点头。

按照白所的安排,打击队今天倒休一天,不用上班。杨威就回家一直睡到了下午,起来的时候,发现手机上有十多个未接电话,既有太阳的,也有老洪的。他犹豫了一下,就启动了"大黑马",前往了派出所。

他赶到的时候已经过了下班时间。在打击队的办公室里,老洪和太阳表情严肃。

看他来了,老洪就把一摞材料推到他面前,"看看这个。"

杨威拿过材料,上面是几个人的情况,"庞博,二十八岁,曾因故意伤害、敲诈勒索被判处有期徒刑三年……"他有些不解,"这是什么意思?"

"太阳调取了昨夜派出所门口的监控,把那伙儿在门口戳着的人,都做了人脸识别。瞧瞧,有什么发现。"

杨威没说话,继续看着,"汪海军,三十一岁,曾因盗窃被判处有期徒刑五年……林大志,曾因寻衅滋事被判处……"当他翻到最后一页的时候,突然愣住了,上面写着一个名字,谢洪东。

杨威站起身来,把材料拿到更亮的地方,端详着那张照片。照片上的谢洪东留着一个马尾辫,蓄着胡须,眼神阴鸷。这个名字后面,罗列着一大串罪名,曾因故意伤害、敲诈勒索、寻衅滋事等罪名被处理多次……

他表情严肃起来,"怎么发现这个人的?"

"发现这个人纯属巧合。他当时坐在那辆奔驰商务车里,监控拍下了他摇开车窗弹烟灰的瞬间。"太阳说。

"监控拍得清晰吗? 能确定是这个人吗?"杨威追问。

"基本可以确定。而且通过对那辆奔驰车的查询,车主也是他。"

"谢洪东……"杨威默念着。

"杨师傅,您认识这个人?"

"哦,没事,听说过。"杨威轻描淡写,"你们先聊着,我去趟厕所。"他说着就走了出去。

在派出所楼顶的天台上,杨威默默地抽着烟。他望着远处的灯火,不禁想起曾经的事情。

光怪陆离、灯红酒绿,喧嚣的音乐充满了耳际,周围弥漫着一股由香水、酒精组成的堕落味道。杨威感觉身体软绵绵的,似乎躺在一块海绵上,他挣扎着想要坐起,却始终瘫软着陷落着,沉浸其中。他不知自己在哪里,只觉得头很疼,眼前的视线模糊着,像是被什么东西捆绑了。身边似乎坐着一些人,她们吵着闹着嬉笑着,还时而靠在自己身上。她们的皮肤很凉、很滑,像蛇一样。他想睁开眼睛去看,却怎么也睁不开。直到被"嘭"的一声惊醒,他才回到现实。几个穿灰色上衣的男子径直走到他面前,将他按在原地。他奋力抵抗着挣扎着,这才发现自己正躺在歌厅的包间里,身边簇拥着好几个半裸的女人。

"杨威，我们是纪委的，接到你违法乱纪的举报。作为一名人民警察，你现在的行为已经违犯了相关法规，请配合我们调查。"为首的一个瘦高个手里举着证件，义正词严地说。

"我……我怎么了？"杨威不知所措、有口难辩，只觉得头痛欲裂，耳朵里充满了鸣响。

他那时还是市局刑侦支队的重案队长，还顶着那个"刑警之刃"的称号。为了破获一个系列赌博案件，他找到了手里的线人邓彪。邓彪以前手脚不干净，曾有盗窃的前科，因为参与冒充搬家公司系列盗窃的案件，被判刑入狱。出来后改过自新，在"新世界"KTV里给人看场子。杨威让他帮忙去寻找线索，邓彪挺痛快地答应了。在一个夏日的傍晚，邓彪联系杨威，说有情况向他反映，见面的地点就选在了"新世界"的"V8"包间。杨威赶到的时候，包间里一个人都没有，他就电话联系邓彪，对方说有事还没处理完，让他稍等。包间里很闷，杨威觉得口渴，就拧开了面前的一瓶矿泉水。结果刚喝了几口，就迷迷瞪瞪地睡着了，醒来的时候，就发生了那一幕。

他知道自己被人玩儿了，用最下三烂的手段。在谈话室里，他跟纪委的同志据理力争，说自己是因为办案才去的那里，不是他们想象的那样。纪委的同志也很客观，说此事会按程序办理，之所以要彻查，也是为还杨威一个清白。杨威希望能先让他回去，等抓到邓彪，一定能真相大白。但纪委的同志却告诉他，来市局实名举报他的就是邓彪。在举报时该人称，杨威一直利用警察的影响力胡作非为；而现场的那些小姐也已证明，她们一直陪着的人就是杨威。杨威急了，拍着桌子以自己的警察荣誉保证，邓彪是在诬告自己、陷害自己！并要求对自己进行尿检，看是因为什么才造成的昏迷。但经过尿检，却并未发现异常。杨威知道，自己遇到了高手。而不出所料，邓彪在报案后就失联了。

就因为这件事，杨威落入了谷底。他当时所担任的职务敏感，所办的案件更为敏感，所以刑侦支队就对他进行了暂停职务的处理，等找到邓彪、查清事实后再决定是否复职。于是杨威就失去了办案权，眼睁睁地看着那个案件被搁置起来。邓彪之后再没有出现，如人间蒸发一样。而杨威违纪的事也成了无头案，查也查不清，说也说不明，最后弄了个没有查实也没有查否的结果，就这么黑不提白不提地一直悬到了现在。杨威在被停职了一个月之后，从市局刑侦支队下沉到了小满派出所，离开了重案刑警的岗位，理由是没有基层工作经验。

在那之后，他又多次找相关部门反映，但因为邓彪的失踪，始终无法获得一个结果。杨威变得消沉了，沉默寡言，独来独往，不再对工作充满热情，眼神中的光芒也慢慢褪色、变得暗淡。他不愿别人提起他的过去，那些曾经的辉煌似乎都成了嘲讽。大部分同事是相信他的，认为他是被人做了局，但社会上一些别有用心的人却在传谣，说他勾结黑道、警匪一家。日子就这么过去了，时间像漫天的浮尘，缓慢地降落，将一切过往掩盖、淹没。这一晃就是一年多。

杨威默默伫立在黑暗里，突然觉得很冷，心中刚刚升起的火焰似乎又在一点点地熄灭。一想起这件事，他就觉得憋闷、压抑、喘不上气。而材料上的那个谢洪东，就是当初那个案件的嫌疑人之一，他找邓彪的目的，是让其对谢洪东进行"贴靠"。

真是冤家路窄啊，没想到这个人又出现了。

清明过后，虫鸣鸟啼，天气越来越热了。阳光照在树叶上，映出一片墨绿的颜色。海河的水淙淙流淌、欢快跳跃，滋润着两岸的泥土和青草，让鲜花竞相绽放。生活无论悲喜从不会等待，就像这条河流，蜿蜒曲折，在广袤的平原上奔流向前，千百年来未有停滞。

邵烨那件事从表面上是过去了，但却在几个人心里结成了一个疙瘩。这疙瘩让他们与白所和卞队之间的关系变得微妙，从亲近到疏离，做事也都小心翼翼留着余地。只有猴子一如既往，干着聪明人该干的事，也偷着聪明人会偷的懒。所里的民警都觉得，打击队的冲劲儿没以前强了。

下午，一年一度的市局合唱节又开始了，城南分局的几个单位都去了。在市局的大礼堂里，各单位轮番上阵，小满、大满、阳光路派出所，包括刑侦大队，都在较着劲。此刻，太阳和猴子正在台上，小脸通红地唱着革命歌曲。

老洪坐在台下，忍不住笑了，"听听听听，这哪是唱歌啊，简直是鬼哭狼嚎。唉，我是真心疼这帮评委啊。"

杨威有些心不在焉，并不搭话。

这时候，几个穿着"重案刑警"马甲的小伙子走到台边候场。他们身材健美，表情桀骜，杨威认得，是市局重案的民警。他转过头，刻意躲避几个人的眼神，这细节被老洪看在了眼里。

"哎，如果现在有个机会让你还能回到重案，你还回去吗？"老洪问。

"我，算了吧。回去干吗啊？拖年轻人的后腿？弄个'人嫌狗不待见'？人啊，得有自知之明。"杨威苦笑。

"嘿嘿嘿，负面了啊。"老洪说，"但年轻真是好啊，敢打敢拼，愿意吃苦受累，没觉得这个世界有什么不对。你看台上这帮孩子，满眼都是憧憬，一个个都铆着劲儿嗷嗷地往前跑，一点儿不犹豫。但有时我就想啊，未来会给他们一个什么样的交代呢？"

"让你再活一次，你还选择当警察吗？"杨威问。

"算了吧。"老洪摇头，"太累了，起早贪黑，抛家舍业，拿自己这条小命儿去冲锋陷阵，图什么啊？但你要真是让我脱了这身警服吧，可能心里还挺难受。哎，你知道什么是命吗？命就是你面对不同事物一次又一次的惯性选择，由点变成了线，由线连成了面，经过日积月累就形成了你的命运。说白了还是惯性使然，由性格决定的。"

"哎哟喂，你这话说得挺'高科技'啊。"杨威笑。

"咳，是从我儿子课外书上看到的。"老洪笑，"我没法儿回答你这问题，干吗再活一次啊，要是想选择，现在也来得及。再说了，当初我干警察也不是我选择了这个职业，而是这个职业选择了我。没工作，无业游民，正好公安局招人，就这么误打误撞穿上警服。对我来说，这就是份儿养家糊口的营生。但人这一辈子得知足，你要相信无论发生什么，现在就是最好的选择。"

"嗯，你说得对，无论发生什么，现在都是最好的选择。"杨威若有所思，"哎，你孩子上学的事儿怎么样了？"

"找了一圈儿人，只有一个回话儿的。老乌，记得吗？原来预审的。"

"就屁股特大的那人吧？我听说出局了啊。"

"在外面混得不错，成了'总'了。他说能找到渠道。我这几天正约他呢，但前赶后错一直没对上时间。唉，办完这事儿我就可以安心退休喽……"老洪叹了口气。

"你那'四高'（四级高级警长，副处级）快下来了？"

"应该是差不多了。我前几天又找了趟政治处的老唐，我正科都这么多个任期了，只要没有极特殊的情况，今年就应该能给我解决。我都想好了，只要给我解决了'四高'，我就立马申请提前退休，不在这儿占着茅坑不拉屎了。"

"然后呢？提笼架鸟，公园遛弯，跟老头老太太逗咳嗽？哼，那不给你憋坏喽。"杨威摇头。

"那也比累死强。多活两年是真的。"老洪说。

俩人正聊着，太阳下了场。他跑过来拿了瓶水，咕咚咕咚地喝起来。

"让你再活一次，你还选择当警察吗？"老洪问。

"当然了！我肯定还当警察啊。"太阳回答得干脆利落。

"瞧瞧人家。"老洪冲杨威夸张地点头。

"哎，比赛成绩怎么样啊？"杨威问。

"赢了。"太阳挺兴奋。

"进决赛了？"

"没有，被淘汰了，但赢了刑警大队了。"太阳补充。

"哈哈，那就行！"杨威笑了。

比赛结束了，几个人就收拾东西准备回所，却不料被白所一个电话，叫到了市局主楼的3号会议室里。会议室里坐满了人，中间长条桌围坐着市局经侦、刑侦、情报、网安等部门的主要领导，他们表情严肃、如临大敌。郭局则坐在正中间的位置，在认真地听着汇报。白所坐在后排的座位上，一看他们进来了，就招招手，示意他们找地方坐下。

"经侦和刑侦已经说完情况了，新闻中心，你们说说。"郭局点将。

新闻中心的副主任是个女同志，留着齐耳短发，三级警督警衔，说起话来干净利落，"郭局，刚才经侦的林队和刑侦的章队都说了，这个案件涉及人员众多，案件数额巨大，造成了恶劣的社会影响。而且不但涉及赌博犯罪，还牵扯到一个巨大的行贿、受贿、销赃、洗钱网络。我们已经抽调专人组成了专班,准备随时应对可能出现的舆情。"

"嗯,但光进行舆情应对还不够啊。在这个案件上,受赌博团伙的诱惑,许多被害人也参与了犯罪。在工作中,我们一定要厘清罪与非罪的关系,把案件放到大局中去审视和权衡。在咱们的新闻稿里,不要讲那些正确的废话,要捞干货、摆事实,争取广大群众的支持,在打击犯罪的同时,还要广泛征集线索,力求除恶务尽。"郭局指示。

"是。我们立即设立举报邮箱。"新闻中心副主任说。

"城南分局几个单位的同志都到齐了吧?"郭局转头问。

"到齐了。"一个分局领导回答。

"哎,小邰也来了。"郭局抬手指着太阳。

太阳一愣,没想到会被临时点将,就腾的一下站起来,冲郭局敬了个礼。这个动作僵硬且突然,一下就把大家给逗笑了,会场紧张的气氛也缓和了一些。

"呵呵,礼毕,礼毕。"郭局点头,"同志们,你们知道这个小伙子吗? 他可是咱们局的传奇人物啊。'12·13'那个涉毒大案大家都知道吧,抓了30多个人,缴获毒品几十公斤,公安部颁给咱们局一个集体一等功。就是他发现的线索啊。"

听郭局这么一说,各位领导都纷纷转头,看着太阳。太阳的脸腾的一下就红了。

"怎么发现的线索呢? 他那个时候还是个辅警,在值勤的时候看见一辆闯卡的嫌疑车辆，就奋不顾身地前去追赶，结果从车上发现了毒品和现金，这才带出了这起案件。"他故意略过了太阳被撞的环节，"为什么那么多人值勤，都没发现那辆车的问题？为什么那辆车途经那么多个卡口，都没人上去盘查？为什么咱们这么多的正式民警，对工作认真负责的态度都不如一个辅警？各位，你们这些做领导的回去得反思啊。得想想自己平时的一举一动，一言一行，是不是真做到了对党忠诚服务人民啊？小邰因为那个案件，不但立了个人一等功，而且根据相关规定，还从辅警转成了正式民警。这是咱们全局的第一例。咱们局就是要树立像他这样的优秀民警，就是要弘扬这种兢兢业业工作的匠人精神。别小看这一点一滴呀，一点一滴能汇成洪流，去推动咱们局的发展。老白，你要承担起培养年轻人的责任，多给他们机会，多让他们到实践中锻炼。"

"郭局，我向您报告，现在邰晓阳已经是我们打击队的副队长了。"白所站起来说。

"嗯，我听说了，上次还和牧安他们一起破了大案。"郭局点头。

"按照您的指示，我们小满派出所本着'老带新、新推老'的原则，对打击队的原有人员进行了整合。在邰晓阳同志担任副队长之后，我们辖区的抓人、破案数较同年有大幅度提升，上个月破案4起、抓人5名，而这个月还未过半，已经抓获了21名犯罪嫌疑人，破获了十余起案件。"白所借机汇报着派出所近期的成绩，他可不会放过这个露脸的机会。但一说到抓人破案的数字，却忘了跟老牛头平分的约定了。但他却刻意去掉了一个抓人的数，台下打击队的几个人都知道，那个数就是抓了又放的邵烨。

"嗯，不错不错，卓有成效。小满的这个经验值得推广啊。"郭局点头，"给郤晓阳分师傅了吧？在现场吗？"

白所一听这话，就有些犹豫了，他正在心里琢磨着该怎么回答。不料太阳却发了声："报告郭局，我两个师傅都来了。"

"是谁啊？站起来，让我们也认识认识。"郭局笑。

会场鸦雀无声，大家都很好奇，会是哪两位优秀的民警能堪此大任。但打击队的几位则都低着头，谁也不动窝。

"哎哎哎……说你呢，起来起来。"老洪用左胳膊肘碰了一下下队，"还有你。"他又用右胳膊肘碰了一下杨威。

"杨威、洪东风，是我的师傅。"没想到太阳点了将。

白所心里一紧，表情有些尴尬，"杨威、老洪，起立。"他命令道。

两人没辙了，缓缓地站起来，直面会场上的众多双眼睛。

"杨威、洪东风……"一看是这俩人，郭局的表情有了细微的变化。台下的众人也不约而同地转回了头。

郭局自然是认识这两个人的，也了解他们的能力，从前段时间处置那起跳楼事件就可见一斑。但这两位的风评确实不好。老洪之前在市局政工部门工作，下沉到基层的原因表面上是为了去占分局的非领导职务指标，但内部人都知道，是因为他做事偷奸耍滑、挑肥拣瘦，才被机关"精减"。那个"弯弯绕儿"的外号也自然不是褒义。而杨威更不用说,一年多前的那件事至今还没个定论,让他离开刑侦支队的决定也是郭局拍的板。

"两位,觉得这个徒弟怎么样啊?"郭局问。

两人都沉默着,气氛尴尬。

"郭局,我向您汇报一下啊,刚才小邰说的有误。"老洪发了声,"我们白所说了,打击队是'老带新、新推老'。这是咱们局的优良传统没错,但我顶多就是占了个'老'字。我这人您也知道,业务能力不强、政治水平一般,别说带别人了,能管好自己就不错了。所以在队里啊,我就是尽量不掉链子,别拖年轻人的后腿,谈不到去'带'谁,顶多是让人'推'着。而且第一,派出所领导没指定过我当谁的师傅,第二,我自认为也没这个能力胜任。我到派出所也不过一年的时间,还处于学习阶段,正努力在白所长、卞队长、邰副队长的带领下成长进步呢。"他说完,自顾自地坐了下去。

郭局看着老洪,眼里露出了一丝不满,"杨威呢?"

"我和老洪一样,在打击队就是做点儿力所能及的事儿。抓人办案都是卞队长带着小邰干的,我也就是打打下手。"

"你一个刑侦支队的重案队长,给一个刚从警的年轻人打下手?杨威,你这是跟我开玩笑呢吗?"郭局不高兴了。

"报告郭局,我离开重案已经一年多了。纪委的同志要求我,不但要深刻检讨自己的行为,还要深入认清自己的现状。经过努力,我已经基本认清自己的现状了。"杨威抬眼看着郭局。

白所一看这架势,赶忙插话,"哎哎哎,老杨,你怎么跟郭局说话呢？报告郭局，杨威和老洪两位同志最近在打击队的工作卓有成效，我还说找个机会跟您单独汇报呢……"

"不用单独汇报了，他们说的话我都听见了。"郭局打断了白所，他的脸色挺不好看，"小邰，刚才你那两个师傅都表态了，你也说说下一步想怎么干。"

"我……"太阳犹豫了一下，"郭局，我来打击队的时间不长，但我觉得这是一个特别好的集体。师傅们能教育我、帮助我，让我在工作上能尽快上手。杨师傅办案能力强，教会了我如何蹲守、搜查、抓捕、取证，还在危险的时候冲在我前面；洪师傅脑子好，总给我讲人生道理，在审讯的时候也教给我技巧。他们嘴上不说，但心里都装着案子，他们都是特别好的警察，只是不会表达而已。您刚才说的赌博案件既然发生在我们辖区，而且近期我们还发现了重要线索，就应该由我们主办。我们会抓紧工作，争取能破获案件。"

白所听着太阳的发言，心已经提到了嗓子眼。他不时偷瞄郭局的表情，琢磨着如何应对才好。

太阳一席话说完，台下鸦雀无声。郭局看着太阳，表情由阴转晴，"好，这才是年轻人该有的样子。敢说话，敢担责，有事儿不藏着掖着，不往后边退。"他话里有话，"赌博团伙的案件事关重大，之所以叫你们来参会，也是为了咱们各部门齐心合力、协同作战。既然小邰主动请缨了，你们打击队就并入到咱们市局的专案组，你和牧安都是成员单位的负责人。在完成日常工作的同时要侧重专案工作，老白，没问题吧？"

"没问题，全力支持。"白所点头。

"行了。下面由网安支队汇报情况。"郭局继续了正题。

散会后，杨威和老洪没搭理太阳，冷着脸走出了会场。下队也很尴尬，和几个熟悉的领导打了个招呼，也匆匆离开了。太阳刚才的举动看似挺"正能量"，是主动请缨、主动担责，却犯了"江湖大忌"。公安系统是纪律部队，讲的是层级管理，不能越权，他一个没编制的副队长，竟然在市局的专案会上越过白所和下队进行表态，这于情于理都是说不过去的。

看参会的人走得差不多了，白所才跟郭局汇报。他给郭局点燃一支烟，郭局缓缓地喷吐着。

"杨威和洪东风最近的表现怎么样？"郭局问。

"比以前好多了，因为年轻人的加入，他们的自身也有了转变。"白所回答得挺有技巧。

"不光要抓好案件，还得带好队伍。一岗双责，两手都要硬。"

"您放心，我盯着呢。"

"这个案子不仅复杂而且特殊，背景你也知道，牵扯面挺广，我之所以没在会上说，也是为了防止跑风漏气。让小邰当联系人，一方面是锻炼他的能力，给他机会，更重要的还是因为他从警时间不长，社会关系不复杂，相对安全。但实际的负责人还是你。明白吧？"

"明白。"白所郑重地点头。

"三个要求：一要加大力度、全力推进；二要统筹兼顾、及时汇报；三也是最重要的，要把好廉政关，看好手下，别让人给拉下水。"

"懂，懂。"白所连连回答。

"我这么说可不是对那两位同志不放心啊，而是未雨绸缪、防微杜渐。还有，小邰的父亲是咱们局的英烈，就是十多年前牺牲的那个老邰，你知道那个事儿吧。能特批他转正，也是多方面考虑……但这个孩子什么都好，就是看着……有点愣。你平时多注意着点，别让他太冒进，走歪了。"郭局说。

"郭局，您放心，您说的这些我都清楚，几项工作我都会抓好。"白所说。

在会场外，太阳也没走。他被牧安叫到刑侦大队的车里。

"行啊，邰副队长，你这忽悠的能力都快超过你们所长了，把郭局说得都一愣一愣的。"牧安笑。

"牧队，我说的都是真心话。"太阳正色。

"是，我相信你说的都是实话，那么一大段儿，谅你也背不下来。"牧安笑，"哎，我跟你说点儿正事儿啊，既然你主动请缨参加了专案组，那工作就得有的放矢，不能眉毛胡子一把抓。咱们聊聊，下一步的分工。"

"好。"一听是工作，太阳眼里冒光。

"咱们这一片儿啊，地形特殊。北边是高楼大厦的商业区，南边是成片的老旧居民区，还有一大片郊野公园。如果咱们不商量着干,势必会造成重复的工作,浪费警力。所以我想,商业区和老旧居民区里面的情况复杂,侦查难度大,就由我们刑警负责。你们……就负责郊野公园那一片儿吧。"

"郊野公园?"太阳皱眉,"那儿有什么可侦查的?"

"嘿,说你没经验吧。你可别掉以轻心啊!郊野公园那一片儿多大啊,平时里面聚着不少人,不定隐藏着什么线索呢。有空的时候得多去那儿转转。"牧安定了调。

"这……"太阳有些犹豫,但还是点点头,"好吧。"

"哎,还有个事儿。你们前段时间是不是上了个'网逃'啊?叫乔辉?"牧安问。

"乔辉,对,外号叫彪子。"太阳忙说。

"我们近期摸到了一些线索,怀疑乔辉有可能在城南区小井路的一个出租房住过。就过去搜查,发现了一部被遗弃的手机。手机是个很便宜的老年机,里面所有的内容都被清空了,大概率是嫌疑人用于作案的'工作机',但他疏忽了,丢弃的时候忘了拔里面的 SIM 卡。"他说着拿出一张纸,递给太阳,"这个就是号码,移交给你们吧。"

太阳接过来,仔细地看着,号码的最后四位是 7770。

"牧队,谢谢您。"太阳诚恳地说。

"咳,郭局不是说过吗?齐心合力、协同作战。哎,要是在郊野公园发现线索,记得及时通报啊。"牧安煞有介事地拍了拍他的肩膀。

但凡是个明白人，都能听懂牧安的话术。太阳回打击队一说，老几位就炸了。

"装什么孙子呀？拿你当傻子了？商业区居民区他们都包了，让咱们去荒郊野外蹲着，发现了线索还得及时通报。咱们是干吗的，给刑警'做菜'的？"杨威气愤。

"是啊，一般赌博都会选择在封闭的空间进行，谁会明目张胆地到公园设局啊。"卞队也说。

"也备不住能抓到几对老头老太太玩小麻将的，要是金额巨大，没准也能算是个案子。"老洪说风凉话。

"别听他的，咱们该怎么干怎么干。我觉得下一步……"卞队说。

"下一步你说了算吗？"杨威打断了他的话，"郭局说了，邰晓阳同志是成员单位的负责人，以后我们得听他的。"他不冷不热地说。

"杨师傅，你……这是什么意思？"太阳不解。

"没什么意思啊，按照领导的指示啊。再说你不也表态了吗？"杨威看着太阳，眼神咄咄逼人。

"我不是那意思，我是怕郭局误会你们，想解释一下。"

"我们的事儿用得着你解释吗？我们办案能力强不强、脑子好不好使、心里装没装着案子、是不是好警察，用得着你说吗？"杨威爆发了，"什么是好警察你知道吗？就天天往前冲、见到领导挺胸立正磕脚后跟儿的就是好警察了？扯淡！我告诉你，想往前冲、想进步没人拦着你,但你别拉着我们老哥几个当垫背的。我没你说的那么无私、那么伟大,我就是一个大头兵。都沉到派出所了,干活儿全凭自觉,还能把我降成辅警啊?以后不会说话就闭嘴,别学老白那一套。"

太阳被杨威给说傻了,瞠目结舌。

"行了行了,别说气话了。"卞队拽了拽杨威的胳膊。

"你也是!大小也是个领导,就不能担起点儿事儿来吗?我问你,咱们办案到底是为老百姓办案、为法律办案,还是为自己办案、为领导办案?人说抓就抓,说放就放,有你这么干活的吗?"杨威冲他来了。

卞队知道,杨威指的是邵烨那个案子。但他却并不解释,摇摇头,推门走了。

"嘿,老杨,你这是发的哪门子邪火啊。"老洪拍了他一下,"但是太阳,以后干什么也得多动动脑子,不能凭着一股热情就往前冲。冲好了,有'果儿'了,人家说你是主动请缨、攻坚克难;冲不好、栽跟头了,人家就说你冒进、狗揽八泡屎。但老杨,既然给咱们架到这儿了,也得比画比画啊,我倒觉得郊野公园挺好,晒晒太阳,遛遛弯儿,提前预习一下退休生活。"他尽量将一碗水端平。

"要去你去,我腰不好,站不住。"杨威腾的一下站了起来,转身要走。

"嘿,你是腰不好还是肾不好啊……嘿,别着急走啊。"老洪劝住他。

"杨师傅，牧安还转来一个乔辉的线索。"太阳不失时机地说。

一听这名字，杨威止住了脚步，"什么线索？"他转头问。

破案是警察的天职。只要提到案子，警察可以把什么都放在一边。杨威暂时休战，又叫来了卞队，几个人开始一起研究那个号码。

"这个7770跟咱们之前发现的7780、7781等号码前几位相同，很有可能是乔辉在使用。"杨威说，"我让技术那边儿调了这个号的话单，发现除了跟其他横向联系的'工作号'有通话之外，还有一个尾号为4474的外地号码。外地号码咱们没法查，我就联系了属地的刑警帮着查了一下，机主姓名叫蔡文霞。"

"蔡文霞？是乔辉什么人？"卞队问。

"蔡文霞，女，海城人，今年41岁，户籍地址和乔辉在同一个区，身份证号码的前6位都相同。乔辉的母亲叫蔡淑珍，我怀疑这人是乔辉的姐姐。"杨威说。

"蔡文霞人在哪里？"老洪问。

"手机号是广东的，应该不在海城居住。"杨威说。

"看来是出去打工了。"老洪点头。

"那咱们是不是要找到蔡文霞，通过她摸一摸乔辉的下落？"太阳问。

"动动脑子，能这么干吗？那不打草惊蛇了？"杨威瞪了他一眼。

"但要想摸清这里面的情况,肯定得到广东出差啊,但现在的主要任务是赌博的专案,也走不了啊。"下队两难。

"所以你知道为什么牧安把这个线索移交给咱们了吧?没'喜儿'的活儿他才不干呢。"老洪撇嘴。

"就没有一个既不出差又能摸到情况的办法吗?"太阳琢磨着。

几个人都沉默了,看着那个号码发呆。

"要不……让我试试?"老洪眉毛一挑。他转身走到办公柜前,取出了办案用的"工作号",静静地想了一会儿,然后拨通那个尾号4474的电话。

电话响了几声,便接通了,老洪按下了免提,模仿着山东的口音大声问:"喂,你是哪里啊?"

"你找谁啊?"电话那头是一个中年女人的声音。听着是海城口音。

"哎,是这样啊。我今天捡到了一个包,里面有些东西,还有这个手机。我估计是谁给弄丢了,就想还给他啊,这不一打开手机,就看到你这个号码了。就想问问你。"老洪故意说得磕磕巴巴,把自己伪装成一个年龄很大的老人。

"哦,是这样啊。那谢谢您了。这手机可能是我弟弟的,要不我跟他联系一下,让他找您?"听她的语气应该没有怀疑。

"那行,那行……"老洪点头,"哎,你叫什么啊?你弟弟叫什么啊?"他问。

"我姓蔡,叫蔡文霞,我弟弟叫乔辉。"蔡文霞回答。

"好，那我就等着了。"

蔡文霞道了谢，挂断了电话。

"洪师傅，乔辉会给您回电话吗？"太阳问。

"你说呢？他这手机已经扔了，还有找回来的必要吗？"老洪反问。

"那这么做会不会打草惊蛇？"太阳又问。

"蛇早就惊了，正到处乱窜呢。再惊一下也没什么大不了。哎，老杨，趁着还没下班，再麻烦一下你广东的刑警兄弟呗。"他转头对杨威说。

两人配合得挺默契，一个眼神就知道对方的思路。杨威拿出手机，拨通电话，"喂，小花，还在单位吧？哦，打扰打扰，还得再帮我一个忙，调一下那个尾号4474电话的话单，没办法，情况紧急，得麻烦你了。哦，手续明天一早儿就给你补，多谢了……"

"哎哟喂，原来不是兄弟是姐妹啊。还小花……酸死了！"老洪坏笑，"我说怎么那么热心呢，是你粉丝吧？"

"扯淡，是个练健身的大老爷们儿，姓花。"杨威纠正。

不到十分钟的时间，那个练健身的老爷们儿"小花"就回了电话。经查，蔡文霞在十分钟之内有过"被叫"和"主叫"各一次，"被叫"的是老洪那个"工作号"，而"主叫"的则是一个海城本地的号码。

"18924……尾号是3732。好，谢谢。"杨威记了下来。

"开手续查吧，机主姓名，通话记录，轨迹位置。"卞队说。

"你说了算吗？不得问问郜副队长同不同意？"杨威撇嘴。

"嘿嘿嘿，你怎么这么小心眼儿？记仇啊？赶明儿叫你'小花'得了。"老洪给了杨威一下，"甭废话了，明天一早分头干活儿。大下负责调那个号的情况，我和老杨负责摸线索。"

"那我干什么啊？"太阳问。

"你负责……专案的工作！叫上猴子，去郊野公园蹲守。哎，这可责任重大啊！"老洪煞有介事地说。

第二天，打击队的几人便分兵作战。经过下队的查询，那个尾号为3732的号码为匿名，应该也是嫌疑人的"工作号"，但这个号码仍在使用，杨威和老洪就立即出动，按照轨迹进行摸排。而太阳和猴子则"焊"在了郊野公园里，一连几日都看着老头下棋、老太太跳舞，听着"生活要靠自己创造，快乐要靠自己寻找……"。转眼又到了周六，太阳照例五点起床，穿上运动服到公园跑步。

郊野公园的面积很大，中间有一片大湖。公园分东、西两部分，西部建着亭台楼阁，许多老人都在这里遛弯散步；东部则一直延伸到东郊环城高速的辅路上，沿途有不少的果园和鱼塘。太阳在湖边做着热身运动，经过这些天的训练，他已经能跟上长跑团的节奏了。他爸说得没错，只要努力就能成功，笨鸟先飞早入林，学海无涯苦作舟；莎莎奶奶说得也好，一遍不行就做十遍，成功没什么大不了，惟手熟尔。

戴姐曾问过太阳为什么要跑步，他口头上回答是为了能减肥，实际心里并没有答案。但在跑了一段时间之后，他就渐渐体会到了那种自由的快乐。戴姐曾描述过长跑的最佳境界，那就是：闭上眼，像一个人置身于一望无际的田野，那里有层层的麦浪，有欣欣向荣的花海，有烈日骄阳、狂风暴雨，还有风铃的声音。就一直那么跑着，努力把迷茫、彷徨、压力和疲惫甩在脑后，倾听风的声音，拥抱未来和憧憬。在晚上的时候，能看到明亮的月亮、河边的萤火虫和远处的万家灯火，从那些光亮中可以看到生活的璀璨。那璀璨催人奋进，能让脚步变得更快、更自由。这就是奔跑的理由、生活的意义。

"体会到了吗，太阳？"在加速时戴姐大声地问。

"体会到了！"太阳大声地回答，"您说的多巴胺和内啡肽，就是这种感觉吧？"

"对。它们能让你快乐，像爱情的感觉。"戴姐笑着说。

"哟，戴姐，您这是重获青春了？"老栾在一旁问。

"什么叫重获青春啊？我老了吗？"戴姐反问。

"不是不是，我是说您的状态特别好。"老栾笑。

"哎哎哎，一说话就岔气儿了，歇歇，歇歇再走。"她把脚步放慢。

在湖边，几个人不约而同地停下。

"太阳，有喜欢的女孩吗？"戴姐问。

"没……没有……"太阳摇了摇头。

"不可能，一看你这表情就没说实话。"

"真的没有。"

"两种可能，第一是你有，但是你不说；第二是你有，但自己不知道。"戴姐一副过来人的表情，"知道爱一个人什么感觉吗？就像突然有了软肋，也突然有了铠甲；像空气，离不开，又像沼泽，拉你陷入。"

"呵呵，看来您跟那个小男朋友谈得不错啊。就是这种感觉吧。"老栾插话。

"算你说对了，我们甜蜜着呢。"戴姐杏眼一挑，"但人的本能总是追逐从他身边飞走的东西，却逃避追逐他的东西。爱情永远是不稳定的。"她叹了口气。

"我爸说过怀着输了也无所谓的心态就不会输。"太阳插话。

"哈哈，你爸还说了，超过51％就要去选择。"老栾说。

"这话多好啊，适用于爱情。"戴姐说，"你爸是高手啊，有机会请他喝一杯。"

"他去世了。"太阳低声说。

"哦，不好意思。"戴姐歉意。

"没事，很久了。"

"哎哎哎，大周末的，肚子饿了。老栾，带我们去吃好吃的啊？"戴姐咋咋呼呼地说。

"那咱们就'松涛会馆'吧？哎，老几位，跟上啊。"老栾说着向后面招招手。

"松涛会馆"距离郊野公园不远,溜溜达达不一会儿就到了。会馆装修得十分奢华,大理石的地面、软包的墙面,古玩字画摆设其间。老栾找了个包间,请大家落座。戴姐拿过菜谱让太阳先点。太阳一看菜价就傻了。

"栾叔,怎么这么贵啊?"

"嘿,太阳,老栾好不容易出回血,你还不好好宰宰他。别客气,随便点,就点自己喜欢吃的。"戴姐坐在他旁边说。

"哎呀,不是我说你们啊,你们这些老年人怎么乱花钱呀?都这么大岁数了,得给自己留点钱,别大手大脚的,在这儿吃顿饭都够我一个月工资了。走走走,换地儿。"太阳说着就站了起来。

"嘿,你这是什么意思啊,以为你栾叔请不起?"老栾不高兴了。

"听我的,跟我走,带你们吃点儿好的去。"太阳说着一把拽过老栾。

"你有好地儿?"戴姐问。

"当然了!宝藏级推荐!特别好吃!"太阳说得挺夸张。

他这么一说,倒勾起几位的好奇心了。

"那……"老栾犹豫了一下,"咱们就跟他走?"

"走啊。我都跃跃欲试了。"戴姐笑。

二十分钟后,还是这拨人,坐在了派出所门口的宝珠面馆里。中午生意好,人挺多,他们排了半天队才找了个拼桌。

太阳张罗着点菜,"轴爷"忙前忙后。不一会儿,炸灌肠、凉菜拼、羊肉串、臭豆腐窝头片,外加一人一碗炸酱面就上来了。老几位尝了两口,觉得还不错,就啼哩吐噜地吃起来。

"栾叔,您知道这煮面有什么讲究吗?要吃得吃第二碗。煮老了不行,煮嫩了也不行,得恰到好处。还有这酱,得小火慢炸,油酱分离。"太阳边吃边说。

"没看出来啊,你还是个美食家。"老栾说,"哎……好久没在这种地方吃饭了,别说,还真不错。特别是这炸酱,是小时候的味道。"

"哎,这可是对食物的最高评价。"戴姐说。

"嘿,你们俩这是做广告呢?"坐在对面的老潘一说,大家都笑了。

"哎,老板,你这店干多少年了?"老栾问。

"快三十年了。"轴爷顺嘴回答。

"哎哟,那你这可是老店啊,这酱是你自己炸的?"老栾产生了兴趣。

"一天就一锅,现炸现卖,跟我们家老爷子学的手艺,几十年不变。"轴爷撇嘴。

"嘿,这就是典型的匠人精神。"戴姐点头,"就开了这一个店吗?"

"就这还忙不过来呢。"轴爷说着又盛了两碗面,给邻桌的客人端去。

"哎，我跟你说啊，生意可不能这么做，就凭着你'小碗干炸'的这个味儿，你生意就能做大。首先你得打出品牌，'宝珠'不行，得想个年轻人能接受的名字，不能高高在上，得是'妈妈''大嫂'这样接地气的，让人一听就有家的感觉。"戴姐策划上了，"等有了品牌，你不光可以卖面条，还可以卖炸酱啊。到时候两条腿走路，第一，融资、扩张，多开几家门店，形成连锁，扩大影响；第二，加大炸酱的产量，规模化，实体销售与网络销售并行。没准做好了还能让哪家给收购了呢。是不是，老栾？"

"对，其实做起来没那么复杂。现在各行各业都一样，把内容做好了，再找到渠道，就不愁没销路、挣不着钱，就能有更大的发展。"老栾也说。

"得了吧老几位，你们就甭跟我这儿逗闷子了，能吃几碗干饭呀我自己知道。我爸把这个店传给我的时候就告诉我，干事儿得脚踏实地，别动不动就想那些没影儿的事儿。有这么个小店我挺知足的，来的都是熟客，大家都处成了朋友，只要咱凭良心、不掺假，这辈子吃喝足够了，要那么大发展干吗啊。"轴爷不屑。

"发展不光是为了自己呀，也是为了传承你们家的手艺啊。再说了，店开多了也能让更多的人吃到你的炸酱面啊。"戴姐说。

"没那个必要。"轴爷摆摆手，"这炸酱面好不好，我不靠别人的评价，每天这一动手一下料，好坏就有谱了。再说了，店开多了质量自然就会下降，最后反而砸了自己的招牌。"

"呵呵，有点意思。"老栾点头，"用两个词可以形容你。第一个是贬义的,叫不思进取,第二个是褒义的,叫不忘初心。"

他这么一说,大家都笑了。

"但是我喜欢。"老栾端起一杯茶,"来,敬你。"

"嘿,哪儿能喝这个啊。"轴爷一转身,从柜台上的大玻璃筒里倒出两杯酒,"爷们儿,来这个。"

老栾接过杯,也没多想就一饮而尽,"哎哟,这是什么酒啊……"他满脸痛苦。

"大补的,俗称'万年青'。"轴爷笑了。

大家正聊着,太阳的手机响了,是莎莎来的电话。太阳停了筷子,跟莎莎说话的表情挺温柔,被戴姐看在了眼里。

"哎哎哎,还嘴硬是吧?还说没女朋友?"太阳刚挂断电话,戴姐就来追问。

"不是不是,是普通朋友。"太阳赶忙摇头,但脸却红了。

"不可能,你个小屁孩儿能瞒得住你姐?有照片吗?让姐看看。"她说着抢过了太阳的手机,"哎哟,叫莎莎啊……是不是那个按摩的姑娘?"

"是。"太阳不会说谎,"但我们是工作关系,她算是我的……证人。"他解释道。

"证人?证明什么啊?"戴姐笑了,"行,你眼光不错,就是那姑娘的眼睛……"她没把话说完。

这时,轴爷又端起一杯"万年青"敬太阳,太阳以茶代酒跟轴爷满饮。趁这个机会,戴姐用他的手机给莎莎发了条信息,简单的四个字，"我喜欢你"。

　　一顿饭吃完，老栾准备结账，却被轴爷告知账已经被太阳结了。老几位就赶紧叫住太阳，说不能这么办。但太阳还是憨憨地笑着，说你们都退休了，得留点钱养老。弄得几位都挺不好意思。最后还是戴姐痛快，说那就算大家都欠了太阳一个人情，以后有什么能帮忙的，就都尽力而为。而太阳却回答，只要你们别落入投资陷阱、别相信网络诈骗，就是对自己最大的帮助了。大家一听又大笑起来。

　　太阳吃完饭后并没马上回所，而是又返回到郊野公园，在周边转悠。下午的阳光很好，照在脸上暖暖的，令人昏昏欲睡。太阳漫无目地走着，看着老头下棋、老太太跳舞，一派祥和的景象。他坐在湖边的长椅上向远处眺望，湖面很平静，没有一丝波澜，一阵风吹过，阳光的碎屑时隐时现。他又站起来，停停走走，从西走到了东，从午后走到了傍晚。直至华灯初上、夜幕降临，才发现自己已走出了公园的边界，越过了环路。

　　面前是环路旁的一片荒地，前不着村后不着店，满地的碎砖乱瓦。这里没有路灯，四周黑乎乎的。太阳就摸索着往回走，但没想到走了一会儿却弄错了方向，反而越走越远。脚下已经变成了土路，空气中弥漫着一股鱼腥的味道。太阳拿出手机，想用地图定位、辨别方向，这时身后突然响起汽车的鸣笛。他赶忙躲闪，一辆轿车从他身边驶过，轮胎轧在土路上，发出咯吱咯吱的声响。他看着那辆车，应该是个豪华的牌子，突然觉得有哪里不对，于是便尾随而去。

再往前走就更荒了,但举目望去,能依稀看到远处有一排高大的围墙。越往前走,鱼腥味就越重,太阳琢磨着那应该是农民承包的鱼塘。路的尽头拦着两扇铁栅栏门,能听到里面有说话的声音。太阳环顾四周,并没发现那辆豪车,想必已经开进去了。他走到近前,刚隔着栅栏往里面看,就突然扑过来一只大狗冲他狂叫,吓得他差点坐在地上。

"什么人!"一个男人大喊,几步冲到了门前,"你是干吗的?"他指着太阳问。

太阳稳了稳心神,往前凑了两步:"我迷路了,想往郊野公园那边走。"他看着对方的模样。那人四十多岁,留着寸头,穿一身深蓝色的运动服,虎背熊腰,一点不像渔民的打扮。

那人上下打量了太阳半天,才抬手往后指了指:"错了错了,你的方向反了。"

太阳点头道谢,佯装往回走。他没有回头,知道那个寸头一直在后面盯着自己。走了没一会儿,从环路那边又驶来两辆汽车。去的还是那个大院。太阳回头望着,若有所思。

"一个位于荒郊野外的大院,却停着好多豪车。这个事儿是有点蹊跷。"老洪跷着二郎腿,在打击队办公室里琢磨着。

"具体的位置在哪?"卞队问。他昨天新置了一对核桃,边说边在手里把玩。

太阳走到辖区地图前，看了一下，将手指在了一个位置。

"这里是三湖村，再往东就不是咱们管界了。"卞队说。

"是凑巧吗？ 乔辉有几次的轨迹也在这里。"杨威说。

"哎，我有点乱啊？ 怎么又跟乔辉扯上了？"卞队不解。

"按太阳说的，有人、有狗、有铁栅栏门，还神神秘秘的，那儿就不会是简单的鱼塘。要真是赌点儿，没准就和乔辉连上了。"杨威说。

"通过村委会查查呢？ 谁承包的，在干什么。"卞队问。

"不行，万一有人跟他们'勾'着呢？ 那不跑风漏气了？ 再说了，要是真有事儿，肯定得在表面上糊弄好了。"杨威起身在屋里踱步，"我看这么办，明天咱们设个观察点，把往来车辆的号牌给记下来，再往深了摸摸；同时得想个办法，进那个院子探探。"

"怎么探？ 翻墙啊？"老洪皱眉。

"就冲您那老腰也不行啊。"杨威笑，"咱们得上点'高科技'了。哎，还有……"他冲卞队说，"你那核桃一看就是假的，别在那揉了。"

"是吗？"卞队诧异，拿起核桃眯着眼看。

在夜幕里，一架无人机悄然升起，静静地盘旋在三湖村那个神秘大院的上空。

在几百米外的视频监控车上，打击队的几个人和视频侦查大队的黎勇一起盯着大屏幕。

那个大院里有一片鱼塘，在鱼塘西侧建着几间房屋，预估面积得上千平方米。

"哎，这事儿你没通知牧安呀？"黎勇问。

"通知他干吗？侦查阶段用不着他们刑警上手。"杨威说。

黎勇乐了，"你呀，还是那副德行，独断专行，个人英雄主义。但我还得劝劝你，都这么大岁数了，不能再任性了。就说那天局里开会，你有必要跟郭局那么说话吗？最起码的面子也得给吧。"

"我怎么了？我不就说了几句实话吗？实话都刺耳，比不过甜言蜜语。再说了，还能把我怎么着啊？派出所算是最基层了吧，再往下沉还能把我弄成辅警？"杨威不屑。

"我要是局长，也得给你沉了，太不讲政治。"黎勇摇头。

"得得得，你一个当官的就别奚落我这个大头兵了。现在情况怎么样啊？"

"里边的三辆车，车牌都出来了。"黎勇往屏幕上指着，"其中一辆是昊海实业集团的，一辆是陈功木业公司的。还有一辆是私人的，车主姓名叫姚展雄。"

"哟，都是大公司啊。"老洪插话，"太阳，搜搜那个姓姚的是干什么的。听着挺熟，不会是重点人吧。"

太阳拿出手机，噼里啪啦地操作了一通，将手机递给了老洪。

"唉，我说呢，就是那个臭流氓啊。"老洪撇嘴。

杨威和黎勇凑上来一看，手机上显示着几条新闻，《姚展雄三次劈腿，夜会女明星》《千万富翁姚展雄在襄城设立分公司》……

"乖乖，千万富翁啊。"黎勇感叹。

"千万算个屁，也就在海城能耀武扬威，要是在北上广深，这点钱也就算个中产。"老洪不屑。

"但在海城可算是大人物了。"黎勇说。

"还有昊海实业的老板夏昌盛和陈功木业的陈功。"杨威也在手机上查着，"能看出这个局是谁张罗的吗？"他问黎勇。

"帮你们查了，这个鱼塘是一个公司租的。全名叫海城光之谷信息技术有限公司。"

"做什么的？公司的法人是谁？"杨威问。

"从工商登记上看，就是一般的信息咨询公司，注册资金100万，是认缴，刚成立不久，还没年审，名下也没什么资产，看样子像个空壳公司，法人叫范慧鹏，襄城人，股东和监事都是外地人，估计都是代持的傀儡。"

"哎哟喂，黎大队长可真帮忙啊，不光视频侦查的事儿，连经侦的事儿也管了。"老洪笑。

"我不就干这个的吗？'辅助疗室'，得支持你们的办案工作啊。"

"你看人家的觉悟，就是高！"老洪竖起大拇指，"勇子，我看好你呀，用不了两年你肯定还得提，最起码是个支队长。"

"得了吧，洪爷。用得着我的时候就是支队长了？不是您上次骂我的时候了。"黎勇摆手。

"哎哎哎，入正题。屋里的情况看不到吧？"杨威插话。

"你说呢？"黎勇反问。

"你们就这一个小无人机呀？我看警用器材展上，不是还有什么热成像、声纹那些高科技呢吗？"老洪问。

"你们小满派出所出钱啊？"

"嘿嘿嘿，你这话怎么都横着出来啊？不就求你帮回忆吗。再说了，如果这案子有了'果'，我们上报的时候也肯定落不了你，'小满派出所与视频大队通力配合、协同作战'，算你个头功！"老洪忽悠着。

"算了吧，我不需要。我干活儿是凭良心，立功的事儿留给你们吧。"黎勇说。

"瞧瞧，人家这境界。"老洪撇嘴。

几个人正说着，大屏幕上有了动静。一辆白色的尼桑轿车开到了门口，寸头男子正在将铁门打开。

"能拉近点儿吗？看看车里的情况。"杨威说。

"我尽量吧。"黎勇说着就操作起来。

屏幕的画面渐渐放大，在尼桑停进院子之后，能看到一个穿深色外套的男子，下车跟看门的"寸头"攀谈。

"还能再近吗？"

"再近就暴露了。这样，我多拍几张照片，一会儿可以放大。"黎勇说。

那个男子不是一个人来的，尼桑车里还坐着几个人。聊了一会儿，他们一起进了屋。

黎勇将拍摄到的图片放大并锐化，打击队的几个人仔细地看着。突然，太阳叫了起来，"这这这……不是彪子吗？"

杨威仔细地看着，"对，还真是！"他连连点头。

"这就对上了，那个3732的号码在这里有多次轨迹。"老洪说。

画面上的人，正是被上网追逃的犯罪嫌疑人，乔辉。

"我觉得可以收网了。"在打击队的办公室里，杨威语气笃定。

"刚盯了一天，不草率吗？"卞队犹豫。

"那拨人最近扎堆聚集，肯定是在聚众赌博。大卞，机会稍纵即逝，再等下去别错失良机啊。"杨威说。

"但是杨师傅，牧安说过，如果咱们发现了线索，要务必通知他。"太阳提醒。

"通知他？凭什么？咱们侦查他收网，咱们栽树他乘凉？太阳，我不是说你，有句话叫屁股决定脑袋，你得知道自己是小满派出所的副队长，可不是刑警队的人。"

杨威这么一说，太阳闷了。

"那个地方前不着村后不着店，那帮孙子每天傍晚过去，直到凌晨前后才走，估计一定玩得不小。我觉得事不宜迟，今天就动手。"杨威说。

"今天？白所这几天正在市局封闭学习呢，咱们用不用跟他请示一下？"卞队又问。

"你不是队长啊？这案子不是打击队的管辖范围啊？再说了，

你没听市局会上郭局说的吗？咱们都是专案组的成员，得主动出击。等把赌博团伙给端了，把案子办漂亮了，再汇报也不迟。"杨威说。

卞队听他这么说，也无可奈何。

"太阳，知道怎么抓人吧，不用我再重复了吧？"杨威问。

"知道，抓人的时候不能光看手，要看对方的眼睛；气势要跟上，要能震慑住对方；要真有人跑了，不能直着追，要防止'回手刀'。"太阳回答。

"对。"杨威点头，"既然这样，大卞，你跟今天值班的警队打个招呼，让他们抽出几个能干的，把家伙事儿给带齐了。咱们得分成两组，一组奔鱼塘，一组抓彪子。"

"不能一起'掐'吗？"老洪问。

"那孙子来无影去无踪的，咱们得跟着他的位置走。经过黎勇他们的跟踪，已经落了'地'，咱们不能再让他跑了。"杨威说，"就兵分两路吧，我和太阳负责赌场那边，你们仨去抓彪子，咱们随时联系沟通，确定抓捕时机。"他提醒。

"你可提前计划好，别到时进不了门。"卞队说。

"进去的方法多了，干这么多年警察，骗个门还不容易。"杨威笑，"哎，太阳，抄过赌吗？"

"没有。"太阳摇头。

"一般在赌场里，都会布置赌博用具，还有换筹码、放贷的'水房'。赌客们可能携带现金，也可能通过微信转账。进去以后最重要的是控制住人和赃，分清每个人的现金和筹码，绝不能乱。同时得防备赌客狗急跳墙，比如销毁证据、藏匿现金等。还有，得带着执法记录仪，全程录像，遇到反抗不能手软，要果断下手，明白了？"

"明白。"太阳点头。

安排好了，杨威点上一支烟，长长地吸了一口，"哎……成败就看今晚了。"

当晚六点，在城北区三经路的一个别墅区里，老洪、卞队和猴子在车里蹲守着。不远处的一座联排别墅黑着灯，门前也没有车辆停放。他们把车停在了别墅的侧前方，这里不但能看到周边的情况，还能盯着别墅的入口。

"这个别墅是租的，也是那个海城光之谷信息技术有限公司。和鱼塘大院一样。"猴子说。

"上下好几层，乔辉会是一个人吗？"卞队问。

"应该不是他一个人。"老洪说，"猴子，你眼神好，盯紧着点儿，只要他那辆车回来了，咱们就动手。"

卞队拿起电台，"B组，你们都'敏'着点儿啊，行动之后你们堵后门、看后窗，遇到反抗的，立即撂倒。"

"好的，我们已到位。"电台里回答。

卞队又呼叫杨威，"'鸟'还未入'巢'，仍在等待。"

"'饭馆'还没'上菜'，我们也在等待。"杨威拿起电台回答。

他将车停在通往三湖村的必经之路上，天还没完全黑下来，周围不时有车驶过。他虽然干了这么多年刑警，但此刻还是有些紧张的。其实秦岭的那个描述很贴切，警察抓捕的时候跟猎豹捕猎一样，但冲锋之前的潜伏却是最煎熬的环节。

时间流逝着，一直等到九点半，才陆续有几辆豪车向鱼塘大院驶去。杨威接到了观察点的通报，让各组准备，他又绷了一会儿，估摸着牌局开始了，才呼叫卞队，说可以"上菜"了。

在夜幕的掩护下，杨威缓慢匀速地驾着"大黑马"，静静驶到大院附近。其他参与行动的民警也分别到位。两个民警按计划先翻上墙头，与此同时，杨威按动了车的喇叭。

"嘀嘀嘀……"声音划破了宁静，院里立刻传来了犬吠。那个寸头跑了过来，"干吗的？"他问。

"过来吃饭的，你这儿不是农家院吗？"杨威下了车，粗声大气地问。

"不是不是，快滚快滚。"寸头没好气地摆摆手，但话音未落，就被翻过墙的民警扑倒在地。

铁栅栏门被打开了，杨威一挥手，十多个民警冲了进去。院里的面积很大，鱼塘旁停着数辆豪车，屋里灯火通明。杨威一马当先，冲向了"赌局"。

而在另一个"战场"，卞队也带人冲进了别墅。十分钟前，白色尼桑驶进了车库。

"警察！"他亮出了工作证。

在别墅的大厅里，几个人正在吃火锅，看有人冲进来，腾的一下站了起来。

"干吗的？"一个光头的小个子高声问。

"小满派出所的，这是我们的'搜查证'。"卞队走到几人面前，他用眼扫视，并没发现乔辉的身影。

"派出所有什么了不起啊！凭什么私闯民宅？"那个小个子还挺横，挡在卞队面前。

老洪拿眼一瞄就觉得他眼熟，但却记不起是在哪儿见过。

"嘿嘿嘿，你说话可注意点儿啊，我们是正常执法，要是阻拦可算你妨碍公务。"他走了过去，用手点着对方。他仔细地看着几个人，一个小个子，一个小胡子，一个大粗眉毛，判断着几个人的身份。坐在主位的那人似乎未受影响，还不紧不慢地自斟自饮。

"这屋里就你们几个人吗？"老洪问。

"我凭什么告诉你？"小个子继续叫嚣。

"跟你好好说话，听不懂啊？看这意思是想换个地方说？"老洪冷下脸，"我告诉你，只要我们在办案中发现了可疑情况，就可以进行盘查或搜查，在这儿不方便说，你就跟我们回派出所。"他走到小个子面前。

"哎哎哎，你们几个，怎么跟人家说话呢？"坐在主位上的人发了声，他四十多岁，蓄着胡须，脑后留着马尾辫，身材健壮，穿着一件深色的西装。说起话来声音沙哑，眼睛阴鸷地看着老洪，"警察也不容易啊，都这个点儿了，还不厌其烦地敲老百姓的门、往人家里闯、打扰人家吃饭,估计他们心里也不好受吧。没事,让他们搜,咱们该吃吃该喝喝。要是搜出来违禁物品了,咱们甘愿领罪,但要是搜不出来呢?"他看着老洪。

"搜不出来也正常。"老洪的话跟得挺快,"哎,我们搜查的时候需要见证人,你们几个先别吃了,一人跟着一组。"他用命令的口吻说。

几个人都没动地方,看着那个人。那人叹了口气,抬抬手,"没事儿,配合警官们的工作。"他说完又拿筷子夹起一片羊肉,放在火锅里,慢慢地搅动。

老洪看着他,气不打一处来。他扒拉开小个子,走到那人近前,"哎,出示一下你的身份证。"他用手敲着桌子。

那人抬头看着老洪,用餐巾纸慢慢地擦嘴。回手从包里拿出身份证,用两根手指夹着递给老洪。

老洪接过一看,上面的名字是谢洪东。

"哎哟喂,你就是谢洪东啊。"老洪撇嘴。

"怎么着警官,你还知道我呢?"

"当然了,干我们这行的谁不知道你啊?"老洪俯视着他,"你可是几进宫的老炮儿了。吃喝嫖赌坑蒙拐骗的事儿没少干,故意伤害寻衅滋事的事儿也没少沾。不是听说前几年到外地混了吗?怎么着,什么时候又回海城了?"

"呵呵……"谢洪东知道老洪是个硬茬子,就收敛锋芒,笑了笑,"海城多好啊,空气干净、环境幽雅,房价还不高,守着这么好的地方，我干吗老在外地混啊？"

"回来干什么？搞房地产，发展青山绿水？"老洪问。

"哎哟，那些我可干不了，咱文化低、能力差，也就干干体力活吧。"

"这么说你们那公司是干'体力活儿'的？哎，叫什么来着？'光屁股'？哦，不对，是光之谷。"老洪坏笑。

"呵呵……哈哈哈哈……"谢洪东也笑了起来，"您真幽默，谐音梗，是吧。"

这时，民警们已经完成了搜查，并未发现乔辉和可疑物品。

老洪也想起了这几个人的身份，小个子是庞博，小胡子是汪海军，大粗眉毛是林大志。就是那天在派出所门口戳着的几个人，自己曾在人脸识别材料上见过他们的照片。

谢洪东站了起来，"警官，这搜也搜了。总得给我们个理由吧？"

"认识一个叫乔辉的人吗？"老洪把话挑明。

"乔辉？没听说过。"谢洪东摇头。

"外号叫彪子，最早是'搬家队'的，他跟你不一样，不干'体力活儿'，玩的是'技术活儿'。"老洪话里有话。

"你们几个，认识这人吗？"谢洪东问。

"不认识。"他们齐刷刷地摇头。

而在鱼塘大院那边，杨威也扑了个空。他怎么也没想到自己会走眼，别说赌博工具和水房、筹码了，就连扑克牌也没有一副。

房间装修得非常豪华，大理石的地面，红木的摆设，门前的多宝槅摆放着古玩和玉器，佛教音乐袅袅腾腾地在空中流淌。几个老板模样的人正在一个巨大的茶台前聊天。见杨威等人冲进来，也并不起身。

杨威出示了证件，找了个治安检查的理由。一个身材婀娜的女管家挡在他面前，询问情况。太阳站在杨威身后，突然在茶台旁看到一个熟悉的身影。

"杨师傅，你看。"他揪了杨威一下，往那边指去。

杨威一看就笑了，"哎哟，这不是邵总吗？你也在啊。"他一侧身，绕过女管家走了过去。

邵烨见状，不自觉地站了起来，"哎，是你们啊。"

"怎么在这儿呢？今天晚上没去海城饭店潇洒啊？"杨威话里有话。

"我……"邵烨挺怵杨威，表情很不自然。

"这位警官，有话好好说。来来来，先坐下，喝茶。这是上好的金骏眉。"坐在茶台主位的男子冲杨威招招手。他五十岁出头的样子，头发梳得一丝不乱，眼神看似礼貌却带着傲慢，声音不大气场却很足。

"对不起，打扰你们雅兴了。"杨威以礼相待。

"没事，都是为了工作，可以理解。"那人看着杨威，"你们所长姓白吧？"他问。

"是，你认识？"杨威反问。

"见过，但不熟。"他说得很有分寸，"你们今天来到底是治安检查啊，还是找我们邵总啊？"

"治安检查，跟邵总没关系。"

"如果没关系，我们可以继续了吗？"他摊开双手问。

"可以。"杨威点头。

"好。"那人也点头。

"还没请教您的尊姓大名呢？"杨威问。

"我叫江耀之，幸会。"他点点头，"这两位警官呢？"

杨威和太阳都亮出了证件。

"记下他们的名字。"江耀之对女管家说。他虽然微笑着，眼神却异常冰冷。

行动失败了。白所得到消息后，立即跟培训班的领导请了假，连夜跑了回来。同时来到派出所的还有牧安。打击队的几个人像霜打的茄子，在会议室里沉默不语。

白所跳过了咏叹，怒吼着："谁让你们行动的？为什么不跟我请示？无组织无纪律！大下、太阳，给我解释清楚！"他很少这样暴跳如雷。

"都是我的主意，要批评你就批评我吧。"杨威站了起来。

"我就知道是你干的好事儿。杨威，我问你，郭局在会上怎么说的，要通力配合协同作战。但你怎么做的？你这是办案啊，还是搅局啊？"白所把话说得挺重。

"白所，我是打击队长，应该由我来承担责任。"卞队说。

"你当然得承担责任了！还有太阳，你就跟着这两个老家伙瞎混吧，忘了自己副队长的身份了？忘了自己的职责和使命了？忘了严守纪律、令行禁止是对一名人民警察最基本的要求了？"白所喘着粗气，连发数问。

"所长，我……"太阳刚要解释，就被白所打断。

"什么都别说了，我不想听你们的解释。"他重重地叹气，坐在会议室的凳子上。

老洪在旁边默默看着，并不说话，知道白所此刻的表现有表演成分。他的那些话是说给牧安听的，意思再明显不过了，那就是"这是他们犯的错，与我无关"。

等白所发泄完了，牧安才说话，"哼，这下可好，线索全断了。"他摇头冷笑。

"什么线索？"杨威问。

"杨威，这个案件可不是小满派出所或者分局刑警的，是市局的专案。说好听了，咱们是与市局的其他部门协同作战，说不好听了，咱们也就是给人家打打下手，扫扫周边。你们凭什么在未经专案组同意的情况下往前冲啊？你们向哪级领导汇报了？"牧安义正词严，"还有太阳，我是怎么跟你说的？你又是怎么答应的？一旦发现情况就立即向我通报。你没忘吧？怎么事到临头就变卦了，什么意思？防着我们？怕我们截你的'和'，抢你的'果'。你们这心眼也太脏了吧！"他啪的一下拍响了桌子。

几个人自知理亏，沉默不语。

"那事到如今了，该怎么办？还能补救吗？"老洪见缝插针地问。

"补救？怎么补救？"牧安反问，"因为你们打击队无组织无纪律，擅自行动，从即日起，被清除出专案组。以后专案的工作你们不用管了。"牧安说。

"这是局领导的意思，还是你的意思？"杨威质问。

"哼，你真是高看我了，我可没这个权力，是市局领导的命令。"牧安说。

"急功近利！"白所不住地摇头。

在宝珠面馆里，几个人看着热腾腾的炸酱面却都没了食欲。

"不会啊，他当时的位置明明就在那儿，而且我还看见他车了。怎么会没搜到呢？"卞队低着头自言自语，"猴子，你没看错吧？"

"没错啊，就是那辆车啊，白色尼桑，尾号230。"猴子说。

"现在还有位置吗？"杨威问。

"早就关机了，号也肯定给弃了。"卞队叹气。

"好好搜了吗？会不会有漏掉的地方？"杨威又问。

"搜了好几遍了，也没发现什么暗道机关，真是奇了怪了……"老洪感叹，"虽然没找到乔辉，却见到了几个熟人，庞博、汪海军、林大志，还记得吗？"

"那天在派出所门口等邵烨的人？"杨威皱眉。

"那个谢洪东也在。"

"嗯,看来你们是闯进贼窝了……"杨威低头沉思。

"鱼塘大院和别墅都是光之谷公司租用的,它们之间肯定存在紧密的关系。"太阳说。

"哎,我怎么觉得有点乱啊。咱们顺顺啊,难道这几个案子是勾连在一起的?"卞队说。

"我查过那个江耀之了,是耀海集团的董事长,公司的规模应该不小。"太阳说。

"乔辉、邵烨、谢洪东、江耀之;光之谷公司、耀海集团;盗窃、赌局……哎,其实咱们手里已经有不少线索了。"老洪掐手指算着。

"还有昊海实业、陈功木业和姚展雄。"太阳补充。

"我觉得现在可能就差一层窗户纸了,捅破了就能柳暗花明。"老洪说。

"但就是这层窗户纸,人家就不让你捅。"杨威叹气。

"也没准咱们确实冒进了,影响了整体工作。"卞队说。

"得了得了,事到如今就顺其自然吧。吃完了睡觉去,明天太阳照常升起。"老洪换成一副满不在乎的表情,"哎,猴子,你怎么一直不言声啊?"

"我一个辅警,有什么发言权啊?"猴子耸耸肩。

"嘿,你早晚得转成警察啊。现在咱们不办专案了,我们留时间给你复习,力争考试一举拿下。"老洪给他打气。

"嗯。知道了。"猴子的眼神有些游离,"我困了,先回去了。"他拿起书本,走了。

"这小子最近怎么回事啊,总打蔫儿……"老洪看着他的背影,摇了摇头。

谷雨之后,气温未升反降。夜凉如水,城市陷入沉睡之中,只有微弱的路灯照亮前路。

一个女子独自在街上走着,不远处就是正方圆小区的入口。但正在这时,一辆黑色的奔驰商务车突然驶到她身旁,一个急停,两名男子从车上蹿下,将她掳上了车。

"救命……"她还没来得及喊就被捂住了嘴。

车厢里弥漫着一股烟味儿,女子惊恐万分抖如筛糠。

"叫什么名字?"在黑暗里,一个沙哑的男人问。

"冯小珍。"女人回答。

"前段时间被拘留过吧?"

"是。"

"和你一起进去的还有谁?"

"什么……还有谁?"

"还有两个女的!"男人提高嗓音。

"哦,还有叶子华和张文静。"冯小珍不敢说谎。

"你们拿没拿过别人的东西?"

"东西……什么东西啊?"

"不该你们拿的东西！"男人厉声道，"那两个女的现在在哪儿？带我们去！"他命令道。

在退出专案工作之后，小满打击队又恢复到日常。早点名、领装备、外出巡逻，办理一些鸡鸣狗盗的小案，内心刚刚被点燃的热情和憧憬似乎在渐渐熄灭。其实当警察的人都不怕忙，忙才有意义、才有价值、才有存在感。哪个警种忙，从事这个警种的人就有机会破获大案要案，就有机会受到领导的重视，就有机会得到提拔。二十年前，刑警是警界的尖刀，因为那时候杀人、抢劫、故意伤害、贩毒等暴力犯罪案件频发，守护社会稳定、重拳出击刑事犯罪是重中之重；十年前，随着市场经济的蓬勃发展，金融犯罪、非法集资、合同诈骗等经济犯罪呈上升趋势，经侦就排到了前头；而这几年，随着科技的发展和公安信息化水平的不断提升，人脸识别、大数据应用让接触类犯罪逐年减少，取而代之的则是电信诈骗、网络犯罪等非接触类犯罪，所以网安等警种又得到加强。所以当警察的，特别是办案的警察，最怕的是无案可办、坐冷板凳。几十年的警察生涯匆匆而过，谁不想多在胸前留几枚奖章呢？所以卞队提醒太阳不要陷入温水和泥潭，是有道理的。

这一天发生了不少怪事。先是装备柜被翻乱了。早上拿装备出门的时候，卞队发现柜门没锁，里面放的案卷材料被颠倒了顺序，就问是谁动过了，没想到几位都摇头，都说不是自己干的。弄得卞队哭笑不得，说最近都怎么了？连这么点儿小事儿都不敢承认。

再有就是中午回来的时候，邵烨竟主动找上了门，在派出所的接待室闹着要求返还遗留的涉案物品。一听是他，杨威就急了，推开门就要过去理论，卞队赶忙拦住了他。

"老杨，别冲动，有事儿跟他好好说，千万别授人以柄。"他提醒。

"授人以柄？笑话！就冲他的行为，早就应该被办了。要不是你们……"杨威没把话说完。

"得了得了，事到如今也别哪壶不开提哪壶了，先看看他什么意思。"老洪劝。

在接待室里，打击队的几个人见到了邵烨。邵烨今天打扮得挺精神，穿着一身白色的西装，头发梳得油光锃亮，一扫那天的窘迫。

"哎哟喂，这不是邵总吗？怎么在哪儿都能看见你啊？"老洪话里有话，"我听说怎么个意思？你在派出所丢了东西？"

"没有没有，我可没这么说。"邵烨连忙解释，"我就是想来问问，你们在发还我东西的时候，有没有落下什么。"

"这不一个意思吗？"杨威说，"你这么一提醒，我还真是觉得落了一个东西。"

"什么？"邵烨不由得睁大眼睛。

"拘留证啊！那天要是我们几个在，肯定得给你装进去啊。"杨威语气强硬。

"哎哎哎，老杨。"卞队拦住杨威，"你想找什么东西？"

"我……"邵烨犹豫了一下，"就是我包里的东西。"

"具体是什么？"

"我也说不太清楚。"

"嘿，你跟我们这儿逗咳嗽呢吧？"杨威冷下脸。

"是这样，我那天带了一个包，里边装着不少东西，回去的时候发现少了一些。所以才来找你们。"邵烨说得含含糊糊。

"那天给他填扣单了吗？"杨威问卞队。

"没有，也没拘啊……"卞队压低声音，"邵烨，你那个包我还有点印象，记得里面有手机、钥匙、钱包等物品。"

"对。但还有其他的东西。"邵烨说。

"其他的什么？吞吞吐吐的。哎，我们这儿还有工作呢，你别没事找事！"杨威不耐烦起来。

邵烨不说话了，停顿了几秒，"几位警官，你们千万别误会我的意思，我今天来，就是想请你们帮我找找，有没有可能是落在办公室或者车里了。如果能找到，请务必还给我，我必有重谢。"

"你什么意思？想亲自到我们办公室检查检查？"杨威质问。

邵烨叹了口气，"行，那今天就先这样吧。这是我的电话，如有发现请联系我。谢谢。"他拿出一张名片。

杨威接过来看着，上面印着，"海城光之谷信息技术有限公司，财务总监……"

邵烨走后，几个人回到了办公室。杨威打开装备柜，觉得里面材料摆放的位置确实发生了变化。

"哎，谁翻过柜子啊？"他问。

"是吧，我早晨就觉出来了，问你们还都不承认。"卞队打开抽屉翻找着。

"不会有外人来过吧？"老洪双手叉腰。

"不至于。"杨威说，"哎，大卞，他那个包放在哪儿来着？"

"就放在材料上了，那儿。"卞队指着，"太阳、猴子，你们也帮忙找找，看看是不是有什么东西落下了。"

几个人翻箱倒柜找了半天，也没找出个所以然。

"是这个吗？"太阳冷不丁地问。

大家围过来一看，他手里拿着一对核桃。

"咳……"几个人异口同声。

"那个是咱们卞队长的宝贝，树脂的'核桃'。"老洪拉着长音说。

杨威点了根烟，跷着二郎腿，"要我说呀，那孙子就是讹咱们，得了便宜卖乖，跑这儿找后账来了。"

"但我觉得不像，他这么干图什么呀？能有什么好处啊？诬告警察？你瞧他那眼神，也不像是有胆量的人。"老洪说。

"我那天仔细看过他的包，钥匙、手机、钱包，应该都放在包里面了。走的时候我还让他清点了物品，也没出现问题。"卞队回忆着，"哎，太阳，你有印象吗？他包里还有什么？"

"我记得也就是这些东西。"太阳说，"但好像……是还有个东西。"

"什么？"卞队问。

"忘了。"太阳摇头。

"嘿！"卞队叹气，接着翻找。

"对待这种人啊，以后就得长经验。发还东西的时候，得把所有物品登记到册，让他签收。你呀，还是没经验。"老洪说。

"是，当时确实疏忽了。"卞队点头。

"你不是疏忽了，是太着急放人了。"杨威插话。

"哎，老杨，你还有完没完，这事说了多少次了？"卞队也不耐烦了。

"行了行了，还没怎么着呢，你们俩先吵上了。要我说呀，咱们身正不怕影子斜，只要没拿他的东西，就不怕他讹。"老洪劝。

"这孙子是那个'光屁股'公司的财务总监，哼，还挺贴切。"杨威撇嘴，"这么看，他在那个鱼塘大院就不奇怪了。"

"嗯，鱼塘大院、别墅区、乔辉、谢洪东、邵烨、专案……都串在一块儿了。"老洪说。

"会不会是那三个小姐给顺走的呢？"猴子插话。

"不排除这个可能。"卞队说，"我一会儿马上给她们打电话，问问情况。"

"哎哎哎，你还真是人民警察为人民啊？他这没头没尾地乱说一气，你就撅着屁股给他干啊？"杨威说。

"老杨，话也不能这么说。"老洪说，"刚开始我也觉得那孙子是在讹咱们，说话吞吞吐吐、含含糊糊的，说没了东西也不指明，

229

有点儿往咱们头上扣屎盆子的意思。但现在我倒觉得，那个东西没准是真实存在的。你想啊，能让他那么急赤白脸地寻找，不逼到一定份上，他能硬着头皮往咱们这儿蹿吗？而且我还觉得……"他停顿了一下，"那个东西不一定是他自己的。"

杨威听着，觉得有一定道理。这时，太阳突然出了声，"是这个吗？"他又从柜子的夹缝里找出了一个东西。

那是一个蓝色的移动硬盘，表面很光滑。太阳拿在手里，在阳光的照耀下，上面反射出几枚清晰的指纹。

"嘿嘿嘿，哪能这么拿呀？"老洪赶忙制止他，转身取过一个证物袋，把硬盘放了进去。

"这东西是那孙子的吗？"老洪问卞队。

"好像是，应该在他包里见过。"卞队连连点头。

"哎哟，那说了这么半天，最后还是冤枉人家了。怎么着，谁去发还？"老洪看着杨威。

"你看我干吗，也不是我掉柜子里的，我可不去。"杨威扭过脸。

"那就你去。"老洪把硬盘递给卞队。

卞队刚要接过硬盘，老洪又把手缩了回去，"先等等。"他犹豫了一下，"我倒想看看，这里面装着什么重要的东西。"

"这样不好吧？"卞队皱眉。

"你能确定这是邵烨的硬盘吗？万一是猴子的呢？不打开看看发还错了怎么办？"老洪强词夺理，"太阳，看看能不能配上连接线。"他转手将硬盘递给了太阳。

在电脑上，太阳打开了那个硬盘，硬盘里有两个"新建文件夹"，一个是加密的，不输入密码打不开，另一个是开放的。太阳操作着电脑，发现在那个开放的文件夹里有一个文档，名称是"海城客户1-已整理"。文档里列着一个很长的表格，每一行开头都是一个人的姓名，后面是"身份证、联系方式、家庭住址、总额度、已使用额度、所欠款项、担保抵押物"等栏目。

"黄进革、肖长远、秦玉林、刘文明……"老洪眯着眼看，"哎，黄进革这名字怎么看着眼熟呢？"

"好像有个演艺明星叫这个名儿吧。"卞队说。

"对对对，就是那个'老戏骨'，去年播的《为老不尊》就是他主演。"老洪说。

"会是重名吗？"卞队问，"还有白俊清、徐朝晖，也有海城企业家叫这个名字。"

"太阳，你搜一下姚展雄。"杨威说。

"姚，展，雄。"太阳把三个字录入，没想到一下就找到了，"年龄52岁，家庭住址：海城西郊花园别墅，总额度1600万。"

"你再搜搜夏昌盛和陈功。"杨威又说。

太阳敲动键盘，操作了几下，又搜出了这两个名字。电脑上显示出：夏昌盛，年龄48岁，家庭住址：海城城北区金光路54号院，总额度800万；陈功，年龄51岁，家庭住址：海城城西区三经路1号，总额度1000万……

"夏昌盛和陈功，分别是昊海实业集团和陈功木业公司的老板。

他们和姚展雄都去过鱼塘大院。"杨威说。

"能调出这几个人的照片吗？"老洪问。

"不用调了，他们仨都出现在那天的抓捕现场。"杨威说。

"那我明白了！要是这么说，这个黄进革、白俊清和徐朝晖，也都不是重名。"老洪倒吸了一口冷气，"太阳，再往下看看，还有哪些人。"

几人边看边从网上核对。仅这一个名单，就涉及175个人，里面不仅包括影视演员、商界大鳄，也不乏社会的名流和党政干部。几个人越看越惊讶，越看越揪心，越看越感到此事的严重性。

"好家伙，仅这一个文档就涉及这么多人，要是把加密的打开，那得多少人啊。"老洪感叹。

"看来这案子可不止赌博这么简单，要是这么说，我知道那个光之谷公司是干什么的了。"杨威说。

"以赌博的手段，拉拢各界的大人物，为自己所用。"老洪回答。

"咱们能管得了这事儿吗？"卞队皱眉。

"你说呢？"杨威反问，"再说了，你就是想管，有证据吗？能证明每个人名字后边的那个数儿，就是赌博的额度吗？"

"要不把这个交给市局专案组？"卞队问。

"咱们可不是正规取证，交了能当证据使用吗？再说了，还有一个最基础的问题，谁能证明这个移动硬盘就是邵烨的啊？"老洪问。

他这么一说，大家都沉默了。

"我觉得洪师傅说得对，得先确定这个硬盘就是邵烨的。"太阳说。

"怎么确定？找邵烨对质？问这个东西是不是他丢的？"卞队问。

"呵呵，那你还不如直接让他投案自首呢……"老洪被逗笑了，"所以可以解释，这孙子为什么吞吞吐吐、含含糊糊了。"

"太阳，你把这个表格按照金额的大小排一下序，看看欠款的人多不多。"杨威说。

太阳操作了几下，能粗略看出，欠款百万以上的人有几十人之多。而一个熟悉的名字，出现在众人眼前，邓彪。

杨威也看到了，但他没说话，或许在意料之中。

"老杨，是那个人吗？"老洪问。

"嗯……"杨威点了点头。

"那还愣着干吗，有地址啊，城西区果子巷3号院1号楼。抓人去啊！"老洪站了起来。

"那是他的户籍所在地，房子早就卖了。"杨威缓缓地说。

"是那个坑你的人吧。"卞队也想了起来。

"杨师傅，怎么了？谁坑了你？"太阳问。

"这事儿跟你们没关系。"杨威打断众人的话，"当务之急，是要证明这个硬盘就是邵烨的。咱们得想想办法。"

老洪琢磨着，让太阳退出硬盘，装进透明的证物袋里。他把证物袋举到眼前，端详着，"呵呵……"他笑了，"要说办法还真有一个。"

在阳光的照射下，能看到在硬盘光滑的表面上印着几个清晰的指纹。

"看来咱们得再让他来一趟了。"老洪说。

第二天一早，邵烨就被约到了派出所。见面的地点并不是接待室，而是讯问室。一进门，他就看到老洪坐在办公桌后，老洪低着头，正拿笔在一张纸上写着什么。办公桌铺着一块玻璃板，上面放着一个鱼缸。鱼缸擦得干干净净的，里面盛满了水，却并没有鱼。老洪又写了几笔，一抬头看见了邵烨，就满脸笑容，"哎哟，邵总来了？够准时的呀。"

"您叫我来什么事儿？是找到什么东西了吗？"邵烨开门见山。

"先坐，先坐，一会儿再说，喝水吗？"老洪关切地问。

"不喝，您别客气。"邵烨摆手，"有事儿您直说，我一会儿还得到公司开会。"

"哦，也是。您是大忙人啊，财务总监，责任重大啊。"老洪说着一扭身，倒了一杯水，"您那公司叫什么名来着？光之谷，对。来来来，边喝边说。"他把玻璃杯放到邵烨面前。

"谢谢。"邵烨点头，下意识地用双手握住水杯。

"你们公司是干什么的呀？"老洪轻描淡写地问。

"就是一些普通的经营活动，我也不是老板，就是给人打工的。"邵烨避重就轻。

"哦……"老洪点头,"那老板是谁啊?"

"您问这些干什么? 跟我丢的东西有关吗?"邵烨反问。

"范慧鹏,襄城人,这几年都没来过海城了。哎哟喂,看来是邵总一直在为公司操劳啊。"老洪看着他的眼睛。

"这……"邵烨一时语塞。

"您这个财务总监说白了就是管账的吧?"老洪笑,"听我们老杨说,那天在鱼塘大院看见你了。哎,那几个人里有你的老板吗?"他直视邵烨的眼睛。

"对不起,无可奉告。"邵烨虽然回答得果断,但眼神却闪烁游离。

"洪警官,你来来回回地兜圈子,到底想问我什么啊? 那个东西到底找到没有?"邵烨有些急躁。

"哎哟,对不住啊,把重要的事儿给忘了。"老洪用手拍头,"稍等,我那小徒弟还没过来呢,东西在他那儿呢。邵总,你得理解啊,公安机关有规定,必须得双人工作制,差一个人不行,咱们还得再等等。哎,刚才我说的那些可都是扯闲篇啊,不算正式谈话,就是随便聊聊。"他收起眼中的锋芒。

邵烨一听,也稳了稳神,"明白,那就再等等。"

"劳您大驾,能帮我把这鱼缸搬到那张桌子上去吗? 要不挡在咱俩中间碍事儿。"老洪笑着说,"抱歉啊,有劳您了,我的腰啊……昨天扭了,搬不了重物。"

邵烨犹豫了一下,似乎也没有拒绝的理由,就按老洪指定的位置，将鱼缸挪了过去。

"放在这儿行吗？"

"再往里点，省得掉下来。"老洪说。

弄好鱼缸，邵烨坐回到原位。

老洪把纸和笔推到邵烨面前，"按照程序，你得把那天几点到的派出所，拿的是什么牌子的皮包，里边大概有什么东西，再帮我写一下。"

"有这个必要吗？"邵烨皱眉。

"咳，就是走个程序。一会儿我那小徒弟就把东西拿过来了，只要是你的，肯定发还给你。"老洪说得很轻松。

邵烨没辙，就拿起了笔。他琢磨了一会儿，按照老洪的要求把相关物品都写在了纸上。

老洪拿过纸，故意把椅子往后挪了一截，跷起二郎腿看，"手机、钥匙、钱包、打火机……哦，还多了个数码产品。是什么数码产品啊？"

老洪一往后挪，两人说话的距离就远了，邵烨不自觉地往前探身，将双手伏在了桌面的玻璃板上。"就是一个数码产品。洪警官，都这么半天了，您那个小徒弟怎么还不来啊？"他并不正面回答。

"哦，我再催催。"老洪装模作样地拿起电话，缓缓地拨打，"喂，副队长同志，您到哪儿了？什么，还没下来呢？快点儿快点儿，人家都等着急了。"他表演着。

又过了十多分钟，讯问室的门打开了，太阳走了进来。他手里拿着一个鼓鼓囊囊的牛皮纸袋，邵烨见状，下意识地坐正身体。

老洪接过纸袋，用手掂着，"我们从柜子里找到了一个东西，但不知道是不是你的。"

"是我的，肯定是我的。"邵烨连忙说。

"但是……"老洪拉长了音，"这可不算是什么数码产品啊，顶多算是个保健产品。"他说着打开了牛皮纸袋，从里面掏出了一对核桃，"是这个吗？"

邵烨脸色一下就变了，"警官，您这是跟我开玩笑呢吧？"

老洪装作无辜，"这么说这不是你的？嘿，我这小徒弟找了半天，还以为立功了呢。那抱歉了，白让你跑了一趟。"他连连拱手。

"你……"邵烨知道老洪装着玩，但也无可奈何。他起身就往外走，但没走几步又转过头，"那就麻烦您再找找。我说了，是个数码产品，如果您能找到，需要我做什么就尽管说。"

"放心，光之谷公司的财务总监同志，我一定尽力。"老洪笑着挥手。

看邵烨走了，打击队的其他几位都走了进来。

"都录下了吗？"老洪抬手指着摄像头。

"放心吧。"卞队点头。

"好嘞，这样就能证明这些指纹是他的了。"老洪笑，"太阳，记得把录像拷贝出来啊，留作证据。'闫技术'什么时候来呀？"

他问杨威。

"早就到了,等着呢。"杨威笑。

老洪说的闫技术是分局负责现场勘查的闫磊,别看他刚三十多岁,但勘查技术却是一等一的好手。在讯问室,闫技术打开现场勘查工具箱、取出了指纹刷和指纹粉,经工作,在玻璃板、鱼缸和玻璃杯上,发现了数枚邵烨的指纹。老洪这个招数果然有效。

"哎,记得补上手续啊,要不无法当证据使用。"闫技术边做边说。

"我们这个事儿比较特殊,对嫌疑人还不能采取强制措施。所以……"

"所以你们就想出了这个阴招,偷人家指纹?"闫技术打断老洪的话。

"嘿,别说得这么难听啊,这可不叫'偷',叫智取。"老洪笑,"怎么样,好取吗?"

"难度不大。玻璃板、鱼缸和水杯上的指纹都很清晰。"闫技术说。

"关键是能不能对上。哎,小闫,一会儿还得帮个忙,做一下比对。"杨威说着拿出了证物袋。

"哎,这不算我干私活儿吧?"闫技术皱眉。

"嘿,我们队长和副队长都在呢,你说呢?"杨威笑,"我跟你说啊,这可是大案子,等有了'果'出了'彩',军功章上肯定有你一份儿。"

"算了吧,老杨,不是'雷'就行。"闫技术摇头。

经过比对,邵烨留在玻璃板、鱼缸等物品上的指纹与硬盘上的几枚指纹相符。也就是说,这个硬盘应该就是他要找的东西。但硬盘上还有其他几枚无主指纹,闫技术排除了太阳的,将其余指纹进行提取固定,以备日后使用。

时至傍晚,街上川流熙攘、一片繁华。几个人坐在"花车"上沉默不语。

"太阳,你知道那个江耀之是谁吗?"杨威问。

"江耀之,不是耀海集团的董事长吗?"太阳说。

"我让经侦的林楠帮着我查了一下,这个人的生意做得很大,涉及海城的方方面面。通过'穿透式'查询发现,这个人很有可能就是光之谷公司的实际控制者。"

"光之谷? 邵烨任财务总监的公司?"太阳问。

"这也印证了为什么那天他也在鱼塘大院。"卞队说。

"如果把他与夏昌盛、陈功和姚展雄等人联系在一起,能说明什么?"杨威问。

"如果把他与谢洪东、邵烨和邓彪等人联系在一起,又能说明什么?"老洪也问。

"他是海城赌博团伙的幕后?"太阳说。

"很有可能。"卞队点头,"还有那个乔辉呢。但我搞不懂,江耀之干这么大的生意,为什么跟一个玩'技术活儿'的扯在一起?"

"哼,他也需要跑腿的马仔啊。干这种勾当,做'体力活儿'的、玩'技术'的,都得用。"杨威说,"猴子,你觉得呢?"他转头问。

"我?"猴子一愣,"我……也同意太阳的观点。"

"你这小子这几天怎么老打蔫儿啊?病了?"老洪摸他的头。

"没事。"猴子拨开他的手,"可能是有点累。"他解释着。

"什么病?上半身还是下半身的?外面的还是里面的?"老洪笑。

猴子被看得不自然起来,"洪师傅,您……这是什么意思啊?"

"呵呵,瞧你吓的,也没算你旷工。"老洪笑了,"是不是快考试了,心理压力大?"

"哦。是。"猴子就坡下驴。

"那下一步怎么办?"卞队问。

几个人都沉默着,想着对策。

"大卞,你跟我说句实话,那天放邵烨,到底是谁的主意?"杨威冷不丁地问。

"这……"卞队犹豫了。

"我知道,肯定不会是你的主意。我就想知道,是分局的还是市局的?"杨威追问。

"老杨,这个我可不能乱说……"卞队想了想,"我只能告诉你,是白所下达的命令。"

"明白了。"杨威点头,"如果是这个情况,在整个案件不明朗之前,我建议这块硬盘就先放在咱们手里。"

"放在咱们手里干什么呀？继续往下查吗？咱们一个派出所的打击队，能办这么大的事儿吗？"老洪问。

"那你的意思呢？往上一交，然后就撒手不管了？"杨威反问。

"交上去办不办是他们的事，出了问题他们兜着。但要搁在咱们手里，老杨，你可想好了，这可不是'喜儿'，可是个'大雷'！"老洪提醒。

"太阳，你的意思呢？"杨威问。

"我支持杨师傅的意见，先留下。"他回答得干脆利落。

"那咱们表决吧，同意留下的举手。"杨威说着举起了手。

太阳随后举手。卞队和猴子犹豫了一下，也把手举了起来。老洪看着他们，叹了口气。

"咱们可说好了，在没弄清情况之前，这件事儿大家要守口如瓶，谁也不能跑风漏气。否则会招来意想不到的麻烦。"杨威提醒。

"放在哪儿呢？"老洪问。

"所里不是刚发了一个保密柜吗？必须两把钥匙同时插进去才能打开。硬盘就先放在那里吧。老洪，钥匙咱俩一人一把，行吗？"杨威问。

"这……"老洪有点犹豫，他自然明白杨威绕过卞队的意思，就无奈点了点头。

立夏这天，海河两岸的花草都开了，空气中弥漫着清香。落在河面上的花瓣顺流而下，一直漂向远方。从远处望去，这里的繁华与落寞交相辉映，一边是喧嚣的闹市、拥挤的楼群，一边是萧条的街道、低矮的民房，它们共同组成了一个鲜活的城市。

忙了好几天，老洪都没回家。今天刚回家冲了个澡，端起饭碗，老乌就来了电话，约他坐坐。老洪正托老乌办着儿子上学的事，立马来了劲头，就撂下筷子，小跑着出了门。但刚出门，又觉得自己就这么空着手去不合适，于是步行到家门口的一个烟酒店，买了两瓶剑南春和两条玉溪烟，放进一个没有商标的袋子里，然后扫了一辆共享单车赶到了酒店。

一进包间，老乌已经到了。老乌叫乌慧聪，人如其名，心眼多、脑子够用，他五十多岁，人长得富态，小眼睛，薄嘴唇，有事没事脸上都堆着笑。在预审的时候，被老洪起了不少外号，什么"笑面虎"啊，"乌贼"啊，俩人关系处得不错。

看老洪来了，老乌赶紧起身，迎了过去，"哎哟喂，老伙计呀，好几年不见喽。"

"迟到了迟到了，抱歉抱歉。"老洪说着把东西塞到老乌的手里。

"嘿，这是什么意思啊？"老乌皱眉，"哎，这可不行啊，咱俩都多少年交情了。你这么干可没劲了。"他推让着。

"在家里一直放着，我也不喝这种酒，这才给你拿来的。"老洪又把东西推了过去。

"你呀，还是那个样儿，虚伪！"老乌无奈接了过来，"正好，我也给你带了。那咱俩就算交换了。"他说着也拿过一个袋子，递给了老洪。

老洪接过来一瞄，里面装的是茅台和中华，"哎哟喂，这可贵了啊。"他也推让。

"咳，也是别人送我的，我不喝这种酒。"老乌也言不由衷。

两人落了座，老乌拿出一支"中华"给老洪点燃。他穿着一件深灰色的西装，头发梳得一丝不乱，处处显着体面。老洪反观自己，里面穿着警T恤，外面套着防晒服，显然跟人家不是一个档次。他环顾左右，看着酒店的装修，感觉有点自惭形秽。

"行，你个'乌贼'啊，看来混得不错！"老洪吸了口烟感叹，"要不说树挪死人挪活呢，你这出去了就是不一样。"

"咳，什么不一样啊。我就是给人家打工，每天看老板脸色，不像你啊，做什么都是'甲方'。"

"扯淡！什么'甲方'啊，现在警察就是碎催，服务行业，稍不留神就被投诉，跟孙子似的。"老洪摇头。

"我这出去也是没辙，预审撤了，我被下沉到派出所了，天天加班，顾不了家。我媳妇那单位也不景气，挣不着钱不说，事还特多。孩子没人管了，就只能放在老人那儿，一个星期都见不了几面儿。去年我妈又得了一场大病，唉……我真是扛不住了。"老乌摇头。

"那你现在去哪儿了？"老洪问。

"哎，这是我的名片，多指教啊。"老乌笑着递了过去。

"金诚信财务咨询服务有限公司，总裁助理……"老洪默念着，

"哎哟，行啊，你这是翻身做主人了，大老板了。"他笑着说。

"咳，什么大老板，蒙得了别人还蒙得了你呀，就是打工仔，混口饭吃。"老乌谦虚。

两人说着，菜陆陆续续地上来了。

"来来来，先来一口，好久没一块儿喝了。"老乌说着举杯。

老洪举杯满饮，夹了口菜，"那看你的意思，收入比以前好多了吧。"

"收入是好多了，但这心气儿啊，却不如从前了。你想啊，以前咱们都是为人民服务、对法律负责，现在呢，我是为客户服务、对老板负责了。不是一个劲儿。"老乌摇头。

"你是聪明人，到哪儿都能适应。'乌贼'啊，浑水摸鱼是强项。"老洪笑，"原来在预审的时候，'5·12''8·07'那几个案子弄得多漂亮，要不是老齐那孙子总'拔份'，副科长肯定是你的！"

"咳，那都猴年马月的事儿了。那首歌怎么唱来着，往事不要再提，人生几多风雨。现在这么大岁数了，想开了，就图个实惠，心里没有什么理想、伟大、光荣、正确了。"老乌笑，"哎，说正题啊，我找到海城一中的朋友了，去那个学校行不行？"他问。

"我天，那绝对行啊！"老洪喜出望外，"但听说那可特难进，买学区房入学都得摇号，你通过什么渠道？"

"呵呵……"老乌微微一笑，"一中有个足球队，招特长生。"

"足球？"老洪皱眉，"哎……我上次都跟你说了，你大侄子内秀，跟我一个德行，信奉生命在于静止。别说踢球了，跑步都不及格。"

"那就让他马上练，报个集训班，不会射门还不会盘带吗？只要有个基本的意思，就能进去。"

"你可别扯了，临上轿现扎耳朵眼儿？人家学校的教练是傻子？"

"我找的就是教练，他是我老板的哥们儿。只要大差不差就行。"老乌语气笃定。

"哎哟喂，那就靠谱了。"老洪举起杯，"为这事啊，我托了一大圈儿人了，最后就你回信儿快。来来来，我敬你一杯。"

两人碰杯满饮。

"这事儿要是办成了，可解了我的大难题了！你可不知道，你弟妹催得我呀，跟'狗撵兔子'似的。哎，老兄啊，以后有什么需要我效劳的，你言语，我肯定鞍前马后。"老洪拍着胸脯说。

"你要这么说，我还真有事儿想麻烦你。"老乌说。

老洪感到有些意外，他停顿了一下，摆出一副仗义的表情，"什么事儿啊？说！"

"咳，这事儿吧，本来我不想找你的。但想来想去，我也不认识其他人了。"老乌欲言又止。

"嘿，嘿嘿……"老洪指着他笑，"你一个老预审怎么今儿吞吞吐吐的了？看这意思，事儿还挺急？"他直视老乌的眼睛，心里闪过一丝不好的预感。

老洪知道，天上是不会掉馅饼的。在这个社会上，求人办事儿和帮人办事儿都是不可避免的，也是相辅相成的。人是社会性的动物，无法脱离社会单独生存。社会是由各种复杂关系交织而成的，人就活在这个网络上。说好听了叫相互支撑、抱团取暖，说难听了就是利益交换、各取所需。老洪在琢磨着，老乌今天约自己出来的真正目的，到底是孩子上学的事，还是另有所图。

"听说你主动下基层，到小满派出所去了？"老乌起身给老洪倒酒。

"咳，去年的事儿了。不为别的，就为尽快弄个'四高'好提前退休。"

"那也够可惜的，你经验这么丰富，到派出所大材小用了。"

"咳，就跟着混呗，我也'没官没长'的，就一个大头兵。"老洪撇嘴。

"听说你们最近搞了几个大案子，挺轰动的。"老乌看着他。

"大案？派出所哪有什么大案啊，都是鸡鸣狗盗、小偷小摸，我就给那帮孩子打打下手。说实话，案子上的事儿不怎么沾。哎，你这都出去了，还关心案子上的事儿？"他观察着老乌的表情。

"其实你孩子这事儿啊，我也得托别人去办的。我自己哪有这个能力啊。"老乌笑。

"我知道啊，你刚才说了，是通过你们老板。"

"对。"老乌点头，"说起来惭愧啊，我想麻烦你的事儿，也跟我老板有关。哎，咱们的纪律我是知道的，放心，绝不会让你犯错误。我也是没辙啊，吃人家的饭就得给人家办事儿。理解，理解一下啊。"他面带愧色。

"没事儿,咱都多少年了,这事儿好说。只要不违反原则,没问题。"老洪特意加了个先决条件。

"听说市局在办一个赌博的专案?"老乌问。

"是吗?"老洪反问。

"是啊,你能不知道吗?"

"哎哟,我说老乌啊,你真高看我了,我一个派出所的老民警哪知道市局的专案啊?"老洪装傻充愣。

"嘿嘿嘿,你跟我这儿守口如瓶?"老乌用手指着他。

"真不瞒你,我是真不知道。"老洪满脸无辜。

"那我就明说了,看你能不能帮忙。有个外面的朋友知道我以前是干咱们这行的,就找到了我老板,让我帮着问个情况。"

"你们老板叫什么?"

"我老板……呵呵,你问他叫什么干吗?"

"告诉我呀。"老洪笑。

"叫秦玉林啊。你肯定不认识。"

"哦,还真不认识。"

"我老板那个朋友说,他有个东西丢了,想让你帮忙找找。"

"东西丢了?"老洪皱眉,"要说这几天到我们所报案的也不少,丢车的、丢钱包的、丢手机的,是哪一位啊?"他已经在心里找到了答案。

"叫邵烨,说见过你。"老乌的回答印证了老洪的猜测。

"咳，说来说去是他呀。我知道的，长得挺精神的，老穿个小西服。"老洪笑了。与此同时，他也想起了秦玉林这个名字。

"对对对，就是他。你看能不能通融通融，帮帮他。"老乌拿起筷子给老洪夹菜。

老洪心里挺别扭，他知道如今的老乌已不再是昔日那个与自己同呼吸共战斗的公安战友了。也许正如他所说，原来是为人民服务，现在就只剩下为老板服务了。

老洪自顾自地喝了一口酒，越咂摸越不是滋味儿，"那个事儿吧，说起来挺复杂。他要是想问干吗不自己来啊？还请你当个中间人。"他故作轻松地笑。

"咳，人家不是有顾虑吗？怕你穿的这身警服。"老乌解释。

"也不是什么大事儿。要不这样，哪天你让他自己过来，我再跟他聊。这传来传去的也说不清楚啊。"老洪说着站起身。

"哎哎哎，先坐先坐。"老乌忙把他按住，"其实啊，他今天还真来了，就在楼下车里呢。本想等咱俩喝得差不多了，再上来跟你见一面。"

"哎哟，那多不合适啊，赶紧让人家上来呗。"老洪就知道会有这么一出。

"好嘞，我这就叫他上来。"老乌笑了，转身出了包间。

不一会儿，包间的门又开了，但只有邵烨一个人走了进来。他提着一个黑色的小布袋，坐在了老洪对面。

"洪警官，今天冒昧了啊，这地方有些寒酸。改天我组局，咱们好好喝点儿。"邵烨赔笑。

"这还寒酸啊？不错了！就凭我们那点儿工资，这地方可不敢常来。"老洪表情夸张，"邵总今天是什么意思啊？干吗绕了好几道弯叫我出来啊？哎，一中足球教练的哥们到底是秦玉林啊，还是你啊？"他看着邵烨的眼睛。

"咳，都是朋友，只要我们想认识的，都能认识。"邵烨话里有话。

"哦……"老洪点头，"也包括我呗。"他冷笑。

"我明人不说暗话，我找您就是为了那东西。那东西对我来说非常重要，请您务必帮我找到。"他说着就提起那个袋子，放在了老洪面前。

老洪瞥了一眼，用手打开袋子，里面装着十几摞现金。

"这是什么意思？贿赂我？"老洪看着他。

"不敢不敢，我就是看您工作辛苦，一点心意。我都听老乌说了，您想提前退休，我在这儿表个态，如果您退休之后想再找点事儿做，兄弟肯定帮着安排。还有孩子上学的事儿，也包在我身上。"

"嘿，那敢情好啊，您这一出马，我这两件大事儿都迎刃而解了。要真是这样，我可得谢谢邵总了。"老洪拱手。

"好说好说，您的事儿就是我的事儿。"邵烨也拱手。

"但现在我要考虑的，是如果我收了你袋子里的这些钱，以后还能不能正常退休，还能不能看见我儿子在一中踢球。"他冷下脸。

"哦，明白明白，这个太直接了，不合适。那这样，您看通过什么方式，入干股？分红？还是折成古玩字画？都行！"邵烨忙说。

"你知道自己这么做的后果吗？这是在向国家工作人员行贿。就凭这个袋子里的数额，就够判你三年以下有期徒刑或者拘役的。"老洪说。

"洪警官，不用这么上纲上线吧？"邵烨把身体后仰，靠在椅背上，"你上班穿着警服，干的是警察的事儿，下了班脱了警服，就不能论论朋友了？"

"来，我给你算算啊，我现在一年工资虽然不算多，也就十多万，但只要能再活个二三十年，挣个二三百万肯定是没问题的。但为了你这点儿钱，我要是栽了，这不捡了芝麻丢西瓜得不偿失吗？"

"哼，那您想要多少？"邵烨皱眉。

"我要帮你办成这事儿，是不是你就能把秦玉林那六百万给免了？"老洪盯着他的眼睛。他早已在心里找到了答案，秦玉林的名字就在硬盘的文档中。

邵烨一惊，表情不自然起来，"什么……六百万？"他声音颤抖。

"咳，我就是刚才听老乌说的，说他们老板欠你六百万。"老洪犯坏。

邵烨没有回答，自然不会相信老洪的话。他沉默了一会儿，才缓缓地说："那洪警官，既然都说到这个份上了，我也跟您透个底。我们既然能找到您，也肯定能找到其他人。人活在这个社会上，谁也避免不了有这样或那样的事，有时遇到事了，能高抬贵手、放人一马，是帮人也是帮己。但要是抓着不放，撕破了脸大家都不好过。如果您嫌钱少，我还可以追加。如果您有其他的要求，也可以直接提，我尽量满足。我今天见您，就是来表达诚意的。"

"我跟你说的也是事实啊，我压根不知道的东西怎么给你啊？你刚才都说了，除了我还能找到其他人，那邵总，你就去找那些神通广大的其他人呗。"老洪摊开了双手。

"好，我明白了。"邵烨说着站起来，拿回了黑布袋，"但我要提醒你，无论你看到了什么，请不要对外说。如果那个东西还在，请将它保管好。这事儿不是你们该管的，也不是你们能管的。"他的语气很冷，说完就拉开了门。

"哎，等等。"老洪叫住了邵烨，"那我也提醒你啊，做人得有底线，有时干错了事儿，就得主动纠错，亡羊补牢为时未晚，要是一条道走到黑呀，最后谁都救不了你。还有，你知道我跟老乌最大的区别在哪儿吗？他脱了这身衣裳，是为老板负责，我穿着这身衣裳，就得对法律负责。这是本质的区别。"

"好，我记住了。"邵烨回答。

黑暗中，一个人被绑在椅子上。他垂着头，一动不动，看不清面貌，似乎已经没了呼吸。

脚步声由远至近，几个黑影走到他面前。一个大个儿不慌不忙地戴上胶皮手套，揪住他的头发，往他嘴里灌着什么。

他呕吐起来,激烈地挣扎着,"你们……要干什么!"

"让你爽爽。"那个大个儿声音沙哑。

"为什么,为什么要这么做?"他仰起头,气喘吁吁地问。

"要怪就怪你自己,太不小心,让警察盯上了。"

"我可以离开……离开海城,走得远远的。"

"离开海城?"大个儿冷笑,"那对我们更加危险。你已经被通缉了,哪儿都去不了了。"

"我要跟他说话,让我跟他说话!"那人大叫。

"但他不想跟你说话。"大个儿说。

"王八蛋!王八蛋!"他撕心裂肺地喊,"没钱的时候是兄弟,有钱了就是老板了?这么多年,要不是我们把事儿扛了,能有他的今天吗?"

大个儿不为所动,继续操作着。他拿出一个注射器,轻推活塞,针头冒出了液体。

"把他架起来。"大个儿说。

另外几个人拧过他的胳膊,撸起他的袖管。

"你们不得好死!不得好死!"他咬牙切齿。

正在这时,门打开了,月光照了进来。又走进来一个人。那人头发梳得一丝不乱,穿一身黑色的西装,背着身,看不清样貌。

"老三,让你受苦了。"他声音不大气场却很足。

"大哥,你饶了我吧,饶了我。我再也不跟你要钱了,我保证!只要你把我放了,我肯定远走高飞,不让他们抓到。"那人哀求着。

"黑西装"伸出手,接过大个儿的胶皮手套,缓缓地戴上,然后又拿过注射器,毫不犹豫地扎到那人的胳膊上。

"啊!啊……"惨烈的叫声回荡在空中。

"我跟你说过多少次了!别提当年,别提当年!你怎么就是不听呢?""黑西装"恶狠狠地说。他丢掉注射器,看着那人慢慢地瘫软、昏迷。

"王八蛋!"他转头吐了口痰,"把这事儿做漂亮了,你就可以到境外逍遥法外了。"他对那个大个儿说。

"明白,放心吧。"大个儿用沙哑的嗓音回答。

同样的黑暗,在城市的另一处却被警灯照亮。此时杨威和老洪正并肩站在"花车"前,执行着设卡任务。立夏之后,夜风没那么凉了,街头车流熙攘,繁华喧嚣。

老洪并没把那晚的事告诉杨威,怕引起不必要的误会。他知道邵烨那帮人不会善罢甘休,肯定还会使用其他的方法,寻找下一个目标。下一个会是谁呢?杨威,大卞,太阳?他懒得猜也懒得想,索性明哲保身吧,等提了"四高"就立马退休。

杨威这几天总是脱岗,显得神神秘秘的。老洪用余光看着他,有一搭没一搭地问:"哎,这几天忙什么呢?"

"怎么了?替大卞查岗啊?"

"我有病啊?"老洪笑。

"家里有点儿事儿。"杨威敷衍。

"过去的事儿就让它过去吧,别总陷在里头拔不出来。"老洪点他。

"过去的事?"杨威笑笑,"没有过去,能有现在吗?"他有些怅然。

"有人找过你了?"老洪没头没尾地问。

"没有啊,怎么会。"杨威否认,"有人找过你了?"

"没有。"老洪摇头。

"有时我想啊,人就不能站直了活着吗?非得趴着?那还像个警察吗?"

"警察什么样?非得站得笔管条直吗?像太阳一样?"老洪笑。

"有时候,面前就像有一双无形的手,虽然看不见、摸不着,却能控制你、操纵你,让你不明不白地陷入泥潭。这他妈是叫命运吗?"杨威叹了口气,"你不是说命运是什么面对不同事物的惯性选择,由性格决定的吗?"

"小学课外书的话也能信?都是蒙孩子的。"老洪说,"扯淡,哪有什么命运,都是自己选的。"

"哎,你相信我吗?"杨威问。

"有必要吗?"老洪反问。

"那就是不信。"

"哼,我不想参透别人的内心,多累啊。损人不利己。眼看就退了,自己管好自己吧。"老洪缓缓地说,"但你还不算老,有必要非把他们揪出来吗?真揪出来了,没准把自己也给搭进去了,何苦呢？"他看着杨威。

杨威低下头，沉默着，"你知道太阳为这事找过我吗？在一次上勤的时候，他问我，到底干过没有？我说没有。他让我摸着警徽说。呵呵……"

"别理他，小屁孩儿，不懂事儿。"

"但我真的摸着警徽说了，我没干。他说相信我。"杨威抬起头，"你懂吗？我需要有人相信我，这样我才能不趴着，站起来。"他有些激动。

"我相信你，相信。"老洪说。

"你相信有个屁用。"杨威苦笑，他抬手看表，"哎，到点儿了。下勤！回家！"他伸了个懒腰，走向一旁的"大黑马"。

老洪也抬手看表，"哎，这还差十分钟呢，老杨……"

"大黑马"已绝尘而去。

杨威嘴上轻描淡写，心里却根本过不了那道坎。那件黑不提白不提的事儿，像一块石头压得他喘不过气，又像一片雾霾如影随形。这些天他脱岗的原因自然和邓彪有关。杨威被心魔拽着，不达目的誓不罢休。

他虽然离开了刑警，但老关系还是有的。这几天他通过线索串并，发现了邓彪的一些蛛丝马迹。在事发之后，邓彪似乎从人间蒸发，无论是杨威还是纪委，通过各种方式也无法将他找到。但根据近期"人脸识别"的线索显示，他确实已经回到了海城，但疑似变换了身份。杨威本可以将此情况通报给纪委,纪委就能按照正常的程序上控。只要邓彪在海城活动,抓到他也只是时间问题。但杨威却没这么做,想通过自己的努力找到他,亲耳听他说出事实。说实话,近期发生的一系列事件,让杨威不得不提高警惕。从老洪的话中能听出,那帮人已经找过他了。而白所、卞队……他不愿意再想下去。他不想再把自己的命运交给别人,要用自己的力量重新站起。所以必须抢在别人之前获得真相。

人的活动轨迹都是有据可循的。就像预审行里的那句话,要想给一个人"定位",就要弄清他的纵轴和横轴,纵轴就是他的人生轨迹、性格习惯,横轴就是他的谋生手段和社会关系。杨威这些天一直围绕邓彪可能出现的几个点位开展工作,但却没有进展。于是在今晚下勤后,又来到"新豪门"KTV附近蹲守。他怀疑邓彪这次回海城,和谢洪东有关。

"新豪门"就是之前的"新世界"。在那次事发之后就易了主,改由一个襄城人经营,招牌也换成了现在这个。但杨威知道,KTV背后的老板没变,还是谢洪东,这只是掩人耳目的招数罢了。

凌晨时分,"新豪门"的生意依然火爆,低音炮的鼓点不绝于耳,门前的客人往来不绝。杨威戴着一顶帽子,潜伏在黑暗里,时刻注视着门前的情况。这时,从KTV里走出一个人,侧着身低头点烟。那人戴一顶灰色的棒球帽,穿一件红蓝相间的夹克衫,身高在一米七五左右。杨威眼前一亮,浑身顿时紧张起来。他记得邓彪也曾穿过这身衣服,而且身高体态极为相似。他不敢贸然抓捕，就压低了帽檐，慢慢地靠近。"邓彪"没有叫车，边抽烟边沿着KTV北侧的一条路走。时间很晚了，街上行人寥寥，漆黑一片。杨威不敢跟得太近，怕打草惊蛇，始终与目标保持着四五十米的距离，并不断变换着跟踪的位置。邓彪始终步行，拐过几个巷口，眼看就到了一片待拆迁的区域。杨威不想再等了，就加快脚步，拉近与他的距离。却不料此时，邓彪突然跑了起来。杨威猝不及防，也马上启动。黑夜的宁静顿时被打破，凌乱的脚步声充斥着整个世界。

杨威奋力地跑着，急功近利。他不知道在哪个环节上出了问题，惊扰了猎物。此刻他已经没了退路，不能让这苦等多时的机会从眼前溜走。他竭尽全力，像一颗子弹般地冲向目标。而邓彪也跑得很快，此时已经蹿进了拆迁区。里面路窄难行，满地都是残砖碎瓦。但两人却未放慢速度。邓彪没像想象中的那样抱头鼠窜、慌不择路，而是方向明确地跑着，似乎在有意引导杨威。但杨威已来不及多想，脑海里只有一个声音，就是"抓住他！"

眼看两人的距离越缩越短，也就不到十米了。这时，邓彪突然从一个岔路左转，消失在黑暗里。杨威紧随其后，发现面前是一栋十多层的废弃建筑。他没有犹豫，沿着消防梯爬了上去。

四周没有光亮，只有呼呼的风声。杨威隐约看到上面有个人影，认定那就是目标。急促的脚步声在空中响彻着，当杨威登上楼顶平台的时候，那个戴灰色棒球帽、穿红蓝相间夹克衫的人正背对着他，站在楼顶的边缘。

"邓彪！"杨威大喊，却不料与此同时，那人脚下一空，摔了下去。

红蓝警灯照亮了夜幕，废弃建筑周围被拉上了警戒带。杨威痴痴地坐在残砖碎瓦上，看着面前忙碌的勘查人员发呆。

白所、卞队、老洪、太阳……分头赶来，市局、分局的刑警接踵而至。面对众人的问话，杨威瞠目结舌，大脑一片空白，似乎丧失了语言功能。他怎么也想不到，从楼上坠落的人竟然是乔辉，那个外号叫彪子的在逃嫌疑人。

怎么会是他呢？自己追的明明是邓彪呀？乔辉为什么会出现在这里？又为什么会从楼上坠落？一切都乱了，说也说不清道也道不明，他不知道该如何向众人解释。自己为什么在这儿，在做什么，想达到什么目的……

乔辉死了，直接死因是从高空坠落。经法医检验，还在他体内发现了疑似毒品的物质，怀疑他吸毒过量，在迷幻中失足。杨威自然不信这个结果，因为他明明看到乔辉那么拼命地奔跑。他知道自己被人算计了，再一次落入了陷阱。但他却无力辩解，也无心辩解。

白所站在他面前，冷冷地问："为什么单独行动？"

杨威蹲在地上，缓缓地抬头，那模样像个束手就擒的嫌疑人，"我要是说在办案，你相信吗？"他苦笑。

"你相信我吗？"白所反问，"你要是相信我，就不会干出这样的事来！"他怒了，"你看看自己现在的样子，还像个警察吗？你还记得自己是个警察吗！"他质问道。

"我他妈受够了，不想趴着了！"杨威突然爆发，站了起来，"我不干了！"他从口袋里摸出警官证，扔在了地上。

"你给我捡起来，捡起来！"白所命令道。

但杨威却转过身，头也不回地走了。

乔辉的死由刑侦部门立案侦查。从监控录像可以看到，杨威一直在追逐一个头戴灰色棒球帽、穿红蓝夹克衫的人，却不能认定那就是死者。在现场勘查中发现，废弃建筑附近有不同鞋号的多人足迹和汽车轮胎印迹，刑警们怀疑，不排除这是一起伪装成事故的故意杀人案件。但如何调查却与杨威无关了。分局按照相关规定对他进行了停职处理，他彻底失去了办案权。

在那夜，杨威做了一个噩梦。在梦里，从楼上坠下的不是乔辉，而是他自己。他趴在地上，满脸灰尘，浑身僵硬，想爬起来，却毫无力量，视线模糊着，辨不出方向。这时，一个人走到他面前，看不清表情，却似乎在笑。杨威挣扎着抬起头，看那人戴着灰色棒球帽、穿红蓝相间夹克衫。那人缓缓地摘掉了帽子，露出了面容，不是邓彪，而是谢洪东。

谢洪东狂笑着，沙哑的嗓音像魔鬼一样。

"杨威，我就是做局，就是玩儿你，怎么了？我警告过你，别狗拿耗子多管闲事，少给自己惹麻烦，但你不听啊！"

杨威张开嘴，却发不出声音。

"哈哈哈哈……"谢洪东又大笑起来。不仅他笑，他背后的一群人也在笑。

杨威努力分辨着那些人，发现是邓彪、邵烨、江耀之，甚至还有满脸鲜血的乔辉。

"你看看自己的德行，灰头土脸，蓬头垢面，你早就不是那个重案队长了。你就是一个派出所的臭民警，我们让你趴着，你就站不起来。你知道自己是在跟谁作对吗？这就是你的结果！"谢洪东说着就上前几步，猛地一脚踹向了杨威的脸。

杨威一下就醒了，发现自己身处黑夜，满身大汗。他像一头困兽，在黑夜中哀号着，撕心裂肺、痛不欲生，之后又觉得心如死灰，一点力气都没有。

杨威被停职之后，打击队就失去了主心骨，侦查办案基本停滞，日常工作变成了开车巡逻。一天又在沉闷中度过，傍晚，万峰商场一层的大排档里人来人往，烟火气十足。紫米粥、羊杂汤、水煎包、盖浇饭，就是普通百姓的饕餮盛宴。

太阳和莎莎并肩坐着，望着窗外。起风了，树影在灯光下摇摆。玻璃起了雾，一切都显得变幻莫测。

"怎么一直不说话，有心事？"莎莎转头看着太阳。

"哦，就是些工作上的事。"太阳说。

"其实有时候我觉得，只要能生活在正轨上就是幸福了吧。就像现在,能在这里吃热乎的食物,就是一种幸福。"莎莎有些怅然。

"如果你走了,还会回来吗?"太阳看着她。

"不知道。"莎莎摇头,"我奶奶病得很重,我得马上回去。"

"哦……"太阳点头,"等你奶奶的病好了,你的病也得尽快治,不能再耽误了。如果缺钱……"

"不用,我说过了。"莎莎打断他。

太阳沉默了一会儿,"等你眼睛好了,还会去做按摩师吗?"

"应该还会做吧。别人疲惫了、落枕了,就会想到我们、找到我们。被需要的感觉是幸福的。哎,做警察也是这种感觉吧?"

"是。能帮助别人是幸福的。"太阳说。

"其实我今天约你,还有一件事。"莎莎停顿了一下,"那天……我收到你信息了。但是……对不起。我觉得我们之间不是那种关系。"她低下头。

"信息?什么信息?"太阳愣住了。

"不是你发的吗?"莎莎诧异。她拿出手机,递给太阳看。

手机上显示着"我喜欢你"四个字。

"啊?"太阳惊讶,"这……这不是我发的呀。"他用手挠头,"哦,想起来了,那天我在和戴姐他们吃饭,肯定是他们的恶作剧。"

"哦……"莎莎松了一口气,但也似乎有一丝失望。

"太阳。"莎莎突然攥住太阳的手。太阳一抖,手足无措。

"你知道什么是爱吗?"莎莎问。

太阳额头冒汗,想了想说:"戴姐说,爱的感觉是'好像有了

261

软肋，也好像有了铠甲'。"

"你现在有这种感觉吗？"

"我……"

"哈哈，所以咱俩根本就不可能，一点触电的感觉都没有。"莎莎笑了，"唯一让我有这种感觉的，就是任梓霆。"

太阳尴尬地笑。却不知为什么，心跳得很快，手也在颤抖。

"我要努力了！等我和奶奶的病都好了，还要去环游世界呢。"莎莎伸开双臂。

"加油！"太阳说。

莎莎还有晚班，吃完饭就回到了店里，她拒绝了太阳的相送，似乎在有意保持距离。但没想到也就过了半小时，莎莎那边就出事了。太阳到现场的时候，"绕指柔"里一个客人都没有，一伙儿人正剑拔弩张地围在前台冲老板叫嚣。

太阳没穿警服，径直走到跟前，"怎么了？"他大声问。

"你说怎么了？你看看？"一个留着小胡子的人，指着沙发说。

沙发上瘫软着一个人，正"哎哟哎哟"地呻吟着。太阳拿眼一瞟，是个光头的小个子。

一看太阳来了，莎莎有了主心骨。她跑到太阳身边，"他们是无理取闹，在找碴儿，我是正常按摩，怎么会给他揉坏了呢？"

小个子一听这话，变本加厉。"哎哟，哎哟……我可动不了了。"他提高了声音。

另外几个人围到太阳身边。

"你们想干什么？"太阳质问。

"想干什么？得赔偿啊！我来的时候还好好的，现在动都动不了了。看我这肩膀，都抬不起来了。"光头小个子说。

"是啊，来的时候还好好的，一揉就这样了。哎，你说，该怎么办呀？"小胡子也说。

"看他伤得挺重，没个十天半个月根本就好不了。你们这是什么按摩啊，有执照吗？不是黑店吧？"一个"大粗眉毛"说得离谱，"这说句难听的，要真是瘫痪了，你们可得给他养老送终啊。"

"各位，各位，咱们有话好好说，别着急。要不这样，我先带他去医院检查检查？"老板低头哈腰，想息事宁人。

太阳知道这帮人是来闹事儿的，从进门开始他就觉得眼熟。现在他想起来了，小个子叫庞博，小胡子叫汪海军，大粗眉毛叫林大志……都是那天在派出所门口戳着的人，自己曾在人脸识别材料上见过他们的照片。

但面对他们的胡搅蛮缠，太阳却一时没找到应对的办法，于是就只得操着法言法语，"我是小满派出所的民警，现在正式告知你们，根据相关法律规定，如果在消费中出现纠纷，你们可以通过正常渠道进行投诉，甚至可以到法院起诉，但如果你们聚众闹事并造成后果，性质就不一样了。"

他想通过这种方式震慑住对方，却不料一说警察反而授人以柄了。

"哎哟喂,你可吓死我了,原来是警察同志啊? 我还以为黑社会呢……"庞博拉着长音儿说。他缓缓地坐了起来,"你一口一个法律、一口一个规定,那我倒想问问你,你现在是代表警察呀,还是代表你个人啊?"他拿眼盯着太阳,一改刚才痛苦的模样。

"我……"太阳一愣,"我代表个人。"

"哦……个人是吧。那你跟我们这儿讲什么法呀? 觉得自己牛×,拉偏架是吧? 是不是在这按摩院有股份啊?"

"也没准这妞儿是他的'情儿'。"汪海军在旁边坏笑。

他这么一说,众混混儿都大笑起来。

"我警告你,给我放尊重点,要不我可不客气了。"太阳冷下脸,提高了嗓音。

"嘿,这位警察同志不识逗,没说几句就急了。"庞博撇嘴,"但你得弄清楚,现在我们是受害者,她是责任人,无论到哪儿都是我们有理。老板,你说是不是?"他恶狠狠地盯着老板。

"是是是,都是我们的错。我说几位,你们看怎么办,需要怎么赔偿?"老板服软了。

"先别说赔偿。先把事儿给理清楚。第一,刚才给我按摩的是不是这女的?"他说话的同时,旁边有个人举起了手机录像。

"是,是。"老板点头。

"我是不是把按摩费给结了,你还给我开了发票?"

"是,是。"老板抹了一把头上的汗。

"给我按坏了之后,我对这女的动过手吗? 损坏过你们的东西吗？勒索过财物吗？"

"没有，没有。"老板摆手。

"警官，你都听见没有？这就是事实。我在受伤以后就一直在这儿躺着，跟他们理论，这还不行吗？怎么着，还能给我定个寻衅滋事不成？"他用挑衅的眼神看着太阳。

"那你们来这么多人干吗？"

"我人缘好啊，朋友多呀，受了伤大家都想过来看看我，这也不行吗？"

"你……"太阳又被噎住了。

老板见状，一把将莎莎拉到一旁，"莎莎，你这得罪的都是什么人呀？他们要是继续这么闹下去，咱这店非黄了不可。"

"我不认识他们呀，我也不知道他们想干什么。"莎莎欲哭无泪。

"哎，几位，你们给个痛快话，这事到底该怎么办？"老板无奈地问。

"很简单，把她给我开了就行。"庞博指着莎莎说。

"凭什么开我？你们就是无事生非，无理取闹！"她急了。

"嘿嘿嘿，老板，你看她这态度？要是这样，咱们这事儿可就没完了。从明天开始，我们天天到你这儿上班，解决不了我们就不走了。"庞博说着又躺了下去，继续呻吟起来。

"你们敢！"太阳急了。

"不信你就走着瞧！"这伙人跟太阳对峙起来，气氛剑拔弩张。

265

这时，一个留马尾辫的男人不慌不忙地走了进来，"哎，都怎么说话呢？跟人家警察同志这么不客气。"

太阳转头一看，那人正是谢洪东。

"这位是邰警官吧？"谢洪东笑着拱手。

"我们没见过面吧？"太阳皱眉。

"你可能没见过我，但我可一直在盯着你。"他话里有话。

"他们是你的人？"太阳问。

"哎哟，你误会了，我就是凑巧路过，进来看看热闹。"谢洪东装傻，"哎，你们几个，认识我吗？"

"不认识。"庞博等人异口同声。

"看见没有？我可是中立的旁观者。"谢洪东走到太阳面前，"你们刚才说的我都听见了。这种事儿吧，说大不大、说小也不小，关键得看怎么解决。你刚才说'法办'？没问题啊，但我想这事儿要是闹到法院、伤检、起诉、开庭、一审、二审……这官司怎么也得打个一年半载吧？哎，你这小店扛得住吗？"

"扛不住，扛不住。"老板摇头。

"所以我想啊，这许多事儿啊，该管的管，不该管的就放一马，忍一时风平浪静，退一步海阔天空，你说呢，邰警官？"他走到太阳面前，一语双关。

"你是在威胁我吗？"太阳面无惧色。

"你说呢？"谢洪东冷下脸。

正在这时，按摩店的门又开了，没想到老洪走了进来。

"干吗呢？ 黑社会啊？"老洪扯着嗓子问。

"哎哟，这不是洪警官吗？ 你可别误会啊，我跟他们不是一块儿的，就是凑巧路过，进来看看热闹。"谢洪东笑。

"凑巧路过？ 前几天还一桌吃饭呢，今天就不认识了？ 谢洪东，你记性够差的啊？"老洪说着走到庞博面前，抬脚踢了沙发一下，"庞博，起来！"他故意喊出了名字。

庞博没想到会被点名，下意识地坐了起来，但随即又觉得不对，呻吟着躺了下去。

"装，接着装。"老洪撇嘴。

"哟，看来您把我们的底都摸透了？"谢洪东笑。

"废话，不把你们摸透了，以后有事儿怎么'装'你们啊？"老洪语气强硬，他拿起电话，"喂，'二班儿'吧，我老洪，叫几个民警到'绕指柔'，碰见一帮寻衅滋事的。"

"嘿，洪警官，你这是什么意思啊？ 我们可是受害者，这么干不公平吧。"

"哼，这回承认是一块儿的了吧？"老洪冷笑。

谢洪东说漏了嘴，一时语塞。

"太阳，把前台的监控给调了，回所报分局法制，看他们算不算'摆势'。"老洪说完走到谢洪东面前，掏出工作证，"我是小满派出所的民警，根据相关法律规定，现在对你们进行盘查。我怀疑你们涉嫌寻衅滋事。现在，把身份证给我拿出来。"他操着法言法语。

"洪警官，不至于吧，我们怎么就寻衅滋事了？"谢洪东把语气放软。

"哎，你刚才站在哪儿？"老洪没搭理他，对留着小胡子的汪海军说，"这儿是吧？过来过来。"他用手指着，"还有你，你，站到这儿。"老洪指着林大志和另外一个人，"不是较劲吗？那咱们就来个现场还原。"

不一会儿，他就把几个混混儿拽到了原位。

"老板，你们刚才站在哪儿来着？"

"我……"老板犹豫着。

"我们站在他们对面，就在这儿。"莎莎把老板拽了过去。

"嗯，这就对了。"老洪叉腰看着。他拿出手机拍了一张照片，"看看，这是消费者在维护自己的合法权益吗？剑拔弩张、咄咄逼人，这不就是典型的'摆势'吗？姓谢的，说你们涉嫌寻衅滋事冤枉吗？不是想伤检吗？没问题啊，一会儿就去。要是查不出毛病，看看今天晚上你们能在哪儿过夜。"他一语双关。

"哎，我们可没要他的钱物啊。"庞博辩解。

"哼，你们刚才说什么来着，'从明天开始就到这儿上班，解决不了就不走了。'哎，觉得自己懂法是吧？再好好学学，'软暴力'也是违法。"老洪有理有据。

几个混混儿被镇住了，谢洪东却扑哧一下笑了，"多大点事儿啊……得了，今天我就当个和事佬，先这么着吧。反正消费小票还在，要是真落下毛病了，再找老板也不会不认。"他走到老洪面前，"再说了，做人留余地，日后好相见，做事儿不能做得太绝。对吧？"

老洪没说话，盯着他的眼睛。

"哎，怎么是您一人来的啊？杨警官呢？"谢洪东又问。

"跟你有关系吗？"老洪眯着眼反问。

"别误会，我是好意。我们是老朋友了。"谢洪东笑，"见到他帮我带个好，祝他平安如意。"

"你……"老洪没忍住，抬手指着他。

谢洪东避开他的眼神，拍拍手，"散了散了，回家睡觉。"他撞了一下老板的肩膀，笑着出了门。后面几个人也作鸟兽散。按摩店回归了平静。

"警官，他们要是再来怎么办啊？"老板惊魂未定。

"他们再来，就直接拨打110。"太阳说。

夜深了，宝珠面馆就要打烊，两个老警察守着一盏昏黄的孤灯，默默对饮。夹一口菜，酌一口酒，始终不说话。两人都避着对方的眼神，像一对生怕先露出破绽的拳手。他们知道这件事儿越闹越大了，早已超过了自己的能力范围，要是再往下追肯定会惹祸上身。杨威已经被停职了，晚上回来收拾东西，老洪还没走，就拉着他聊聊。气氛很沉闷，酒喝进嘴里，是苦的味道。

"停职一个月，干吗去啊？"老洪看似随意地问。

"家里窝着呗，还能去哪儿。"杨威嚼着花生米。

"我也准备歇了，腰疼，走路一瘸一拐的，得看看骨科。"老洪做痛苦状。

"好好查查，没准还是肾的问题呢。"

"是吗？那事儿大了。"老洪摇头。

"没开玩笑，前几年有次出差的时候我突然腰疼，还尿血，吓了我一跳，以为自己要挂呢。结果到医院一查，肾结石。"

"哦……"老洪点头，"那得挂……肾病科？"

"泌尿科。你要是找不着人，我认识一大夫。"

"得嘞。"老洪点头，"到咱们这岁数不能再闷着头玩命干了，该休息得休息。这身上的'零件儿'也得保养。要不哪天罢工了、趴架了，后悔都来不及。"

"孩子上学的事儿解决了吗？"杨威问。

"咳，没呢。我也想通了，顺其自然吧，要不是那块儿料，生往上拔也没用。"老洪摇头。

"不是找到老乌了吗？"

"我最后没用他。出了局就不是咱们这趟线上的人了，我怕还不起人情。"老洪话有所指。

"哦……"杨威点点头，琢磨着老洪话里的意思。

"来来来，不提这个了，喝酒。"老洪举起酒杯。

两人碰杯满饮。他们看似推心置腹，实则是在相互探底，却并不触碰彼此更深层次的秘密。这就是成年人之间的对话。

老洪摸出一支烟，缓缓地点燃，"这做人啊，还是傻一点好，傻人有傻福。世界上精明的人太多了，都相互盯着、相互'内卷'，反而给傻人留了一条路。"

"咱们都撤了,太阳怎么办?"杨威问。

"巡逻呗,还能怎么办?"老洪装傻。

"闫技术下午来电话了,说在犯罪指纹库里,比出了一个硬盘上的指纹。我让他联系太阳了。"杨威说。

"对,让他干去吧,别闲着。"老洪自顾自地夹了口菜。

"你没事也盯着点儿,看看是哪个案子的指纹。要真串上了,就找找牧安……"

"哎,你歇会行吗?"老洪打断他的话,"都给你停职了,还瞎操什么心啊? 告诉你,我这一歇就没谱儿了,我请的是病假,不是年假,没准就奔着退休去了。他们丫要敢催我,我就接着到车上'吐白沫儿'去。这案子不搞了,咱俩翻篇儿了,还没明白吗?"他有些激动。

"就这么认了? 看着那帮孙子逍遥法外?"杨威脸色难看。

"那你想怎么着? 接着去查? 人家让吗? 都给你停职了,你有执法权吗?"老洪反问。

杨威没话了,低下头。

老洪看着他,也觉得自己把话说重了,就夹了块酱肉放在他的餐盘里,"吃口菜,先填饱肚子再说。"

"我把胆给摘了,现在没'胆'了,吃不了油腻的。"杨威摆摆手。

老洪知道他话里有意思,苦笑了一下。

"但那帮孙子可是肉食动物,就凭太阳这傻小子,招架得住?"杨威皱眉。

"'白大忽悠'傻啊? 还能让他继续往下办?"老洪摇头,"你看着吧，只要咱俩一撤，这案子肯定就'埋'了，到时皆大欢喜。"

"皆大欢喜？"杨威猛地抬起头，"谁能皆大欢喜？你我吗？还是谁？皆大欢喜的只能是那帮畜生！"他激动起来。

"哎哎哎，我说错话了，行吗？"老洪连忙抬手，"我的意思是事缓则圆。"

"扯淡，是他妈明哲保身吧……"杨威叹气，"刚才我收拾东西的时候，看着墙上那面锦旗，心里不是滋味。哼，还记得吗？当时'白大忽悠'还弄了个接旗仪式，跟真的似的。"

"能忘了吗？那是他往自己脸上贴金。"老洪撇嘴。

"以前在刑警队的时候，收锦旗是常事儿，墙上都没地儿挂了，就卷起来，一捆一捆的。有时还跟人家吹牛，说拿这玩意儿擦皮鞋干净。但到了派出所之后，这玩意儿少了……"杨威自言自语，"'你们都是好警察'……哎，咱俩算是好警察吗？"他看着老洪。

"起码不算是坏的吧？"老洪也看着他。

"不知道……"杨威摇头，"但我觉得，自己愧对那几个字儿。"他一仰头，喝干了杯中的酒。

"哎，把这个拿着。"老洪掏出一个警官证，推到杨威面前，"再怎么着这东西也不能丢。"

杨威拿起证件，"哼，要它有什么用，也就是个摆设了。"他叹了口气。

第二天一早，杨威和老洪就一起找到了白所，以各自的理由请了假。白所没打磕巴，非常痛快地批了假。这在工作异常忙碌、拿一个人当俩人用的派出所是比较罕见的。老洪滑头，拿了假条之后连办公室都没回，就脚底抹油地走了。但杨威刚到门口，就被太阳拦住了。

"杨师傅，闫技术给我打电话了，说发现新线索了。"

"哦，你跟卞队说吧，我得歇两天。"杨威敷衍。

"洪师傅呢？"

"他也歇了，腰疼，可能是肾有问题。"杨威边说边往外走。

"我这几天一直盯着谢洪东那帮人呢，我怀疑乔辉的死与他们有关。还有邓彪，我查了，他应该回到海城了，还有……"太阳追着他说。

"行了！"杨威突然停住脚步，"我已经被停职了，没有办案权了，你跟我说这些干什么？"

太阳愣住了，痴痴地看着他。

"查不查谢洪东和邓彪跟我没关系，跟你也没关系。听领导安排，做好自己的事儿就行了。别动不动就往前冲，狗揽八泡屎！"杨威语气强硬。

"你是怕了吗？"太阳直视杨威的眼睛。

"什么？"杨威一愣。

"'智者不惑、仁者不忧、勇者不惧'，不是你说的吗？"

"你！"杨威一把揪住太阳的脖领，"你有什么权力跟我这么说话！"

273

"你摸着警徽跟我说过，你没干，你是冤枉的，那为什么不往下查了呢？"太阳面无惧色。

杨威看着他，慢慢冷静下来，他松开手，叹了口气，"你见过社会的复杂吗？见过人心的丑恶吗？有一双无形的手让你看不见也摸不着，但可以控制你、操纵你，让你不明不白地陷入泥潭，无法自拔。你明白这种感受吗？"

"那就把他们揪出来绳之以法，曝光于天下，这样不就行了吗？"太阳反问。

"你就是一张白纸，一个傻子。跟你说不懂。"杨威苦笑。

"就不能站直了吗？就不能像个警察吗？就不能干点儿警察该干的事吗？为什么！"太阳激动起来，"我爸跟我说过，遇到困难唯一的办法就是战胜困难。"

"你爸是英雄，但我不是。这一年多我早就没警察的魂儿了。"杨威自暴自弃，"这是保险柜的钥匙，保存好。记住，在我们请假的这段时间里，什么也别管，什么也别干。这是为你好。"他说着将那两把钥匙塞到太阳手里，然后缓缓转身，推门走了。

太阳凝视着杨威的背影，大口地喘着气，感到心里有个东西"嘭"的一声，垮塌了。

天阴沉着，没有风，远处有隐隐的雷声，似乎有下雨的迹象。猴子夹着几本书，在街上悠闲地走着，并不像路人那样行色匆匆。

距离考试只有不到两周的时间了,但他这些天却总是集中不了精力,显得心事重重。在打击队"趴架"以后,他的复习时间多了,每天下了班就去咖啡厅或快餐店复习,直到很晚才回宿舍睡觉。他在有意躲着太阳,避免跟他说一些关于案件的话题。他是个聪明人,怎会看不懂现在的状况。他想好了,这次再考不上也就不考了,回老家找找人,弄个稳定工作,重新开始。

风起了,雷声大了,雨点开始往下掉。猴子用手捂住书,低头跑了起来。却不料这时,一辆黑色的奔驰商务车驶到他身边。

车门一开,几个戴着口罩的人将他拉了进去。猴子刚想大叫,就被人捂住嘴。

在车上,他见到了一个熟悉的面孔。是邵烨。

"别紧张。"邵烨笑了,拿过他手里的书,"哎哟,复习资料啊,想考警察?哼,当警察有什么意思啊。"他摇头。

猴子没说话,警惕地看着他。

"那天的事儿我还得谢谢你呢。要不是你'点道儿',我都不知道那几个娘儿们的姓名。"

"你还有事吗?没事放我走吧。"猴子避开他的眼神。

"只要帮过我们的,我们肯定会记着。这个,先收着。"他说着翻开猴子的复习册,将一个厚厚的纸袋放了进去。

"这我不能要。"猴子赶忙推辞。

"要,也得要。不要,也得要。"他将复习册合上,推到猴子手中。

猴子低着头，沉默不语。

"我向你保证，只要帮我们干事儿，肯定会有好的回报。你该知道我们的背景，无论是海城、襄城，乃至全省，都有我们的生意。到时候随便到哪个公司当个总监，都比干警察强。"

"之前的事，可千万别往外说啊。要不……我……"

"放心，咱们已经在一条船上了。一荣俱荣，一损俱损。"邵烨不客气地拍了拍猴子的脸，"还有一个事儿你得出出力。"他往前挪了挪，凑到猴子面前，"这事儿如果办好了，里面的东西，翻倍！"他拍着书本说。

"轰隆隆……"雷声响彻天际。

在年轻的时候，我们总向往星辰大海，认为凭借自己的努力可以改变这个世界。但随着年龄的增长，当我们置身于现实之中，才慢慢懂得这个世界并不是我们想象的那样。我们从懵懂的奔跑到跌宕的跋涉，从无所畏惧到谨小慎微，我们开始回望来路、检视自己，开始左顾右盼、亦步亦趋。我们学会了所谓的做事逻辑，事缓则圆、明哲保身。我们与理想渐行渐远，开始计算眼前的利益。而他们则将我们的这种改变，称为成长。

打击队的办公室空空荡荡，大多数的时间只有太阳一个人。下队被分局抽到了一个专项，起码要一周才能回来；猴子也是三天打鱼两天晒网，找各种理由请假。白所怕太阳闲着，就让他跟着其他几个班干活儿，巡逻、设卡、值前班、看人……他成了最佳"替补"。太阳理解了卞队说过的话，觉得自己就像一只有劲使不出来的青蛙，陷入温水和泥潭。但他却不想认输，还是操着那股轴劲，在没活儿的时候硬拉着猴子到重点区域便装巡逻。他不能任由自己抛开职责和使命，虚度这大好的光阴。在某一天，他在闹市中发现了一名盗窃嫌疑人，就撒开腿猛追，却被猴子一把拉住。猴子大声问，别追了行不行？没看见吗？那人带着家伙呢。太阳气急了，质问猴子，带家伙就不追了吗？于是一把甩开他，狂奔过去。但时机已过，嫌疑人早已淹没在茫茫人海之中。

太阳很失落，很沮丧，走在熙攘的人群中，望着街口闪烁的灯火。从警以来，他自认为能恪尽职守、秉公执法，却不知为何处处碰壁，甚至成为异类。他弄不懂那些所谓的事缓则圆，也想不通他们到底在怕什么。只觉得头脑昏昏沉沉，心中空空荡荡。他回到派出所，也不吃晚饭，一个人坐在黑漆漆的办公室里，看着墙上的锦旗发呆。真安静啊，什么声音也没有，昔日那忙碌的场景历历在目，但如今已恍如隔世。他不禁黯然神伤。他猜这一切的转折都来自那个蓝色的硬盘，那里记录的资料，足以改写一些人的命运，或者说是让一些人付出应有的代价。但他也知道，那些人不会坐以待毙，必将困兽犹斗、垂死挣扎。就像"绕指柔"发生的事一样，他们会不择手段地反扑。太阳曾想说服自己，理解杨威和老洪的做法，他们想必也有各自的苦衷，所以才选择退却。但这却不该是警察该有的选择。什么是警察呢？是有勇气在刀尖上起舞、黑暗中挺立、能像一堵墙一样阻隔在黑白之间，直面险阻、在危机中逆行的人！但理想与现实就是存在这么大的差距，此时的太阳孤掌难鸣、深感无力。

想到这里，他起身走到了保密柜前，摸出两把钥匙，同时插进锁孔。随着"啪"的一声，保密柜被打开了。太阳本想拿出硬盘再做些工作，却不料里面空空如也，什么都没有。太阳慌了，没想到会出现这种情况。是杨威和老洪带走的吗？怕自己一个人看管不住？太阳往好处想。他赶紧摸出手机，拨打两人的电话，却不料两人都处于关机状态。太阳着急了，在办公室里反复地踱步。他当然知道这个硬盘一旦丢失，将意味着什么。他前思后想，最后决定将此事向白所报告。于是便快步来到所长室。所长室里亮着灯，里面却没有人。太阳摸了摸办公桌上的茶杯，还处于温热状态，显然白所没有走远。这时，他听到窗外轮胎摩擦地面的声音。向下望去，正看到白所骑着那辆"小白"向外驶去。

"白所！"太阳大喊。但白所却没有听见。

他不想再等了，就飞身下楼，在后面追赶。雨后的夜风很凉，吹在脸上冷飕飕的，让人越发清醒。太阳在黑暗中狂奔着，越跑越快，越追越紧，渐渐缩短着与白所之间的距离。白所骑的速度也很快，他驶过了二道街，经过正方圆小区，又沿着高速辅路一直向东，最后穿过一片闹市进入到大满所的辖区，在一个寂静无人的路旁停了下来。他穿着一件两面穿的冲锋衣，戴着防风帽，如果不是胯下的那辆"小白"，很难从穿着辨出他的身份。太阳在百米外停住了脚步，他气喘吁吁、大汗淋漓，刚想去叫白所，却发现一辆黑色的奔驰商务车驶了过来。那辆车在黑暗中反射着冷光，停在白所身边。太阳见状，赶忙躲到暗处。

他认得那辆车，也认得从那辆车上下来的人。那人长得高高大大的，留着马尾辫，蓄着胡须，穿一身黑色的西装。竟是谢洪东！

谢洪东下了车，走到白所身旁。两人交头接耳聊了好一会儿，才分头离开。走的时候，谢洪东还将一个纸包塞进了白所冲锋衣的口袋。这一切都被太阳看在了眼里。他想拿出手机将这一切拍摄下来，但身体却僵硬着，根本无法动弹。他不敢相信自己的眼睛，不敢相信这是真的，但却清晰地看到白所脸上那毕恭毕敬的表情。那根本不是太阳认识的白所。往日的一幕幕画面如潮水般涌来，白所开着"花车"将他接到派出所的情景、在接旗仪式上铿锵有力的讲话、在郭局面前的庄严表态，还有在释放邵烨时的表情。他懂了，终于懂了，杨威的停职、老洪的退却、卞队的躲闪……也许只有自己一个人是傻子，看不明白。

他流泪了，从泪流满面到痛哭流涕。他觉得自己心中最神圣最珍贵的东西崩塌了。他想骂人，却找不到词语，只能一次次地冲着天空狂吼。他叫喊着呜咽着，顿足捶胸。他默默地在黑暗中走着，漫无目的，浑浑噩噩。走了好久，竟来到了那天的马场。

马场里黑漆漆的，不时能听到几声夜莺的鸣叫。太阳伫立在黑暗里，遥望着平静的湖面。不知过了多久，他突然听到"扑通"一声，转眼望去，一个女孩跳进了湖里。太阳一惊，赶忙跑到近前，也跳了下去。湖水很冷，浸在身上刺骨地疼，太阳的水性不错，几下就游到了女孩身边，一把搂住了她的脖子。

"你干吗啊？"女孩大喊，奋力地挣扎。

但太阳却并不说话，用尽全力将女孩拽到岸边。

"有什么想不开的，为什么要放弃生命？你这么做想过自己的家人吗？想过自己的父母吗？只要活着就有希望，没什么是过不去的坎。"太阳大喊着。

声音惊动了马场的人，不一会儿就有几个伙计跑了过来，其中也包括老栾。

老栾穿着一个大皮围裙，跑到跟前看了看太阳又看了看女孩，扑哧一下就笑了，"哎，你这是……救人呢？"

他一笑，旁边的几个伙计也笑了起来。弄得太阳一头雾水。

"嘿，我说你，见过穿着泳装寻短见的吗？"老栾捂着肚子笑。

太阳这才发现，女孩确实穿着泳装，"哎呀，对不起，是我弄错了。"他用手挠头，脸腾的一下就红了。

"你都吓死我了！"女孩说着撑起身体，拢着湿漉漉的头发。她走到老栾面前，"爸，这人是谁啊？"

"就是我说的那个警察。"老栾回答。

看是虚惊一场，大家也就散了。老栾带着太阳回到了宿舍，让他换上了自己的衣服。他的宿舍比想象中要大，而且装修得还不错。

"这么晚过来，找我有事儿？怎么了，满脸沮丧，像个霜打的茄子。"老栾给他倒了一杯热水。

"我……"太阳欲言又止,"栾叔,如果有件事儿你觉得特别正确,应该这么干,但别人却都不这么干,你会怎样?"

"哼,看样子是遇到事儿了,要是相信我的话,就跟我说说。"老栾看着他。

太阳犹豫了一下,就跟老栾说了简要的情况。

老栾拿出一支烟,默默地点燃,"你知不知道,这事儿可能比你想象的要复杂得多。"

"我知道。"太阳点头。

"知道还往前冲?不怕那帮人对付你?"

"我是警察,穿着警服,没有理由退缩。"

"嗯……"老栾点头,"那我问你,如果有件事儿你觉得特别正确,但如果坚持去干可能会让你失去这身警服,你还干不干?"

"干。如果不干,即使穿着警服也不配叫警察。"太阳回答。

"嗯,你爸说过,干什么事儿只要超过51%就去选择。这话我们都记住了。"老栾笑,"但你现在,得先确定哪边才是51%。"

"你养马,是那个51%吗?"太阳问。

"呵呵,也是,也不是。让我们陷入困境的往往不是无知,而是看似正确的谬论。"老栾说。

"我听不太懂。"

"这句话也是我在社会上沉浮多年才渐渐理解的。太阳,你知道自己为什么幸运吗?因为你目标明确,知道自己想要什么,不像别人那么犹豫彷徨。'笨鸟先飞早入林'，后面是什么来着？'书山有路勤为径'？"

"不是，'学海无涯苦作舟'。"

"哦，对。"老栾笑了，"和你在一起的时候，我们似乎也忘了那些乱七八糟的东西，变得简单纯粹了。你刚才说的那帮孙子我知道。江耀之，耀海集团的老总，确实有点背景……"他说着站了起来，"但有一点你说错了，夏昌盛和陈功，哦，就是昊海实业和陈功木业的老板，并不是江耀之的合作者，而是他的猎物。"

"猎物？"

"是啊，这两人都让他给坑了。"

"您怎么知道他们？"太阳诧异。

"怎么了？看不起你栾叔啊？觉得我没见过世面？"老栾笑。

"其实这些案情我是不该对外说的，我这算是违反纪律。"

"哼，这早就不是什么秘密了，现在社会上谁不知道，姓江的只是在表面上做着合法生意，私底下干着肮脏的勾当。"

"什么勾当？"

"赌博、洗钱，什么来钱快做什么。据说近期还在弄跨境的'生意'。"老栾皱眉，"他确实玩得'高级'，许多人被坑了也无处申诉，只能吃哑巴亏。能进入他赌局的非富即贵，入门费就一百万。开一张金卡，换成一百个'金豆'，不管输赢都在卡里，所以你们很难抓到现行。"

"哦，原来是这样。"太阳恍然大悟。

"你想啊，能交这么高入门费的都是些什么人。江耀之针对的就是富人群体。他给富人下'饵'，只要上了'钩'就成了他的'羊'。这一百个'金豆'只是起步啊，许多人被他坑得倾家荡产。哎，我听说有个国企的会计，在他那输了一千多万。"

"是的，那个会计差点跳楼自杀。"

"更高明的是他提供的各项服务。比如给客户安排女人，协助洗钱。看前几天的新闻了吗？海城一场普通的拍卖会，竟然将一个起价两万块的青花瓷天球瓶拍到了七百多万。哼，这不是扯淡吗？蒙傻子呢？"

"我不太懂。"

"背后的公司就是耀海。这是赤裸裸的洗钱啊。江耀之这两年之所以发展得迅速，就是因为他已经借助赌博转型成了许多不法商人的帮凶。想赌博的，他提供平台；想嫖娼的，他负责联络；想洗钱的，他去找渠道；想行贿受贿的，直接从卡里刷'金豆'。就算杀人越货，他也有办法。他们已经不是简单的赌博团伙了。"老栾一口气说完。

"栾叔，您怎么知道得这么清楚啊？"太阳不解。

"我……"老栾犹豫了一下，"马场每天接待这么多人，我消息灵通啊。"

"但这一切都需要证据。"

"你知道自己面对的是一帮什么人了吧，他们可不是普通的流氓和恶棍。"

"对我来说都一样。"

"绝对不一样。"老栾摇头,"人的野心和人性的恶成正比,为了利益,他们会无所不用其极,想尽各种办法对付你。"

"我不怕,我也不是一个人在战斗。"

"哼,那怎么其他人都撤了?"

"他们……会回来的。"太阳默默地说。

"既然你认为自己做的是对的,而且不后悔,那就去做吧。人这一辈子能做几件自己认为对的事?但我要提醒你,就跟长跑一样,有时路途越看似顺畅越要注意,哪怕踩到一块小石头都会崴脚。"

"明白。"太阳点头,"我还记得您说过,在跑步中会遇到许多个平台期,令人感到痛苦、煎熬、彷徨和畏难,会有个声音在耳畔说,放弃吧,当个懦夫也没什么丢脸。但只要无视那个声音,坚持下去,就能超越身体的极限,跨越平台期。跑者就能拥抱痛苦、战胜恐惧,获得阶段性的胜利。我觉得现在可能就是'平台期'。"

"呵呵,你小子行。我没看错你。"老栾点头,"但胜利的天平总是偏向有准备的一方。你要想获胜,首先要知道你的敌人是谁,其次才是想办法如何去对付他们。"

"我的敌人是谁……"太阳若有所思。

"如果是我,首先要查清是谁偷了那个证据。"

"嗯……"太阳点头。

"还有什么我能帮你的吗?除了抓人之外。别忘了,我们都欠你一个'人情'。"老栾笑。

"那……既然你认识的人多,能帮我查查一个人的下落吗?"

"叫什么名字?"

"叫邓彪,以前在'新世界'KTV里看场子。"

"哼,我知道这个人。"老栾说,"只要找到一个姓罗的,你们就能找到他。"

"您真是神了,谁都认识。姓罗的叫什么?"

"叫罗良,是个老混子了。是道上的'库管员'。"

"罗良?"太阳愣住了。

"怎么,你认识他?"

"见过一面,他涉嫌一个盗窃案件。"太阳点头,"哎,'库管员'是什么意思啊?"

"这是黑话,就是专门帮人跑路和窝赃的。"老栾说。

"哦……原来是这个意思。"太阳点头。

"他是'老油条'了,听说邓彪回海城之后,在他的'库'里猫了一段儿,找到他应该能有所发现。哎,可不能硬上啊,记住,一个好汉三个帮,绝不能单独行动。"老栾提醒。

"我知道该怎么办了。"太阳点头。

次日,太阳干了两件事。第一件是到综合指挥室,找王姐调监控录像。他觉得老栾说得没错,如果连是谁偷走的硬盘都查不清,那下一步的工作更是无从谈起。他仔细地看着,有时一帧一帧地过,生怕漏掉细节。终于,他将视频定格在了一个画面上,上面是一个熟悉的身影。太阳惊讶地张开嘴,拿着鼠标的手也颤抖起来。第二件则是去找牧安。老栾说得对,一个好汉三个帮,绝不能孤军奋战。

在队长室里,太阳向牧安说明了来意。

"邓彪,你该知道这个人市局已经查了好久了。"牧安拿起手枪打火机,"啪"的一下给自己点燃,"为什么要找他?所里的意思?"

"不,是我要找到他。"太阳说。

"你小子又在单独行动吧?"牧安皱眉,"听说你们打击队都散架了,几位爷都闪了,就剩你一个光杆司令,怎么着,还搞?"

"你相信那个乔辉是自杀吗?"太阳问。

"不信。"牧安说。

"那天杨师傅就是在找邓彪。"

"哼,你找他的目的,是想帮杨威洗白?"

"你不相信杨师傅吗?"太阳又问。

牧安没说话,默默地吸了口烟,"没手续我是不能帮你查的,因为这个案子由市局纪委'直盯',我不能从中插手。但是……"他拉了个长音,"我可以把查询的权限放给你,也可以告诉你杨威的用户名和密码。你会用那个系统吧,只要以杨威的 IP 登录进去,就能看到他查过的那些人员、车辆、地点等记录。沿着这些记录,没准能发现什么蛛丝马迹。"

"太好了,谢谢牧队!"

"哎，你可别谢我啊。我只是按照上级领导的要求，给派出所做好服务。出了问题后果自负，明白吗？"牧安叮嘱。

"明白。"太阳点头。

牧安让综合队的沈姐给太阳放了权。太阳一回到办公室就扎进查询系统里。他按照牧安的指点，用杨威的IP进行登录，经过调取历史记录，发现杨威近期查询量最多的就是邓彪。邓彪，男，48岁，海城人，住城西区果子巷3号院1号楼……他长得很有特点，小眼睛，大下巴，额头还有一块明显的疤。太阳用手机将他的照片拍了下来，以便随时备用。而杨威最近的另几条查询则指向了罗良。太阳边看边记，把有价值的线索进行了标注，同时在查询栏中输入罗良的名字，发现他已于一个月前被取保候审。

太阳跟白所请了一周的年假，理由是回家探亲，这是他第一次跟领导说谎。离开的时候他穿着便服，却将甩棍、喷罐等警用装备放进了一个双肩背里。猴子觉得蹊跷，就问他要去干什么，但他却并不回答。去长途站购票的时候，已经到了晚上，他就坐着夜班车前往目的地。这趟旅程时间不长，一天一夜就办完了事情。但他却很疲惫，在回程的路上昏昏沉沉地睡着了。

到海城已是傍晚时分。这几天接连下雨，气温骤降，太阳将一身薄衣裹得紧紧的。走进大杂院的时候，他闻到一阵饭菜飘香，白天堆满杂物的过道里回荡着电视的杂音和孩子的欢笑，密布电线的空中炊烟袅袅。市井烟火是这个城市的另一副面貌。

他来到一户门前,用手轻轻敲门。门开了,里面站着罗良。

屋里热气弥漫,在堆满杂物和垃圾的餐桌上,一个电火锅里滚着沸水,旁边摆着冻羊肉片和廉价的白酒。罗良也不让太阳,自顾自地坐回到桌旁,拿起筷子,从锅里夹起一片羊肉放进嘴里,津津有味地嚼着。

太阳搬了把凳子,坐到他身旁,说明了来意。

罗良默默地听着,一言不发,良久才说:"你别问了,我什么都不知道,我早就跟那帮孙子断了,也不干'库管员'的骚事儿了,我现在就是一个混吃等死的无业游民,对社会最大的贡献就是自生自灭。求求你,放过我吧,行吗?"

"罗师傅,我只想知道邓彪的下落,如果您不方便直说,告诉我大概位置也可以啊。"

"我说过了,不认识他。"罗良摇头。

"您和杨师傅以前是同事,就忍心看着他被冤枉吗?你好歹以前也当过警察……"

"我他妈没当过警察!我就是个辅警,一个被清除出公安队伍的辅警。"罗良一激动,羊肉都喷了出来,"是,我他妈不争气,让人家给玩了,丢你们警察的脸了,成了你们口中的败类了。但我已经付出代价了,你看,我现在这个德行,就是自己找的啊?你别总追着我不放了,给我条活路,行不行?"

太阳叹了口气,"你就想这么浑浑噩噩地混一辈子?一直抬不起头来吗?生活是可以改变的!"

"怎么改变啊？你别站着说话不腰疼！我他妈倒想抬头呢，但脖子不行，颈椎不好，没戏啦……"他一副破罐破摔的嘴脸，"知道什么叫烂泥扶不上墙吗？我就是这烂泥。这些年我也习惯了，出来又进去，进去又出来，反正也没人拿正眼瞧我。看见这羊肉片儿了吗？超市里顺的，一分钱没花，吃在嘴里都有贼性味儿。像我这种人，翻不了身了。"他长叹一声。

"我去过襄城了，找到那个'阿峰'美发店了。"太阳说。

"什么……美发店？"罗良一愣。

"邢露过得挺好的，虽然辛苦但很幸福。他们养了一条'萨摩耶'，说近几年先不要孩子，等稳定一些了再说。"

"你找她干吗？"罗良警惕地看着太阳，他声音颤抖，拿着筷子的手也在抖。

"我跟她聊过了，她说这几天就会来海城。"

"来海城……做什么？"

"来找你啊。"

"哎，你到底想干什么啊？你个小屁孩儿是想感化我吗？告诉你，我的事儿用不着你管！"他突然爆发，一把揪住太阳的衣领。

太阳任凭他揪着，并不反抗，从口袋里拿出手机，"想听听她说的话吗？"

罗良看着太阳，缓缓松了手。太阳操作了一下，手机里放出邢露的声音：

邢露：我的事不用你管，我现在的生活很好，不想被他打乱。

太阳：我知道，你爸出了这样的事，你心里也一定很难受，肯定接受不了。其实我这次来，并没有把握能说服你，但既然来了，也想跟你说一些心里话。我没有爸爸，他在我很小的时候就去世了。他是个英雄，是为了保护别人而牺牲的。我特别羡慕别人有爸爸，能接他们放学，带他们逛公园，把他们扛在肩上，哪怕批评他们骂他们，心里也会觉得很踏实吧……但我没有，许多事就只能靠自己。我上学的时候很努力，一直想变得优秀，我答应过我爸要成为一个好警察。但警察哪儿有那么好当呢？我很笨，考了好多次都没考上，没办法就先当了辅警。干辅警很辛苦，值勤、站岗，没日没夜，但我却觉得很庆幸，因为我又离当警察近了一步。后来有一个特别好的机会被我碰上了，我虽然负了伤，但是被特批成了警察。我特高兴，觉得不能给我爸丢脸，一定要干出个样子。我有时想，如果我爸现在活着，是不是也能为我高兴，觉得他儿子特棒！但你知道吗，每当睡不着觉的时候，我还是会觉得孤独，许多高兴或难过的事儿都无人诉说。幸好我在派出所遇到了几个好师傅，他们帮助我、照顾我，教会了我许多东西。我心里特别暖，有时觉得他们就像我的爸爸。你懂这种感觉吗？

邢露：你跟我说了这么多，到底是为了什么？

太阳：我想让你说服他，帮帮我的师傅。

邢露：我已经很久没见过他了。

太阳：你也应该给他一个机会，让他振作起来。

邢露：我这么做，能对你的案件有帮助吗？

太阳：我不知道，但我却必须这么做。就算你不答应，这些话我也要说。

邢露：你让我想想行吗？

太阳：我一会儿就回海城了，要继续我的工作。我不知道自己能不能做好，但我爸说过，只要努力就能成功，超过51%就去选择，就不会后悔。

邢露：嗯……其实这些年我也很挂念他，只是不知道该用何种方式去面对他、跟他相处。我还是走不出过去……

太阳：你跑步吗？我不知道这么比喻恰不恰当。跑步的时候要拥抱痛苦，才能获得自由和快乐。我觉得生活也是这样。

邢露：谢谢你，我懂了。

罗良的筷子掉在了地上，他用双手捂住脸，无声地抽泣着。缓了一会儿，他拧开一瓶白酒，倒上满满两杯，然后端起一杯仰头就喝。

"你也喝点儿。"他看着太阳，把另一杯蹾在太阳面前。

杯子很脏，满是油腻，但太阳没犹豫，端起来就喝。

"哎，我可吸过毒，还一身病。不怕脏吗？"

"只要能破案，我什么都不怕。"

"好，倒酒！"罗良又将两杯倒满。

"小伙子，干吗这么着急破案啊？想立功、想当官、想进步吗？"

"我只想查清真相，还杨师傅一个公道。"

"公道重要吗？现在没准就是最好的结果。那帮人可不是好惹的，再往深刨，还不定会出什么事儿呢。你一个小警察，斗得过他们吗？"

"斗不过也要斗，我就是干这个的。"太阳语气坚定。

"好，喝酒。"罗良又举起杯。

"你也当过辅警？"他问。

"当过。"

"如果你一辈子转不成警察呢？还干吗？"

"我不信一辈子转不成警察。"

"哼，够轴的，看来是个能成事儿的人。"

"别废话，喝酒！"太阳端起酒杯，反客为主。

两人又喝了第三杯。

太阳不胜酒力，一下就忍不住了，他拽开门冲到屋外，蹲在地上哇哇地吐了起来。罗良走到他身后，默默地看着。

"你现在是取保候审阶段，要能立功，对你的量刑有好处。还有，我可以给你申请'线人'费。只要你给我线索。"太阳转过身，气喘吁吁地说。

"不敢要，怕要了说不清楚。"罗良摇头，"哎，你喝多了吗？还记得住地址吗？"

"啊？"太阳一愣。

"我可以告诉你，但别说是我说的。"

"好，好！"太阳连连点头。

"听说他马上就要撤了，能不能找到，看你的命吧。"罗良说，"还有，把你手机里的录音发给我，然后删掉，你要是出了事儿，别连累我女儿。"

他的声音很冷，和外面的气温一样，但太阳的心里却暖了起来。

这一整天，太阳都在海城西郊的"望湖苑"别墅区蹲守。小区的位置很偏，建在距高速路三四公里的一片河滩旁。在二十年前，开发商炒概念，将这里誉为海城最有潜力的临湖别墅区，也着实吸引了一些富人投资。但由于西郊城市化开发停顿，加之距离城区较远交通不便，这里便慢慢降温，落寞下来，原有的业主大都将房屋抛售或者出租。现在小区的入住率还不到五分之一，一到晚上就漆黑一片，像个鬼城一般。

罗良说的地址就在这里，但却并不知道精确位置。邓彪刚回海城的时候，确实经罗良安排到"库"里待了几天，但没多久就走了，听说"傍"上了大人物，住别墅了。小区不算大，但也有近百栋别墅，对太阳而言依然是大海捞针。太阳不敢贸然到物业调查，怕跑风漏气，无奈就只能死蹲死守。他跟那个外卖小哥借了身工作服，刷了一辆共享单车，在小区门口转悠。小区本来有两个进出口，但因入住率太低就关了一个，这样正对太阳有利。看门的是个老头，穿着松松垮垮的棉服，整天窝在保安亭里刷手机，管控得并不是很严。

　　时至傍晚，天空淋漓地下起了小雨。太阳看表，已经过了八点。他把车骑到一排树下避雨。温度降了下来，四周一片寂静，别墅区里亮起了点点灯火。已经快二十个小时了，太阳依然不敢有丝毫怠慢。在黑暗中他想了很多事，比如为什么别人总把自己当傻子。他曾经特意在百度搜索"傻子与正常人的区别"，发现答案五花八门，有的说"真正的傻子是不会提这个问题的，提这个问题的都是正常人"；有的说"要看真傻还是装傻，装傻的人比真傻的人聪明一万倍"；也有的说得挺绕，"当一个正常人在一群傻子之中时，就会被当成傻子，而当一个傻子在一群正常人之中时，却会觉得自己比别人聪明"。太阳不但没能找到答案，还把自己给绕进去了。也许跟猴子说的一样，自己虽然智商没什么问题，但情商低，为人不够圆滑世故，做事不会拐弯抹角，轴劲儿一上来几头牛都拉不回来，动不动就一条道走到黑。但他没辙，自己就是这样的人。他又想到了莎莎，那是种说不出来的感觉。是爱吗？就像戴姐说的那样，感觉好像有了软肋，也好像有了铠甲。他似乎没有。但在得知莎莎要离开的时候，他却感到心里空空的，他无法定义这种感觉。还有，他弄不懂杨威和老洪为什么要临阵退缩，弄不懂白所为什么会知法犯法。许多的问题像绳结一样纠缠在一起，让他厘不清想不透。他深深地叹了口气，望着小区的灯火，让自己随着雨的节奏安静下来。他知道蹲守最忌心浮气躁，捕猎前的状态要心无旁骛。这时，一辆黑色的奔驰商务车驶到小区入口，司机按了几下喇叭。太阳心中一震，他认得那车，是谢洪东的座驾。

看门老头走出保安亭，慢慢悠悠地用笔记下车号，然后抬杆放行。太阳趁机从邻近的围栏翻了进去。他紧随着那辆车的方向，在小区内潜行，不一会儿就到了一个独栋别墅前。别墅的灯亮着，隔着窗帘恍惚能看到人影。太阳不敢靠得太近，站在一处监控拍不到的位置。雨渐渐停了，身上的衣服湿透了，他忍不住打了个冷战。这时，别墅里的灯突然灭了，门开了，走出一个人。太阳下意识地往后退了两步，仔细看去，是那个留着光头的小个子，庞博。

庞博回头在说着什么，另一个人也同时走了出来。他中等身材，穿一身黑色的运动服，右肩挎着一个大包，看不清面容。两人并没一起走，庞博上了奔驰车，向小区外驶去。而"黑运动服"则朝太阳的方向走来。太阳赶紧躲到暗处，但还是被他发现了。"黑运动服"警惕起来，加快脚步，抬手一按，一辆停在十几米外的白色轿车便被解锁。解锁的瞬间车灯亮了，太阳看清了他的面貌，小眼睛，大下巴，额头上还有一块明显的疤，和照片上一模一样，正是邓彪！

"邓彪！"太阳突然大喊。邓彪猝不及防，下意识地抬头。

"警察！别动！"太阳如猎豹捕猎，猛地冲了过去。

邓彪来不及开车，转头就跑。一场抓捕随即展开。

邓彪如惊弓之鸟，拼命逃窜。太阳紧随其后，咬死不放。经过这些天的长跑训练，他的身体素质明显提高，十公里以内基本不会"掉链子"。两人一前一后，在夜色中较量着。他们跑出了小区,穿过了树林,一直临近高速路。太阳控制着呼吸、心跳和步伐的节奏,越跑越稳、越跑越快,逐渐缩短双方的距离。但邓彪也毫不示弱,奋力挣脱。太阳记得杨威的叮嘱,在抓人时不能紧随其后,要从侧面追,始终与抓捕对象保持一个身距。眼看着就要跑上大道,邓彪突然转身,抡起大包向太阳砸去,没想到却一下抡空,差点把自己带倒。借此机会,太阳猛出一拳,打在了他的脸上。邓彪应声倒地,太阳猛扑过去,又被邓彪一脚踢倒。两人缠斗起来,但太阳却并不是邓彪的对手。他的拳头很硬,砸在太阳身上砰砰作响,太阳毫不退让,施展起擒敌技巧几次将他扳倒。不过一两分钟的时间,两人都累得气喘吁吁。这时,邓彪卖了一个破绽,再次狂奔。太阳不敢怠慢,随后追赶。邓彪蹿上了高速路,又跨过隔离带,想逃到另一头,却不料此时,一辆货车呼啸而来,猛地将他撞飞。

"嘭!"的一声,太阳惊呆了,眼看邓彪的身体呈一个抛物线飞了出去。

"啊!"太阳大叫起来,"停车!停车!"他大喊着。但货车却并未减速。

交警、巡警、刑警,接踵而至,卞队、白所、牧安,甚至郭局,先后到场。漆黑的夜色被红蓝灯光照亮,现场被拉上了警戒线。邓彪昏迷不醒,被送到医院抢救。肇事车辆还没找到,交警和刑警正在协同追踪。

在手术室外,太阳木然地坐在长椅上,望着对面的白墙。他感觉大脑一片空白,手脚冰凉,不知该如何向面前这些挂着不同警衔的人解释所发生的一切。他不知该怀疑谁、相信谁,他彻底乱了。

手术室门前的红灯灭了,一个医生走了出来。太阳机械地站了起来。

"抱歉,我们尽力了。"医生轻轻摇头,他的声音不大,却在太阳耳畔像响了一个炸雷。

郭局愁容满面,"肇事司机找到了吗?"他问牧安。

"还没有。"牧安摇头。

"邰晓阳,为什么擅自行动?"郭局看着太阳,表情复杂。

太阳语塞,不知该如何回答。

"这么重要的线索,为什么不请示汇报?为什么不坚持双人工作制?为什么不等警力充沛了再执行抓捕?告诉我!"郭局火了。

"我……我……"太阳声音颤抖,无言以对。

"不相信组织吗?还是在隐瞒什么?你是中国的人民警察,不是美国的超级英雄,一切要服从命令听从指挥,这么简单的道理还不懂吗?还有你们几个,都难辞其咎!"郭局指着白所等人,"我宣布,从即日起暂停邰晓阳的职务,直到此事查清为止!"他重重地叹了一口气。

立夏有雨三伏凉,近些天总是下雨。天乌云密布,雨声覆盖了一切,众人散去了,世界只剩下太阳一个人。他停留在医院门口，不知自己该去向哪里。他不想回派出所，不想见到白所和卞队，也不想去找莎莎，让她看到自己的软弱。于是就这么徘徊着彷徨着，被孤独吞没。他望着漆黑的天空，觉得心底最后的一丝光亮都被裹挟进去了。为了行使警察的职责被剥夺了警察的权利，哼，多么可笑的事啊，但就是这么发生了，和杨威一模一样。也许杨威说得没错，有一双无形的手看不见也摸不着，但可以控制你、操纵你，让你不明不白地陷入泥潭，无法自拔。他终于明白了这种感受。

这时，猴子走到他身边，"太晚了，先回去吧。"

但太阳却一动不动地看着他。

"太阳，你怎么了？"猴子小心地问。

"孙达胜！你为什么要这么做？为什么！"太阳突然歇斯底里地大喊，积蓄已久的情绪爆发出来。

"我……我做什么了？"猴子被吓傻了。

"做什么了你不知道吗？你是不是一直拿我当傻子，认为我好欺骗！对不对！"太阳拽住猴子的胳膊，但用力太大，一下将他带倒。

"你干什么！"猴子也急了。

"咱俩认识好几年了，我一直觉得你是个聪明人，一直羡慕你、信任你，拿你当我最好的朋友，跟你无话不说。我知道，我算不上一个好警察，各个方面都不如你，我觉得有愧，所以一直想努力做得更好。我一直盼着你也能转成警察，能跟我一起执行任务、一起办案。因为有你在我身边,我就觉得心里特别踏实。但我怎么也想不到,你能干出这种事,你能背弃一个执法者最基本的东西。"太阳的声音颤抖着,眼泪流了下来。

"你凭什么跟我这么说话?凭什么用你自己的想法来形容我?"猴子也激动起来,"哼,你看错我了,我根本就不是你想象的那种人。"

"我都调过录像了,那个东西是你拿走的。你把东西放哪儿了?给谁了?你为什么要这么做?你想干什么?你不知道这么做的后果吗?"太阳质问。

"你有什么权力这么问我?"猴子一把推开太阳,"你有什么证据证明是我拿的?办公室门前的监控吗?你拍到我拿硬盘的镜头了吗?"他反驳着。

"我从来没说过是你拿的硬盘,你这是不打自招。"

猴子愣住了,无言以对,但随即又稳定下来,"太阳,既然你把话都说到这个份儿上了,那我不妨也说几句真心话。是,咱俩是认识好几年了,你一直拿我当朋友,这点我信。但我告诉你,我却从来没拿你当过朋友。你在我心里就是个笑话,跟你在一起工作是我的耻辱。我每次看你办案的时候,心里就特别难受。凭什么是你而不是我呢?为什么这么多机会都让你给占了?为什么每次我想进步的时候,你都冲到我前面?为什么你要把我所有的路都堵死?我可是全市的优秀辅警啊!我可是警务技能的标兵啊!凭什么你当了警察,而我是个辅警!太阳,你别跟我这儿装傻充愣、装好人，你根本就不傻，你是一直在揣着明白装糊涂！"

太阳愣住了，嘴唇颤抖，一句话也说不出来。他怎么也想不到猴子会说出这些话。他痴痴地望着面前这个人，觉得异常陌生。

"你……跟我说的那些，都是真的吗？"太阳问。

"对！都是真的！"猴子流泪了，"我已经提出辞职了，以后也不准备再考什么警察了。我会离开这个城市，去寻找属于自己的世界。"

"但你会是个好警察的！"太阳大喊。

"我才不稀罕呢……别说是派出所，就是刑侦、经侦我也不稀罕。邰晓阳，我终于可以不再羡慕你、嫉妒你、恨你了！我也不用再这么卑微地活着了！"猴子说完就转过身，向远处走去。

"这不是真的，你告诉我，这不是真的！"太阳泪流满面，在后面喊着。但猴子已经消失在了黑夜里。

太阳瘫倒在地，他摸出手机，木然地操作着，寻了半天才找出那首歌。歌声在空荡的世界里响起：

> How many roads must a man walk down, Before you call him a man? How many seas must a white dove sail, Before she sleeps in the sand... The answer, my friend, is blowing in the wind, The answer is blowing in the wind...

太阳在恍惚中，仿佛看到了一片光芒在风中飘荡，但却渐渐变得暗淡。他想起了那天和猴子的对话：

"这首歌叫什么名字？"

"*Blowing in the Wind*，一个电影里的插曲。"

"歌词什么意思？"

"人生难料，世事无常。"

"那个电影我好像看过，是讲一个傻子，干什么都特别顺。"

"是啊……我当时看的时候觉得特假，胡编乱造吧？这世界上聪明人这么多，凭什么就那个傻子顺呀？但现在倒觉得，这可能就是事实。"

太阳泪流满面，不明白为什么那天还在一起蹲守、并肩作战，如今就要分道扬镳。这就是真实的生活吗？他不懂，真的不懂。

太阳回到宿舍的时候，猴子已经走了。他把床铺收拾得干干净净，看来早有准备。太阳疲惫不堪，倒头便睡。醒来的时候已经到了中午，他拿起手机，发现上面有十多个未接电话，有杨威的，有老洪的，但最多的是莎莎的电话。

他不知道莎莎为什么要选择在电影院跟自己道别。中午的影厅空空荡荡，只有他们两人。银幕上放着电影《喜剧之王》，周星驰正和张柏芝在无厘头地插科打诨。莎莎沉默不语，太阳也没说话。

"我奶奶没了，还没等我回去她就走了……"莎莎缓缓地说，没有哭，"我回去得太晚了，没能见她最后一面。"她自言自语。

"那你……还要走吗？"太阳看着她。

"'绕指柔'关了,我无处可去了。"莎莎惨笑,"我已经买好了车票,晚上就走。"

"哦……"太阳点头,"那你……还会回来吗?"

"不知道。"莎莎摇头,"也许我注定不属于这里。太阳,谢谢你为我做的一切。"她突然转过头,抓住了太阳的手。

太阳的心一暖,却又迅速变冷。他不知道这感觉是不是戴姐说的"软肋和铠甲"。

"我一直很努力地生活,从没想过放弃。眼睛不好了,就贴着书本看,奶奶生病了,就来海城打工。我不想依靠别人,期待着能用自己的能力挣够钱,让她恢复健康。我一直觉得这个世界会善待像我这样的人,无论遇到什么困境,只要努力就能看到阳光。但现在我明白了,这些都是梦,梦迟早会破灭。"莎莎流下了眼泪。

"不能这么想,未来总会好的。"太阳说。

"也许吧……"莎莎叹了口气,"其实如果没遇到你,我可能早就离开这里了。我对你说了谎,我没自己形容的那么阳光,只不过每次在你面前,就努力地让自己快乐。久而久之,我就欺骗了自己,觉得自己快乐了。其实从某种角度来说,我觉得我们是同一种人,靠不切实际的梦想去支撑生活,自欺欺人地相信未来会更好。"

"难道不是吗? 等你把眼睛治好,就能看清这个世界了。"太阳说,"是我不好,打扰了你的生活,害你丢了工作。"

"为什么这么说? 逞英雄吗? 把一切问题都往自己身上揽?"

莎莎把眼泪擦干，站起来了，"算了，一切都过去了，不提了。"

"你要走了吗？"太阳看着她。

"嗯……"莎莎点头。

"哦，你记住，031411。"太阳说。

"什么？"莎莎不解。

"3月14日11点，我给你做的笔录。"太阳说着也站了起来，"走吧，我送你。"

"谢谢你为我做了这么多事，帮助我、保护我，还带我去见任梓霆。"莎莎努力地笑，"来到这个城市之后，我很少流泪，一直让自己坚强。其实是我不敢流泪，怕自己撑不住。现在，我终于敢流泪了……"她一把搂住太阳，眼泪浸湿了太阳的肩膀。

太阳颤抖起来，也用力搂住莎莎，背后的银幕时明时暗，让此刻的场景显得那么不真实。他的心里满满的，再也容不下任何东西，但随即又异常空洞，像坠入谷底。一分钟竟那么短，终于，莎莎还是走了。离开了太阳，走到观影席下，走出了影厅，离开了这个亦真亦幻的世界。

太阳伫立了好久，又重新坐了下去。他望着银幕，此时正演到周星驰和张柏芝正坐在海边，遥望远方。张柏芝说："喂，前面好黑啊，什么都看不到。"周星驰答："也不是啦，天亮之后就会很美的。"最后张柏芝起身，说："我走了。"

太阳掏出手机，给莎莎发去一条信息，"我的银行卡放在你口袋里，密码是031411。如果你拿我当朋友，请不要拒绝，快去治病，

303

一切会好。"

发完之后,他长长地出了一口气,觉得什么都不重要了。

午后阳光明媚,太阳走在街上,觉得那么不真实。他知道,在未来很长的一段时间里,自己都要孤军奋战了。没有援军,没有帮手,没有信任,没有理解,剩下的只有像电影《阿甘正传》中描述的那种愚蠢的坚持。他旁若无人地哼着那首 Blowing in the Wind,甚至没察觉出一辆黑色的奔驰商务车冲他驶来。

他被两个人架住了,拖进了车里。他刚想挣扎,就被蒙上了一个黑色的头套,然后脖颈一麻,就失去了知觉。世界暗了下来,不知过了多久,他才缓缓地醒来。

面前坐着一个人,仔细看去是一个魁梧的男人。他五十岁出头的样子,头发梳得一丝不乱,眼神看似礼貌却带着傲慢,身上的西服昂贵考究。太阳觉得他面熟,想了半天才记起,是江耀之。

江耀之坐在一个大班台后,手里拿着刀叉,正饕餮地吃着一块牛排。他的动作很鲁莽,像一只野狼在啃食尸体。牛排不知是几成熟的,还带着血丝,看着令人作呕。

他看太阳醒了,拿起餐布擦了擦嘴,笑着抬手。旁边的一个留着马尾辫的人立马递过一支雪茄,给他点燃。那人是谢洪东。

"邰警官,好久不见了。"江耀之冲太阳笑。

"我在哪里?"太阳有些慌张,左顾右盼。发现自己正坐在一个皮沙发上,四周很空旷,是一个巨大的办公室。

"你来过这个地方啊，忘了？"江耀之冲他抬抬手。

太阳知道了，自己在那个鱼塘大院。

"你想干什么？"他警觉起来。

"找你聊聊，过去，现在，和未来。"江耀之笑，"哎，你吃吗？"他指了指面前的牛排。

太阳摇摇头，稳了稳神。

"怎么？是不吃牛羊肉？还是……不吃荤的？"

"你想说什么？"

"就是随便聊聊，没什么主题。"江耀之吸了一口雪茄，"你是个警察，秉公执法是你的职责，这我理解。而我呢，是个商人，唯利是图是我的本能，这点也请你理解。有人说警察是狗，呵呵，我觉得没错，狗忠诚啊，善良啊，看见陌生人就叫啊，是个不错的动物。也有人说商人是狼，丛林法则、嗜血成性，我觉得也不错啊，没有狼怎么优胜劣汰，怎么物竞天择？本来狗和狼没有交集，大路朝天各走一边，互不相干。但就是有一些人，非想让狗和狼为敌，闹得两败俱伤，你说，有这个必要吗？"他看着太阳。

"我不懂你的意思，我只知道，警察的职责就是打击犯罪、维护社会治安，让坏人付出代价！"太阳与他对视。

"呵呵……哈哈哈哈……你真是个雏儿啊。你是电视剧看多了吧？拿自己当英雄了？"江耀之摇头，"是，英雄威风啊，受人崇拜，招女人喜欢。但那都是演戏啊，演英雄的人都不信那一套。真正的英雄不在台前表演，而在幕后操控。他们有绝对的权力，能控制许多的人和事,将他们玩弄于股掌之中,让他们成功或是失败,生存或毁灭。你以为自己是英雄吗?哼,你只是个蚂蚁,连浪花都掀不起来。"

"请你闭嘴,不要再玷污这个词,你干了这么多伤天害理的事,一定会得到应有的惩处。"

"呵呵,那我拭目以待。"江耀之笑,"你被洗脑了,真的。满脑子都是什么公平、正义、理想、道德,其实这都是扯淡,都是蒙人的。人活一辈子,有人吃牛排就有人喝汤,有人站在高处就有人被踩在脚下,什么平安是福啊,生活就是战斗!不是你死就是我活。"

"我还有事,没工夫听这些废话,我要走了。"太阳说着就站了起来。却不料又被谢洪东按在沙发上。

"你到底想干什么?我告诉你,你这是在袭警!"太阳提高嗓音。

"哎哎哎,怎么了?害怕了?我话还没说完呢。"江耀之说,"我刚才说了,你们是狗,我们是狼。狼和狗最大的区别在于,狗被主人圈养,辛苦劳作却只能温饱;而狼自由驰骋,牛羊是他们的食物,天地是他们的舞台。那句话怎么说来着?狼行千里吃肉、狗行千里吃屎。小警察,我今天就想听你一句话,是想当狗还是当狼?是想吃屎还是吃肉?"他的表情慢慢冷下来。

"如果我不选呢?"太阳反问。

"不选?"江耀之说着拿起餐刀,嘭的一下扎在大班台上,"你就要掂量掂量，自己是不是也是牛羊。"

太阳一抖，但随即又镇定下来，"我不信你们敢动我。"

"那你就试试。"江耀之说着，从大班台上拔下了餐刀。却不料此时，门外乱了起来。

"怎么回事？"江耀之皱眉。

一个混混儿慌慌张张地跑了进来，"江总，东哥，来了好几辆车。"

江耀之犹豫了一下，走了出去。

在门口，数辆车都在鸣笛，一眼望去，简直是豪车展。有奔驰大G、宝马X7、丰田埃尔法，但最抢眼的还是停在最前面的一辆大吉普。那是2012款的大切诺基，3.6升的排量、286的马力、V6的发动机，就像匹"大黑马"。在车前站着两个人，正是杨威和老洪。

一看江耀之出来了，杨威几步就冲了上去，"人呢？你们把太阳怎么了？"

谢洪东刚要阻拦，却被江耀之制止。

"人没事啊，就在里面呢。我们聊天呢。"他轻描淡写。

"哎哟，你也在啊？"杨威冲谢洪东说。

"这没你的事儿，回去！"江耀之冲谢洪东使了个眼色，示意他走开。

"怎么着，江总，学会绑架了？还绑警察？用我给你普普法吗？这是什么罪过。"老洪冷着脸说。

"哎哟喂，这是误会。你看，他不是出来了吗？"他向后指着。

太阳从大院走了出来。杨威见状,一把将他拉到身边,"你没事吧,他们没动你吧?"

"没事。"太阳摇头,"他说他们是狼、咱们是狗,让我选择吃肉还是吃屎。"他回头看着江耀之。

"肉和屎都给他们留着,让他们吃不了兜着走。"杨威说。

这时,后面的几辆豪车也开了门。太阳一看,竟是老栾和戴姐等人。

"你们怎么来了?"太阳惊讶。

"废话,给你打电话不接,怕你出事儿啊,所以才通过'轴爷'联系到你两个师傅的。"戴姐着急地说。

"你小子把我说的话给当耳旁风了? 忘了做事不能硬上,一个好汉三个帮。"老栾也走了过来。

"哎哟喂,这不是栾总吗? 久违久违。哟哟哟,还有潘总、王总、杨总,怎么都来了?"江耀之满脸堆笑,但表情却很不自然。

"这是我们的一个小兄弟,长跑团的跑友,哎,以后还请你多关照啊。"老栾冲他拱手。

"嘿嘿,是忘年交啊? 还是未来的女婿啊?"江耀之话里有话。

"呵呵……"老栾笑而不语,"哎,听说你在襄城也有个儿子? 上力石国际学校呢? 前妻的?"他也一语双关。

"对,续上后爹了,跟我没啥关系了。"江耀之笑容僵硬,"既然都到了,就进去坐坐吧,我组局,喝点过期的茅台。"他抬抬手,做了个请的动作。

"你这儿鱼腥味太冲了,待不住。改日我组局,到我马场。"老栾笑着说。

"那三位警官呢? 还有什么吩咐吗?"江耀之问。

"孙子,你等着。咱们旧账新账一块儿算。"杨威毫不客气,指着他说。

"哎哟,这是什么话啊,我都说了是误会。"

"既然下了战书了,那咱们就好好试试。看看我们三个臭皮匠,能不能对付你一个……"老洪故意拉了个长音,"臭狗屎。"他说完大笑起来。

"那行,咱们后会有期,江湖再见。"江耀之冷下脸,冲几人拱手。

"哼,不知是'有期'还是'无期',这得法院说了算。"杨威抬起手,做了一个射击的动作。

宝珠面馆里,老两位默默看着太阳。太阳被看得有点发毛,不自觉地挠头。

"两位师傅,我……办砸了。"他叹了口气。

"什么话都不说了,我敬你。"杨威没头没尾地说了一句,仰头便干。

"杨师傅,你……"太阳愣住了。

"不为别的,就为你的这股劲儿,能为了案子不顾一切。"杨威说,"你知道吗? 我以前也是这样的,抓人办案、冲锋陷阵、夙兴夜寐、枕戈待旦，觉得自己真是块'石头'，再硬的案子也能给磕开。那时年轻啊，家也不回，整日泡在单位里，一听有案子了，眼睛都发亮光……"

"理解，理解。谁要拦着还跟谁急呢。"老洪笑。

"哎……说句文绉绉的话啊，那时真是满怀激情和憧憬啊，总觉得凭借自己的能力能改变许多东西，搞案子专找'疑难杂症'干，再难啃的骨头也没怕过，尖刀、匕首、枪口，挺着胸脯往前冲，觉得是家常便饭。你小子啊，让我想起了二十年前自己的样子。"杨威点头。

"杨师傅，我当辅警的时候就知道您，特别是那个'3·13'劫持人质的案子，您抓捕主犯时空手夺手雷……"

"打住打住，别提了……你听的都是面儿上的宣传，其实当时我按住那孙子的时候，根本没发现他有家伙，等发现的时候已经来不及了，就只能硬着头皮上。我当时也吓得够呛，以为自己要完了，现在想起来都后怕。哎，那可是准备不足的反面案例啊。"杨威说，"这世界哪有什么英雄啊，都是普通人，你洪师傅不是说过吗？人生难得如意，平常就是馈赠，小满即是圆满。记住，想干好工作先要保证自己的安全。"

"对，不能蛮干得巧干，不能死磕得智取。"老洪总结。

"但关键时刻也得豁得出去！普通人可以袖手旁观、明哲保身，但咱们警察不行。警察是干什么的？就是在遇到危险的时候逆向冲锋的，就是能为了救别人的命不要自己命的。"杨威说。

"我敬您。"太阳举起杯。

"不,这杯该我敬你,如果不是你,我和老洪就不会回来。"

"因为我?"太阳不解。

杨威拿出手机,操作了几下,播放录音:

"我知道,你爸出了这样的事,你心里也一定很难受,肯定接受不了。其实我这次来,并没有把握能说服你,但既然来了,也想跟你说一些心里话……幸好我在派出所遇到了几个好师傅,他们帮助我、照顾我,教会了我许多东西。我心里特别暖,有时觉得他们就像我的爸爸。你懂这种感觉吗?"

"你们见过罗良了?"

"是他联系的我,说谢洪东那帮孙子已经盯上你了,估计要有动作。没想到你小子,竟然把他都给打动了。"杨威感叹,"所以我敬你!谢谢为我做的这一切,谢谢你相信我。"

"来,第二杯。"老洪也举起杯。

三人满饮。

"在那件事之后,我颓了、废了,一腔热血也消散了。曾以为能举重若轻,却被鸿毛压倒。哼,这一年多我是真找不到原来的感觉了,不知道怎么冲锋陷阵了。我也安慰过自己,其实这样也挺好,每天朝九晚五平安度日,当个旱涝保收的公务员混混日子得了呗,硬逞什么英雄啊?但……还是不行,我骗不了自己的这儿。"杨威指着自己的胸口,"我每当看见别人往前冲的时候,还会自问,姓杨的,你丫还是个警察吗?还配穿这身警服吗?还记得自己曾举起右拳对国旗宣誓吗？我他妈从来就没见自己这么厌过！"他激动起来，泪流满面。

"哎哎哎，怎么说着说着还哭了，不至于吧。"老洪拍着他的后背。

"你等我说完。"他推开老洪，"但你小子是干警察的料。虽然傻，虽然轴，虽然不灵光，但面对刀尖还有勇气往前冲。这他妈叫什么呀？这就叫忠诚，这就叫信仰，这就叫职责和使命！"

"杨师傅，您这是夸我呢？还是骂我呢？"太阳笑了。

"做人'傻'一点好，这个世界的精明人太多了，都相互盯着、相互挖坑，所以反而给傻人留了一条路。所谓傻人有傻福啊，不是因为傻能获得别人的帮助，而是因为不害人而不会遭受攻击。所以傻才是大智慧啊。"老洪说。

"是啊，这个世界是属于聪明人的，但聪明人却永远比不过踏实做事的人。"杨威也说。

"你小子会有好发展的，你眼里有光。不像许多人眼里浑浊，心灵蒙尘。"老洪说。

"杨师傅，我把您说过的话再送给您，智者不惑、仁者不忧、勇者不惧。"

"行，这话我收了。"杨威长叹一声，"这么多年我也没掉过几次眼泪，今天让你们看笑话了。但从今往后，我不会再流泪了。再流，得是那帮王八蛋！"杨威说。

"对，警察不欺负人，只收拾欺负人的人！"老洪也说。

"来，再干一杯！"老洪又端起酒。

太阳喝完这杯酒，感觉身心都暖了起来。

"太阳，知道邓彪为什么出事儿吗？"杨威问。

"是我的责任，在抓捕中出了意外。"太阳低下头。

"扯淡，哪有那么巧的事。你跟我一样，是中了他们的圈套。"

"圈套？"

"乔辉坠楼肯定是人为策划。当天我在 KTV 前蹲守的时候，之所以开展追捕是因为看到那人穿着邓彪的衣服。但现在想想，那人肯定不是邓彪，而是有人找了体态相似的，引我上钩。"

"然后把你引到那个废弃建筑上，再把乔辉给推下去。"老洪说。

"他们这么做的目的是什么呢？"太阳问。

"这是他们做的局，先给你下'饵'，等你去接近目标，然后制造事故，不仅除掉了关键证人，还嫁祸给你。既杀人灭口，又栽赃陷害。这就叫一石二鸟、一箭双雕！"老洪说。

太阳倒吸了一口凉气，"这么说，邓彪被撞身亡，也不是偶然。"

"当然了。那辆货车没悬挂车牌，至今还没找到，这事绝不是偶然。"杨威语气肯定。

"那他们为什么要杀掉乔辉和邓彪呢？"太阳不解。

"闫技术联系过你吗？"杨威问。

"联系过啊，他说在犯罪指纹库里，比对出一个硬盘上的指纹。我找过他了，想问问细节，但他说得等您和洪师傅回来再说。神神秘秘的。"

313

"我找过他了,那枚指纹就是十年前在'10·6'案件现场发现的。哦,就是那个'搬家队'的案子。留下这枚指纹的嫌疑人,至今在逃。"杨威说。

"搬家队……我听您说过,乔辉不是那个团伙的吗?"

"邓彪也是。"老洪补充。

"您的意思是……当年在逃的嫌疑人,又出现了?"太阳想着,"会是谢洪东的指纹吗?"

"不会,那孙子几'进宫'了,要是他的指纹肯定能比对出来。"老洪说。

"这个答案,我们要从邵烨身上去找。"杨威说。

"乔辉和邓彪的事儿,会不会是谢洪东那伙人干的?"太阳问。

"咱们警察办案靠的是证据,这就是咱们下一步要做的工作。"杨威说。

"哎,打过台球吗? 斯诺克? 台球的魅力就在于,要在杂乱无章的状态下,找到规律,在每一次落袋之外,还要创造机会。"老洪说,"还记得我说的吗? 面对纷繁复杂的案情,不能光追,得琢磨嫌疑人是从哪儿来的、为什么要在这儿下手、作案后逃窜会走哪条路、目的地是哪里。手脚是听大脑指挥的,每个人做事都有目的,掐中了目的,就能参透内心,就能事半功倍。"老洪说。

"我明白了,谢洪东只是个走狗,真正的幕后是江耀之。"太阳说。

"邵烨是'光之谷'的财务总监,江耀之是'光之谷'的实际控制人。"杨威说。

"还有,'搬家队'一共三名嫌疑人,死了俩,其中一个在逃的,指纹还出现在邵烨的硬盘上。"老洪说。

"串起来了,串起来了!"太阳点头,"如果不是谢洪东,最大的嫌疑就是江耀之。"

"对喽,你终于开窍了。"老洪点头。

"这帮孙子为达目的不择手段,可不是那么容易对付的。咱们要想赢,就得'平地抠饼,对面拿贼'!"杨威说。

"老白是不能相信了,大卞也指望不上,咱们只能靠自己了。哎,那太阳可就是最大的官儿了。"老洪说。

"那肯定的,这是一个多么心无杂念、坚信理想信念的好领导啊,咱俩就跟着他干了。"杨威说。

"哎哟,两位师傅,你们可别拿我寻开心了。"太阳连连摆手。

"什么叫寻开心啊?听见没有,从现在开始,我们老哥俩可就听你指挥了。"杨威正色。

"但……硬盘没了,关键证据丢了。"太阳沮丧。

"哼,要不说你毛嫩呢。没学过一个英文词儿叫'拷贝'吗?"老洪撇嘴。

"您的意思是……资料还在?"

"废话,压根没丢。被猴子拿走的是复制品,我让我闺女在网上花好几百买的。"老洪笑,"知道为什么说三个臭皮匠能顶过一个诸葛亮吗?因为皮匠再臭也会手艺,诸葛亮再牛,光纸上谈兵也是白搭。我们俩这段时间也没闲着，该摸的都摸了，现在江耀之已经露头了，咱们得集中全力把他装进去。"

"怎么装？"太阳问。

"大鱼吃小鱼、小鱼吃虾米。但有时拿虾米当饵，也能钓上大鱼。"老洪说，"遇到对手，最怕的是对方按兵不动，找不出破绽。现在这帮孙子已经被你搅和乱了，动手正是时候。"

"从这点看，'白大忽悠'做得没错，这就是他说的'鲇鱼效应'。你这条'鲇鱼'不光把我们俩老家伙给带起来了，还把那帮坏家伙给搅和乱了。"杨威笑，"太阳，我不会再趴着了，是挺直腰杆儿的时候了。新账旧账一块儿算！让他们看看小满打击队的厉害。"

"现在江耀之已经惊了，咱们得抓紧，别让他颠儿了。"老洪说，"邵烨那条线我来做。"

"明天我去找牧安，通过刑侦大队开法律手续。"杨威说。

"他不会有问题吧？"老洪问。

"这孙子虽然不招人待见，但恃才傲物、自恃清高，轻易不会被人拉下水，应该可以信任。"

三个人一直聊到了深夜。外面又下起了雨，淅淅沥沥的，空气中弥漫着一股泥土的清香，立夏过后，夏天的第二个节气小满，马上就要到了。

白所知道杨威和老洪回来了，但却并没有过问，毕竟两人还在休假期间。太阳缺席了第二天的早点名,民警们也见怪不怪。大家似乎都习惯了,觉得打击队已经散了、废了、趴下了。自从猴子离职之后,办公室就一直没人收拾,烟头堆满了烟灰缸,垃圾堆满了纸篓,材料放得到处都是,墙上的锦旗也布满了灰尘。但在宿舍里,却是另一番景象。

床上堆满了各种装备,太阳正拿着一个大包在整理着;杨威用手把着床架子,一下一下地做着引体向上,说好听了这叫磨刀不误砍柴工,说难听了就是临上轿现扎耳朵眼儿。打击队厉兵秣马、蓄势待发。

而老洪则站在那儿指点江山,"哎,太阳,八大件不用都拿,把喷罐、甩棍、手铐给装上就行。哎,老杨,你别光练啊,车加满油了吗?别上了阵'掉链子'。"

"你有事没事,没事闭嘴。"杨威瞥了他一眼。

"闭嘴哪行啊?我闭嘴了,谁跟那帮孙子斗智斗勇去啊?"老洪摇头晃脑,"还有,太阳,快把那些樱桃给洗了。"

"樱桃?在办案中有什么用啊?"太阳不解。

"废话,都搁两天了,再不吃就坏了。"老洪说。

"哎哟……这不锻炼真是不行了,老胳膊老腿,一动就酸疼。"杨威在一旁做着伸展运动,"真羡慕太阳啊,充电五分钟,通话五小时,节能环保,动力强劲。哎,准备得怎么样了,咱们该去'放电'了。"

"万事俱备,只欠东风了。"老洪说。

正说着,太阳的电话响了,他一看,是老栾的号码,"喂,栾叔。哦,哦……好!好!"他边说边拿本记录。

这个电话时间挺长,等老洪和杨威吃完了樱桃,太阳才挂断。

"摸着了?"杨威问。

"马场的老栾说,邵烨可能在干着吃里爬外的事儿,他明着是光之谷公司的财务总监,背靠江耀之,但暗中却和一个叫沈荣的人有联系。沈荣也是开赌局的,跟江耀之是竞争关系。那个装着客户资料的硬盘,很有可能就是邵烨想交给沈荣的。"

"消息可靠吗?他一个养马的,怎么能知道这些?"杨威皱眉。

"太阳,这可是个重要情况,如果属实,可是一颗关键的'子弹'。"老洪用手摸着下巴,"这么一说我倒想起来了,那个老栾、戴姐都是什么人啊?一帮退休的老头老太太,怎么都开着豪车啊?哎,咱可别再掉进人家挖的坑里。"

"不会的,他们人都挺好的。"太阳说。

"你说的那个马场,叫什么来着?"老洪问。

"叫东屋马场。"太阳答。

"东屋……"老洪拿出手机,查着网上的信息,"我靠!是这个人吗?"他表情惊讶。

太阳和杨威凑过来,看网上的一条信息显示,《栾阳投资东屋马场,称只为寻找平凡的生活》。

"不会吧,他不是个马工吗?"太阳皱眉。

"还有。"老洪又拨弄手机,打开另一条信息,《栾阳、潘翔等人成立公益基金,共助乡村体育教育发展》。"看看,不就是这人吗?"老洪用手放大信息中的照片,站在中间的人正是老栾。

"这是潘叔,还有戴姐。"太阳指着老栾身边的人。

"咳,我说那天怎么看着眼熟呢。这不是那个戴晴晴吗?演《奢望》的那个演员。"杨威说。

"我还真不看电视剧。"太阳说。

"对对对,年轻时特漂亮,听说现在还有好几个小男朋友呢。"老洪也插话,"行啊太阳,你通过跑步认识了一帮高人啊。"

太阳有点恍惚,"这么说,消息可靠?"

"哎,这还有一条啊,'昔日浪子金盆洗手,投身公益痛改前非',说的也是这个栾阳。"老洪说。

杨威拿过他的手机,仔细看着,"哦……我知道这个栾阳是谁了。他可是老江湖了。以前外号叫'大海',跟老万、石庆、老鬼那帮人是一拨的。年轻时假仗义,也犯过事儿,被咱们局'大棍子'给办了。出来之后就金盆洗手入了正行,听说生意做得挺大。"

"嚯,那都什么年月的事儿了,那时候我还是小民警呢。"老洪说。

"看来江耀之是惹了众怒了,大家已经群起而攻之了。"杨威说,"哎,太阳,能发动发动他们,帮咱们做点事吗?"

"做什么?"

"那帮孙子赌局的门槛很高,一般人轻易打不进去,让栾阳他们潜进去,搜集点证据?"杨威说。

"好，我一会儿就问。"太阳点头，"那下一步怎么办？先去抓邵烨？"

"先不急，在动他之前，咱们得有个'抓手'。"老洪说，"看来，我得再会会我的老朋友了。"

正是饭点，茶楼里冷冷清清，老洪和老乌在包间里相视无语。包间布置得很雅致，梵音飞扬，香烟袅袅。

老乌夹着一个包，显然是从公司赶过来的。

老洪并不说话，默默地看着他。看得老乌有点发毛。

"嘿，你怎么大中午的约我啊？当不当正不正的，也没法喝两口儿。"他故作轻松地说。

"咳……烦心事儿太多，想找你聊聊。"老洪靠在椅背上。

"还是为孩子上学的事儿吧？哎，我不是说你，上次那机会多好啊，你非得……"老乌指着他，没把话说完，"你呀，就是干这行儿时间太久了，看谁都像坏人。其实许多事儿都不必上纲上线，小小不言的能放一马就放一马，多个朋友多条路嘛。"

"哎，你那朋友，一会儿给叫来呗。我再跟他聊聊。"老洪说。

"别扯了，上次你都把话给说绝了，还怎么聊啊。哎，我重申一遍啊，他可不是我的朋友，是我老板的朋友。"老乌说。

"你呀，就是虚伪。"老洪一语双关，"那你再想想办法，帮我把他给找出来呗。"他盯着老乌的眼睛。

"干吗啊？哎，老洪，我可有言在先，我现在不是警察了，在商言商，和气生财，案子上的事儿我不掺和。"老乌摆手。

"嘿，你紧张什么啊？你跟这案子没关系吧？"

"你……"老乌一愣，随即就冷下脸，"洪东风，你要这么说可就没劲了。我为你孩子上学的事儿跑前跑后的，冲着什么？不就冲咱俩这些年的交情吗？但挺不容易联系好了，嘿，你还'撤火'了，什么意思？明摆着不相信我呗。你说你有劲吗？是哥们儿吗？"

"哎……这事儿确实挺可惜的。我回去跟你弟妹一说她就急了，闹着要和我离婚。"老洪摇头。

"活该。"老乌坏笑，"搁谁谁不急啊？孩子的前程都让你给耽误了。"

"但我劝你弟妹啊，现在虽然上不了重点中学，但起码还有学上，努努力没准也能考个好大学，但他爸要是因为这事儿进去了，这孩子以后走到社会上，政审可就不合格了，干什么就更难了。老乌，你说是不是这个理儿？"老洪看着他。

老乌面无表情，沉默了一会儿，站了起来，"还有别的事儿吗？没事儿我先撤了，下午还有个会。"

"嘿嘿嘿，别急啊，我话还没说完呢。坐，坐。"老洪抬抬手说。

"洪东风，我没时间跟你这儿打哑谜，你也别跟我装'大尾巴狼'。要是有事儿就直说，别夹枪带棒的。"老乌重新坐下来。

"我记得上次你说，是在那个金诚信财务公司任职？"

"是啊。"

"老板叫……秦玉林？"

"怎么了？"

"襄城人，62岁了，农业户口？"

"你什么意思啊？"老乌警惕。

"你知道这位欠债了吗？"

"欠债了？"老乌眼珠一转，"我不知道。"他矢口否认，"我就是一个打工的，没事问人家老板的隐私干吗？"

"但我在系统里一查，你猜怎么着，这个秦玉林近两年压根就没到过海城，一直窝在襄城老家刨地呢。你说他这赌债是怎么欠的啊？"

"你查我们！"老乌"啪"的一下拍响了桌子，"老洪，你是在怀疑我吗？"他提高了嗓音。

"非要我说出来？非要把事儿弄得这么没意思？好！那就我说说，你听听。"老洪坐正了身体，"你任职的这个金诚信公司，表面上的法人是秦玉林，但他只是个傀儡，实际控制公司的另有其人。这个人冒用秦玉林的名义，参与了某个赌局，但运气不好，欠了六百多万的债。哎，老乌，你能跟我解释解释吗？为什么在账本上写着秦玉林的名字，后面却是你的身份证号？"他轻轻地用手指在桌面敲了一下，但老乌却不自觉地一颤。

"我查你，因为你是利害关系人。我查你，因为你也曾是警队中的一员。我查你，因为现在还亡羊补牢为时未晚。你干了这么多年警察，应该知道这是什么行为吧？赌博，洗钱，介绍行贿，你自己想想，该怎么处理。"

老乌这下没话了，低下头，沉默了好久，"我……我也是没办法啊。"他叹了口气，"那帮孙子干事儿挺损的，我是中了他们的套儿，才上了他们的船。"

"上他们的船？你好大的胆子啊！你不知道他们是干什么的吗？不知道乔辉、邓彪，两条人命都搭进去了吗？"

老乌被镇住了，"那我现在……该怎么办？"

"那条船快沉了，要想不跟着一块儿沉，就得配合我的工作。"

"怎么配合？帮你找到邵烨？"

"是的。除此之外，你还得给我当证人，把江耀之赌博团伙的整个作案流程都供述出来。"

"那我写个亲笔供词，算主动交代。"

"行，程序你懂，你自己争取立功。"

"不是立功，是一直在配合你们办案。"老乌强调。

"扯淡，那六百万的事儿你怎么解释？"

"我是受害者啊，被江耀之赌博团伙下了套儿，我这么做都是他们逼的。"老乌果然是"乌贼"，处处浑水摸鱼。

"哼，那以后你跟检察官解释吧，看他信不信你。"老洪撇嘴，"你上次怎么说来着？当警察的时候要对党和人民负责，现在出来了就只对老板负责了？"

"扯淡，我只对自己负责。"老乌说。

"哎……你真是变了。"老洪叹了口气，"邵烨现在在哪儿？"

"具体位置我不知道,但听说被谢洪东看起来了。找到谢洪东,就应该能找到他。"

"那你就帮我找到谢洪东。"

"嗯。"老乌点头,"记住啊,这一切都是我主动要求做的。"他叮嘱道。

在刑侦大队牧安的办公室里,杨威在接着电话,"嘿,这么快就答应了。太好了,要不说老将出马一个顶俩呢。不错不错。我们这儿?还没说呢。咳,就看人家'刑警之光'的意思了,实在不行咱们就单干。"他边说边瞥着对面的牧安。

看杨威挂断了电话,牧安皱眉,"'刑警之刃',请有话直说,我没那么多时间陪你们,手里还有案子呢。"

"你不是总说想一起玩儿吗?现在机会来了,就得看你敢不敢。"杨威说。

"哼,你跟我玩什么激将法啊,什么敢不敢的,先说事儿。"

"副队长,你说。"杨威冲太阳努努嘴。

"我们已经获得了江耀之犯罪团伙的重要证据,同时初步认定,光之谷公司的财务总监邵烨就是他的'白手套'。我们想跟你借个手续,传唤邵烨。"

"嘿,怎么又扯到这案子上了?专案组设在市局,忘了?"牧安说。

"市局搞了这么久也没什么进展,现在我们已经拿到了关键证据,只要能传到邵烨,就能取得重大突破。乔辉和邓彪都被做掉了,江耀之肯定要溜之大吉,再不出击就晚了。你干了这么多年刑警,该明白这个道理。"杨威说。

牧安掏出一支烟,放在鼻子下闻着,犹豫着,并不点燃。

"我们想今晚就行动,就想问问你,愿不愿意一块玩儿,敢不敢一块玩儿。"

"你们来,老白和大下知道吗?"牧安问。

"如果能从所里开手续,我们还有必要找你吗?"杨威反问。

"这么说,这事儿就你们仨人办?"

"是,我们在邰副队长的领导下。"

"行,如果能找到邵烨,传唤手续从我这儿开,但只有12小时的时间,不能延长。你们能撬开他的嘴吗?"

"放心吧。"杨威回答,"还得麻烦你多出点儿人,帮我们困住谢洪东团伙。"

"这个……"牧安犹豫了,"这么多人可没法开手续。"

"所以得想办法啊。"杨威说,"哎,你先看看这个。"他把一摞材料拍在牧安面前。

牧安翻开材料,边看边用手枪打火机点烟,却不料手一抖,打火机掉在了地上,"这些材料是哪儿来的?可靠吗?"他睁大了眼睛。

"先别多问,就说你能不能多出点儿人。"

"废话,必须的啊!你们有什么计划?我让重案一队和二队全上，人够了吧。但咱们得提前说好，这案子算合并办案，有了'果儿'得一家一半。"牧安这是看到"喜儿"了。

"行，那你就听我们副队长指挥吧。"杨威笑着拍了一下太阳。

"看前面黑洞洞，定是那贼巢穴，待俺们冲上去，杀他个干干净净！"牧安挺兴奋，唱起了戏词。

"这是《三叉戟》的台词吧？"太阳问。

"扯淡，他们是抄的戏词儿。"牧安撇嘴。

刑警一上，工作进度就快了。经过摸排，谢洪东的位置很快被锁定。

在海河边上的"兴隆"大排档外，牧安将车停在了隐蔽的位置。这是个露天排档，远远地就能闻到油烟的味道，大排档生意不错，十多张桌子都坐满了食客。

牧安轻轻抬手，一个"生脸"的刑警不动声色地走了过去。不一会儿，就发来了一张照片。

"是他吗？"牧安拿给太阳看。

"对，这个就是谢洪东。"太阳点头。

"这个呢？"牧安又翻开另一张照片。

"对，这个就是邵烨。"

"嗯，他们人可不少啊，加起来得十多个呢……"牧安琢磨着，"咱们没手续，怎么弄？"

"要是想个办法把这帮人调开呢？"太阳问。

"调开？他们是傻子啊，能听你的话？没看那架势吗？都围着邵烨坐，这是盯着他呢。"牧安说。

杨威在旁边看着照片，突然笑了，"哎哟，这孙子也在啊？"他指着谢洪东邻桌的一个人说。那人染了一头黄毛，穿着一件绿色的马甲。

牧安一听也眯着眼看，"你认识？"

"葛瑞，城南区的小混混儿，外号'地出溜儿'，专门干'碰瓷儿'的活儿。我以前处理过他。"

"嗯，这倒是个机会。"牧安点头。

"什么机会啊？"太阳不解。

"浑水摸鱼，渔翁得利。"杨威笑。

"哎，这两句不是这么说的吧？"太阳挠头。

牧安发信息给那个刑警，让他把葛瑞给"提拉"过来。

在那边，谢洪东那伙人已经吃得差不多了，但酒却并没多喝。他们坐在邵烨周围，一个个面沉似水，并不张扬。但葛瑞却喝多了，在那儿咋咋呼呼、手舞足蹈。

他站在椅子上，把牛皮都吹上了天。

"我不是吹啊，襄城那帮孙子根本就不行，我一上手，以一对十，过了半天招儿都不带倒的。"葛瑞喝高了，唾沫星子满天飞。

"你就吹吧，还不带倒的，肯定是被人家给绑树上了。"一个"绿毛"笑。

"要不咱俩试试。看谁先倒？"葛瑞一下揪住绿毛的脖领。

"行行行，你牛你牛，你是海城最大的黑社会，行了吧？"绿毛退让。

"说出来吓死你，你知道我大哥是谁吗？ 二冬子。听说过吧？背着几十条人命，警察现在都没找到他。"葛瑞撇嘴。

"几十条人命？ 那是用机关枪突突的？"谢洪东那边的庞博绷不住了，笑着插话。

"有你们丫什么事儿啊？ 找不痛快是吧？"葛瑞指着他大喊。

庞博刚想还嘴，就被谢洪东制止，"快吃，吃完了撤。"他不想招惹麻烦。

葛瑞又叫嚣了一会儿，就点了根烟，提着裤子去上厕所了。没想到刚进厕所，就被那个刑警叫住了。

"警察？ 警察怎么了？ 我也没犯事儿！"葛瑞借着酒劲，叫嚣着。

刑警没多说话，拨通了电话，话筒里发出了杨威的声音。

"'地出溜儿'，又吹牛×呢？"

"你是……"葛瑞听着耳熟。

"让你过来你就过来，废什么话啊？ 非让我上你们家'掏窝儿'去？"

"哟哟哟，是您啊？"葛瑞听出了杨威的声音，"马上来，马上来。"他立马服软。

见到杨威，葛瑞点头哈腰，酒劲早就消了。"杨叔，您怎么来了？哎哟喂，这么大阵仗啊，这是……办大案呢？"他缩了缩脖子。

"听说最近不干老本行了,改打架斗殴了?一个打十个?怎么着,还牵扯到一个几十条人命的案子?"杨威皱眉。

"咳咳咳,我这嘴您能信吗?都是胡喷!我还说伊拉克是我打下来的呢。"葛瑞赔笑。

"那不行啊,你既然说了,还是在公众场合,我们就得查啊。哎,牧队长,你看是重案一队上,还是二队上?"杨威回头问。

"别别别,您就别拿我逗咳嗽了,有什么吩咐您直说,我肯定配合。"这小子脑子倒挺快。

"看见那拨人没有?"杨威朝谢洪东那桌指了指,"想办法,讹讹他们。"

"讹他们?"葛瑞一愣,"哈,杨叔,我早就不干这个了。"

"我没跟你开玩笑,就说能不能干吧?"杨威冷下脸。

"干……倒是能干。"葛瑞琢磨着,"您跟我直说,想达到什么目的吧?"

"搅和得乱点儿,但别伤到人,也别砸坏东西。只要他们的人动你,你就往地下'出溜儿',使用看家的绝活儿。我要你拖住他们。"杨威说。

"明白了。"葛瑞点头,"哎,那帮孙子是干什么的?手里……没家伙吧?"他有点犯含糊。

"没有,就是一帮襄城的混子。"杨威撇嘴。

"襄城的啊……"葛瑞不屑,"哎,不是我吹啊,我一上手,以一对十!"他来了劲头。

329

葛瑞故意兜了个圈，从另一侧回到桌旁，故意站在靠近庞博的位置。他拿起一瓶啤酒，咚咚咚地干了半瓶，夸张地打了一个嗝，然后身体一晃，就撞到了庞博。

庞博本就对这帮人反感，下意识地推开他，葛瑞一下就炸了。

"嘿！干什么呢？干吗动手动脚啊？别是这小光头有不良癖好吧？"他这么一说，绿毛等人都大笑起来。

庞博哪受得了这种气啊，腾的一下就站了起来，"你嘴给我放干净点儿，别找不痛快！"他指着葛瑞。

"哎哟哎哟，瞧这小样儿，还急了？"葛瑞坏笑，上下打量着庞博，"这小嗓子，挺细啊，'你嘴给我放干净点儿，别找不痛快'……"他故意装着女声，学庞博说话。

庞博急了，上去就给了他一拳，力道本来不重，就是想警告一下。却不料正中葛瑞的下怀，只见他身体腾空，夸张地大叫一声，应声而倒。

"哎哟……"他发挥出"特长"，倒在地上四肢僵硬，不停地抽搐。

这下可把庞博给吓傻了，谢洪东见状也站了起来。

葛瑞那边的人不干了，哗的一下就把他们团团围住。双方剑拔弩张起来。

那个绿毛瞥了一眼葛瑞，心领神会，凑到庞博面前摇头晃脑地问："哎，你把人打坏了，怎么办吧？"

"胡扯，我根本就没用劲，他……这是讹人！"庞博气愤。

"你才胡扯呢，你没长眼睛啊？看看他，都吐白沫了，怎么着？要不咱们'公了'？"

"别别别，有话好好说。'私了'，咱们'私了'。"谢洪东赶忙走了过来，"兄弟，报个数儿，冤家宜解不宜结。"他不想节外生枝。

绿毛瞥了他一眼，感觉这不是个好惹的主儿，就抬眼想了想，"一万！"

"不行！得加两个零！"倒在地上的葛瑞发了声。

"加两个零？你疯了吧？"庞博急了，"大哥，咱们走，别理他。"他说着就往外走。

绿毛见状立马挡在他面前。

"你给我躲开。"庞博一扒拉他，不料绿毛也倒了下去。

这下可热闹了，大排档的食客们纷纷围观。谢洪东觉得不妙，带人要撤，但葛瑞那伙人却不依不饶，就将他们缠住。这时，远处响起了警笛的鸣响，派出所的民警不用扬鞭自奋蹄，以最快的速度赶到现场。当然，这与杨威拨打的110有关。牧安也带人赶到附近，准备随时应对突发情况。谢洪东表情紧张，冲庞博使了个眼色，庞博会意，几步走到河边，悄悄摸出怀里的手枪，藏在了河滩上。这一幕，被牧安看在了眼里。

辖区派出所来了不少民警，两伙人一个不落，都被带回审查。葛瑞呼天喊地，声称自己被打成重伤；庞博据理力争，说他是讹诈。派出所这下可热闹了。谢洪东正琢磨着如何脱身，却突然发现邵烨不见了。他急了，赶忙让手下去找，却被民警拦住。民警告诉他，公安机关会秉公执法按程序处理，伤检、讯问，这么多人，最起码要12小时。当然，这自然也是应杨威的要求。

谢洪东被暂时困住了，但邵烨却没有落网，这并不是打击队的工作不力，而是有意为之。此时此刻，杨威正驾着"大黑马"，紧紧地盯住邵烨乘坐的那辆出租车。

半个小时后，出租车停在了东郊的一个村口。村子不大，路上行人很少，邵烨在黑暗里拐了几个弯，快步跑进一个二层的小楼。小楼有个院子，围着铁栅栏，门前的碎石路还没铺好，看样子是新建不久。

杨威等人摸到近前，时间已经很晚了，四周漆黑一片，只有小楼亮着温暖的灯光。仔细看去，邵烨正在院里跟一对老夫妻说着什么。

"看样子应该是他的父母。"杨威说。

"现在动吗？"太阳问。

"等等吧，别当着老人动手。给他留点儿面子。"杨威说着冲后面招招手，刑警们立即分组潜伏在小楼周围。

杨威和太阳后撤到"大黑马"里。

"他不会睡在这儿了吧？"牧安靠在后座上问。

"应该不会，他这么晚来父母家，肯定有事。"杨威说，"太阳，盯紧着点儿。"

"明白。"太阳说话的同时，肚子"咕噜"地叫了。

牧安笑了，"咳，早知道刚才打包点儿饭菜啊。"

"没事，我不饿。"太阳脸红了。

"哎，还是年轻人啊，到点儿就饿，正是长身体的时候。我现在是不行了，吃不动了。"杨威说。

"你是没'胆'了。"牧安话里有话。

"对，吃草了，不是肉食动物了。"杨威自嘲，"哎，还记得2007年抓段小军那次吗？就是那杀人的案子。"

"那能忘了吗？仨人分一个面包，差点给饿死。"牧安摇头，"我记得当时是徐国柱带的队，让咱们在一个临时板房里蹲守。那冷风刮的，真是饥寒交迫啊。"

"这个老徐，干活儿还行，组织能力太差。都说兵马未动粮草先行，他就没做好预案。"

"而且脾气还臭，动不动就拍桌子瞪眼，说年轻人吃不了苦。唉，这一晃，他都快退休了吧？咱们也到了他当年的岁数了。"牧安感慨。

"那时虽然苦，但是挺快乐。搞案子都是凭着一股气在支撑。我记得最后抓那孙子的时候，我腿都麻了，刚跑两步就抽了筋。"杨威笑得灿烂。

"呵呵，我也是，把他带上警车的时候手都软了。后来老崔过来接人，咱俩就下馆子去了，还记得什么菜吗？"

"那能忘了吗？鱼香肉丝、宫保鸡丁、肉末豆腐，外加四个大馒头。吃完了回去一睡，第二天一个鲤鱼打挺起来接着干活儿。"

"唉，年轻真好啊。想起来真是怀念……"牧安感叹。

太阳看着两个人，心里觉得很温暖，这对针尖对麦芒的刑警，此刻已抛开了"刑警之光"和"刑警之刃"的外衣，恢复到最真实的样子。是啊，警察都靠一股气撑着，无论何时，只要这股气在，就不会畏惧。

两人聊得起劲，太阳的肚子又发出哀号。与此同时，电台里发出了呼叫，邵烨从小楼里出来了。

在夜幕中，邵烨背着一个大包，走到村口。不一会儿，一辆黑色吉普车就停在了他面前。他低头看了看车牌，冲吉普车摆摆手。

车窗摇了下来，杨威轻声问："先生，上车吧？"

邵烨心不在焉，"你搞错了，我叫的不是你这辆车。"

"去哪儿啊？"杨威又问。

"别问了，我的车马上就到了。"

"你是要去公安局自首吧？那跟我们走，顺路。"杨威说。

邵烨一愣，这才反应过来。

"别动啊！"牧安下了车，"我们给你面子，才没让你在家人面前出丑，也希望你能把握住机会，配合我们的工作。"

邵烨傻了，一时无语。

牧安打开了邵烨的背包，发现里面除了一些衣物、证件之外再无其他。

"看这意思，你没想去公安局自首啊？"牧安坏笑。

在监控室里,太阳将一大堆材料摞在一起。老洪叼着一根烟,盯着监视器,上面是审讯室的画面,邵烨正蔫头耷脑地坐在铁椅子上。

他琢磨了一会儿,回头对太阳说:"哎,一会儿你主审啊。"

"我?行吗?"太阳犯含糊。

"不行也得行啊,实践出真知,你得练啊。哎,知道这些'子弹'怎么用吧?"老洪指了指那些材料。

"知道。只有第三份和第七份是真的,其他都是道具。"

"你出示的时候可得悠着点儿,别把考勤记录给扔出去。"老洪笑。

"那您的意思,我还是唱白脸?"

"对啊,你年轻力壮的,嗓门亮、劲头足,可不得唱白脸吗?我这老模喀嚓眼的,拍两下桌子手就酸了,也就干点儿挖苦损人的活儿。但今天啊,咱们可以试试'双白脸、双红脸'。"

"这是……什么意思?"太阳不解。

"你就跟着我来吧,按计划行事。记住啊,三部曲,一揉、二拍、三咋呼,步步为营。耗得差不多了,咱俩该上了。"老洪说着蹍灭了烟蒂。

在审讯室里,老洪和太阳一出场就发动了情感攻势,他们不但给邵烨松了铐子、倒上开水,还破例给他点了一根烟。邵烨受宠若惊,手足无措。老洪开始了"一揉"。

"邵烨,刚才我们已经跟你宣过权了,该做什么不该做什么,你也应该明白。其实我们对你的要求很简单,就是如实供述相关事实,不能隐瞒诬告,不能心存侥幸。希望你把握住从轻从宽的机会。"老洪做着开场白。

"明白。"邵烨点头,"洪警官,咱们也不是第一次接触了。您放心,我肯定配合您的工作。等有朝一日我出去了,肯定会加倍感谢。"

"加倍感谢?怎么感谢啊?再拿个破兜子,往我手里塞?"老洪把话挑明。

"对不起,那是我一时糊涂,我错了,错了。"邵烨连忙说。

"知错是基础,如何改正才重要。邵烨,你刚才也看到了,开手续的不是派出所,而是刑警队,我跟你挑明了,你这事儿没那么简单,上级高度重视,下一步对你怎么处理,会依据你的供述情况和配合程度来定。"他加重语气,"刚才我们没在老人面前动手,给你留足了面子,但尊重是相互的,希望你也能尊重我们,实话实说。说句不好听的,老人都这么大岁数了,你还能尽几年孝啊?好好供述,争取能早几年出去。"他推心置腹。

邵烨有些动容,表情有了变化。

"行,说吧,做过什么违法的事,想揭发什么人的违法犯罪行为。"老洪用手点着桌面。

"我……"邵烨没想到老洪会这么问,欲言又止。

"怎么个意思?事儿太多了?不知从哪里下嘴?"老洪皱眉。

"不是，我是说……您能……提醒我一下吗？"

"那就先从江耀之说起吧，他在做着什么生意？"老洪点题。

"他……"邵烨犹豫着，"他是耀海集团的董事长，是我所在公司的大老板，生意很多，比如开发、生产、销售及服务基础设施的开发建设，餐饮、娱乐、旅馆、培训、新药开发、技术转让……"

"嘿嘿嘿，你跟我这儿背工商执照呢？"老洪不耐烦，"直来直去，到底什么才是他最赚钱的生意？"

"这个我可不知道。第一，我并不直接在他手下任职，光之谷只是耀海集团的下级公司；第二，我只是个财务总监，也不是公司的老板啊。"

"你的意思是自己在公司里没那么重要呗？"

"对，没那么重要。"邵烨就坡下驴。

"没那么重要，为什么在你出事儿后那帮人上蹿下跳地捞你？为什么谢洪东要将你看管起来？他们在怕什么？你手里掌握着什么？"老洪盯着他的眼睛。

"这……"邵烨一时语塞，"哦，江耀之和谢洪东确实干着一些不光彩的事，但我也是道听途说，并没有真凭实据，所以……"

"所以就说不知道、不清楚，实际上是怕担责，怕被报复？"

邵烨不说话了，低着头，权衡着利弊。

老洪见状，冲太阳使了个眼色。开始了"二拍"。

"好，那我就随便念一段。"太阳抬手，从一大摞材料里"随意"抽出一份。他清了清嗓子，"陈明朗，年龄46岁，地址：襄城光明区三经路5号院3号楼,总额度500万,服务费20万……刘秋霞,年龄42岁,地址:海城市城北区高新大厦,总额度1100万,服务费35万……秦玉林,年龄62岁,地址:襄城市五里坨乡泥洼村2组,总额度600万,服务费免除,括号……"他停顿了一下,"因协助联系警察。括号完毕。"

太阳念的时候柔风细雨,但在邵烨耳朵里却像响起了炸雷。他脸色发白,额头冒汗,身体也僵硬起来。

"邵烨,还要继续往下念吗?"太阳说着就把材料拍在了桌上。

邵烨一哆嗦,下意识地抬起头。

"除了姚展雄、夏昌盛、陈功等几个和江耀之熟悉的人之外,你要求陈明朗、刘秋霞等部分客户缴纳20万至40万不等的服务费,然后存在了你父母的账户里。邵烨,你这是蚂蚁搬家啊,随便几笔就过了百万,这事儿估计江耀之不知道吧?"太阳问。

"这……"邵烨抬手擦汗。

"但你对那个秦玉林还挺仗义的,'因协助联系警察'就把服务费给免了。哎,这人到底是姓秦啊,还是姓乌啊?"老洪插话。

邵烨看着老洪,也看着桌上摆着那厚厚的一摞材料,他犹豫着,张开嘴又闭上。

"哎,你刚才去你爸妈家,也是交代这些事吧?"老洪又问。

"警官,那些钱我只是挪走了,但没有用,随时可以归还啊。"他仍心存侥幸。

"归还到哪里?江耀之的账户吗?我告诉你,江耀之可不是被害人，而是犯罪嫌疑人！"老洪拍响了桌子，开始了"白脸"，"邵烨，我明确告诉你，你现在出不去了，不要再抱侥幸心理，我们已经掌握了你们的犯罪证据。哎，那块硬盘也在你手里呢？"

邵烨低着头，不说话。

"行，你这态度不错，看来想抗拒到底。"老洪点头，他说着一抬手，又"随意"从那一大摞材料里抽出一份，"太阳，给他念念。"

太阳照本宣科，"经过调查发现，在你因嫖娼被抓的当日，有一名襄城籍女子也在海城酒店订了房，但后来又取消了，这个女子的名字叫熊宇珍。"他故意强调着这个名字。

邵烨表情惊愕，下意识地张开嘴。

"这女的你不会不认识吧？再补充一点，熊宇珍背后的老板叫沈荣，跟江耀之有竞争关系。而且，熊宇珍还曾多次往你父母的账户里转钱。邵烨，你存在硬盘里的那些资料不是自己留着玩的吧，是想交给他们的吧？"老洪"啪"的一下拍响了桌子。出了"三咋呼"。

邵烨满头大汗，嘴唇颤抖。

"行啊，除了蚂蚁搬家，还吃里爬外啊。这要是让江总知道了，还不得好好收拾你？乔辉、邓彪，就是你的前车之鉴啊！"

邵烨这回绷不住了，"警官，我说，我都说。江耀之无恶不作，在组着一个大局，许多人都牵扯其中，我之所以这么做，也是为了自保，怕以后出了事没钱跑路。"他彻底破防了。

"硬盘在哪儿？"太阳问。

"拿回来之后就销毁了。但里面的数据还在。"

"在哪儿?"老洪问。

"云盘里,我告诉你们用户名和密码。"

"那块硬盘除了你,还谁经过手?"

"你们见到的那个是江耀之的硬盘,我是用复制品换过来的。"

"也就是说,上面除了你的指纹,还有江耀之的?"老洪问。

"对。没错。"邵烨点头。

"乔辉和邓彪跟江耀之是什么关系?"太阳问。

"具体我不清楚,但能看出来,他们和江总挺熟的,应该是旧相识。两人只要一缺钱就过来要,好像是江总欠他们的人情。邓彪在 KTV 看场子也是江总安排的。"

"你觉得他们的死是否与江耀之有关?"

"这个……我可不敢乱说。但我觉得,他们要是死了,应该对江总有好处。"

"有什么好处?"

"他们应该知道江总的底细。有一次乔辉找江总要钱,说了句'要不是十年前扛了那件事,就没你的今天'。"

老洪和太阳对视了一眼,心里有谱了。

"邵烨,你是个聪明人。跟聪明人说话一点就透,不用拐弯抹角。知道自己下一步该怎么办吗?"

"知道,我一定好好交代,争取从宽。"邵烨点头,"但我父母还在外面,我怕会有什么意外。"

"这个你放心,我们已经安排属地派出所了,会保证他们的安全。"老洪说。

"那就好,那就好。"邵烨点头,"哎,但你们要想抓江耀之,得尽快。他还有好几个身份,叫张世栋、谷裕,他手里有圣基茨和塞浦路斯的护照,可能马上就要离开海城了。"

"什么时候走?"太阳问。

"不是今天就是明天。他们把我扣住,也是怕走漏风声。"

邵烨被羁押在刑侦大队了,杨威等人在"大黑马"里商量着对策。

"怎么办?咱们还没取完证呢,那孙子就要颠了。别起个大早赶个晚集。"老洪忧虑。

"先找个理由把他控住呢?"太阳问。

"仅凭邵烨一个人的口供,还没法给江耀之开具强制措施。除非……"杨威停顿了一下,"以那枚指纹为理由。"

"是啊,既然邵烨供述了硬盘上有江耀之的指纹,而且那枚指纹还与犯罪指纹库里的相符,我们就有理由怀疑他是'搬家队'的嫌疑人。"老洪来了精神。

"要是江耀之一推六二五怎么办?拿不下口供,这案子可就彻底歇菜了。"杨威说。

"你对我没信心吗?只要丫落在我手里,肯定让他乖乖吐口!"老洪挺有信心,"哎,牧安呢?"

"一直不接电话。"太阳说。

"哼,不会闪了吧?"老洪摇头,"什么'刑警之光'啊,狗屁!关键时刻掉链子,明哲保身,不敢担责,就为了头上那顶乌纱帽。"

"行了,这'雷'是咱们自己找的,理应由咱们自己蹚。太阳,你那帮朋友给你回信了吗?"杨威问。

"戴姐已经发动好几个人潜进去了,通过截屏等方式获取了一些证据;银行的潘叔也通过关系获取了犯罪团伙的资金流向;栾叔让马场的人一直盯着江耀之呢,说他还没离开那个鱼塘大院。"太阳说。

"嘿,瞧瞧,这民间武装比牧安那帮正规军都强。"老洪撇嘴。

"这事不能等了,得马上行动了。哎,这个事儿是因我'起头儿'的,如果要是出了问题,责任由我来扛。"杨威说。

"别扯别扯,在咱们仨之中我岁数最大,没俩月就要提前退休了,要真是出了问题,肯定由我来扛啊。"老洪说。

"你扛?笑话!这么大岁数了,身体还不好,动不动就吐白沫,让你扛咱打击队不成笑话了?"杨威说。

"哟哟哟,你还来劲了。你身体好?'胆'都摘了,一点荤腥不吃,都快成兔子了。而且还在停职期间。你再扛,这身警服都快保不住了。"老洪也说。

两人争执着,太阳说话了,"两位师傅,这事由我来扛。你们忘了,我可是打击队的副队长。"

"呵呵……"杨威笑了,"你小子没事儿吧,有我们在,还轮不到你。"

"记得我刚到派出所的时候,洪师傅曾问我为什么要当警察,我说是因为答应过我爸,要成为一个好警察。那个回答是真的,我当时就是这么想的。但不怕你们笑话,其实在我穿上警服之后的很长一段时间里,我都对这个称呼很模糊,不知道什么才是真正的警察,把工作做成什么样才算称职。但经过这几个月,经历了那么多的事,如果你们现在再问我为什么当警察,我想回答,我不是为了户口、铁饭碗或者有点儿小权力,我是真正热爱这个职业,愿意为了它去拼搏奋斗,甚至付出生命。我想像你们一样,为了维护正义、打击犯罪,能抛开一切的私心杂念,不顾一切地往前冲。让那帮坏人付出代价、受到惩罚!这是我发自肺腑的话,没有一点儿掺假。所以希望你们答应我,让我为这个案子负责,让我履行副队长的职责。"太阳看着两个人,字字铿锵。

"哼,行。小子,你现在这个模样就像警察了,你现在做的事就是警察该做的。"杨威点头。

"嘿嘿嘿,一说还来劲了、起范儿了,手都抬起来了,跟'白大忽悠'似的。"老洪笑,"行,既然你表态了,决定往下干,那我们就把这个坑儿留给你。这回我踏实了,天塌下来有个儿高的顶着,邰副队长都不怕,我一大头兵怕什么?"

"行了行了,咱们别在这儿咏叹了。要干就赶紧,事不宜迟。在传唤江耀之之前,先得把周边工作做了。第一,固定邵烨、乌慧聪等人的口供,通过牧安直报郭局;第二,尽快锁定江耀之的位置,到周边蹲守;第三,太阳不是说银行的老潘已经获取一部分赌博团伙的资金流向了吗?我跟经侦的林楠说一下,让他们开手续去调取，形成证据之后上报专案组。还有，谢洪东团伙寻衅滋事的情况也要一并上报……"杨威正说着，电话就响了起来。

"喂，赵所，什么？不是说能困他们12小时吗？怎么这么快放了？"杨威皱眉，"哦，和解了？哦，好，好。"他说着挂断了电话。

"怎么了？"老洪问。

"谢洪东那帮人出来了，正在满处找邵烨。估计是葛瑞那孙子屁了。"杨威心事重重。

这时，太阳的电话也响了，"喂，栾叔，哦，哦，我知道了，谢谢您。"

"栾叔来电话了，说谢洪东他们去了鱼塘大院，现在正在搬东西，可能要提前潜逃。"

"大爷的！"杨威用手捶腿，他没有说话，转头看着老洪。

"嘿，你看我干吗啊？都火烧眉毛了，真等煮熟的鸭子飞走啊？赶紧的，开车吧！"老洪急了。

"得嘞。"杨威笑了，"走，出发！"他说着启动了"大黑马"。

也就不到二十分钟的工夫，三人就赶到了鱼塘大院。在路上，他们一边呼叫指挥中心要求派人支援，一边通过刑侦大队综合队的沈姐查询。经查，江耀之已经使用张世栋的化名，购买了前往南方的机票。几个人快马加鞭，却不料还是"起了个大早赶了个晚集"，到达的时候，江耀之团伙已经跑了。据老栾手下的伙计说，就在五分钟之前，突然有三辆一模一样的奔驰商务车从鱼塘大院驶出，在开上大路之后，分别向着东、西、南三个方向驶去。

这显然是江耀之想浑水摸鱼、金蝉脱壳。

太阳一下就慌了,"怎么办?"

"冻豆腐,没法'办'。"杨威猛踩油门,"大黑马"咆哮着蹿了出去,"哎,老洪,给我个判断,他们会去哪个方向?"

"让我想想……"老洪眯起双眼,"老杨,东边从什么地方能出海城?"

"东边儿?是东郊机场啊。"杨威一打方向盘,"大黑马"蹿到了大路上。

"西边儿呢?"

"西边儿是海河啊,水路。南边儿就不好说了,去襄城、去孟州,高速都在那儿。"杨威回答的同时,车已经开到了三岔路口。

"往西开!"老洪说。

"洪师傅,为什么不去机场啊?江耀之可已经购买机票了。"太阳问。

"来不及解释了!直觉,懂吗?"老洪说。

杨威一转方向盘,车头就朝了西,"什么理由?"他也问。

"没理由!瞎蒙的!"

"嘿,都到这个时候了,别开玩笑!"杨威着急。

"开你的吧!"老洪说,"太阳,你那帮'民间武装'呢,能用得上吗?"

"栾叔已经带人过来了,开了好几辆车。现在正在追一辆朝南行驶的奔驰商务车。"太阳说。

"哎,你可提醒他们啊,注意安全别出事故,也别发生冲突。"老洪说。

"好。"太阳赶忙拿起手机。

"那个栾阳可不是吃素的,在社会上混了这么多年,他自有办法。太阳,你再给交警大队打个电话,让他们设法拦一下那辆朝南开的车。"杨威说。

"哎,从前面的岔口左拐,抄个近道。"老洪抬手指着。

"还用你说!"杨威猛地打轮,车就拐了过去,轮胎发出摩擦地面的声音。

"洪师傅,你还没回答问题呢。"太阳说。

"忘了我跟你说的了? 面对纷繁复杂的情况不能光追⋯⋯"

"得琢磨嫌疑人是从哪儿来的、为什么要在这儿下手、作案后逃窜会走哪条路、目的地是哪里。手脚是听大脑指挥的,每个人做事都有目的⋯⋯"太阳背诵着。

"背得挺熟。"老洪点头,"换位思考,如果是你想离开海城,会走南边的大路吗?"

"应该不会,那边路口多,很容易被设卡堵截。哦,我明白了,那机场也不可能,太容易暴露了。所以唯一能走的,就是水路!"太阳恍然大悟。

"牧安还没回话?"眼看着就要到码头了,老洪有些着急。

"没有,不知道他在干什么。"杨威叹了口气。

"大黑马"飞驰着,时速已经达到了"120",夜风刮得玻璃呼呼作响,三个人都不再说话,紧盯着前方。这时,太阳的手机响了,他立即接通。

"太阳,江耀之没在那辆奔驰车上。"是老栾的声音。

"您怎么知道的?"太阳问。

"我们把那辆车给堵在路口了,然后找了个交警说那是被盗车辆。"老栾说,"哎,你们那边需不需要帮忙啊?我这儿有几个人。"

"不用了,谢谢您。"太阳说着挂断了电话。

"你做得对,冲锋陷阵是咱们打击队的事儿,别掺和别人。"老洪说,"哎哎哎,老杨,怎么打哈欠了,别犯困啊。"

"没事,能撑得住。"杨威用力甩了甩头,"真是年龄不饶人啊,以前搞案子,干到半夜还去大排档喝个啤酒,现在不行喽。"

"你现在是老当益壮、老骥伏枥、老马识途!"老洪故意加重了"老"字。

"你是为老不尊、老不正经、老奸巨猾。"杨威回嘴。

"哎哎哎,听音乐,清醒清醒!"老洪说着打开音响,CD 里放出了一首老歌:

How many roads must a man walk down, Before you call him a man? How many seas must a white dove sail, Before she sleeps in the sand... The answer, my friend, is blowing in the wind, The answer is blowing in the wind...

歌声很安静，时间仿佛停止了。

"哎，这词儿什么意思啊？"老洪问。

"人生难料，世事无常。"太阳回答。

"好像是一个电影的插曲吧？"

"是，讲一个傻子特别顺的故事。"

"这是猴子送我的，'英文名曲经典'。"杨威说。

这时，已经能听到轮渡的轰鸣，挡风玻璃起了雾，老洪把车窗摇开一道缝，潮湿的空气呼的一下涌了进来。车开到了码头，杨威并没停车，而是沿着岸边搜寻，终于发现了那辆奔驰车。车停在便道上，从远处观察，里面不像有人的样子。百米外，有一排渔船。

杨威不敢靠得太近，将车停了下来。他套上防护服，拿起甩棍，率先下了车。

"咱们不等援军了？"老洪犯含糊。

"市局的警力正往这儿赶，但估计一时半会儿还到不了。我已经把位置发给牧安了，等他回信儿吧。"杨威说，"哎，把装备都带齐啊。"他提醒。

"哎，远水解不了近渴，也只能靠自己了。"老洪说着将喷罐和甩棍别在腰间。

三人走到奔驰前，里面空无一人，但用手一摸机器盖子还是热的。

"应该没走远。"杨威说。

他们搜索着。风很大,和水声混合在一起,让人听着心生不安。那排渔船摇晃着,像黑暗中的幽灵。这时,他们注意到在一艘船上,有几个人影。

太阳刚要说话,一束强光就照在他脸上,不知从哪蹿出了几个人,将他们围住。

"什么人!"一个声音大喊。太阳仔细看去,正是那个光头小个子,庞博。

"哎哟,这不是邰警官吗?行啊,都追到这儿来了?"庞博笑了。他手里拿着一把尖刀,直指太阳,"东哥,是那三个'条子'。"他转头大喊。

"带他们上来!"船上传来谢洪东的声音。

杨威知道形势不妙,就猛地出手。他抡开甩棍,一下就砸在庞博的手上。庞博疼得大叫,刚想反抗又被杨威一脚踹倒。

"办了他们!"他大叫。众混混儿顿时扑了过来。

他们手持尖刀和棍棒,冲着仨警察下了死手。仨警察也使出本领,奋力反击。本来安静的河滩一下就乱了。

老洪拿着甩棍边打边退,跳到顺风的位置,抬手按动喷罐,几个混混儿立即中招,捂住眼睛吱哇乱叫。太阳训练有素,辗转腾挪,边对抗来犯之敌,边给老洪解围。而杨威则施展开身手,只见他手持两根甩棍左右开弓,甩、捅、撩、砸,棍所到之处,倒下一片。打得众混混儿连连倒退。他的动作虎虎生风,眼神犹如怒目金刚,太阳凝视着杨威,仿佛从他身后看到了光芒万丈。但不料他刚一走神，后背就挨了一刀。

"太阳，小心！"杨威大喊，冲过去就是一顿猛砸。幸好太阳穿了防护服，才未受伤。

但这时，老洪突然大叫一声，两人循声望去，发现一把尖刀已经架在了他的脖子上。

"别动！要不我要了这老家伙的命！"庞博拿着刀说。

"我警告你，把刀放下！你该知道袭警的后果！"太阳大喊。

"呵呵……"庞博笑了，"这里黑灯瞎火的，谁知道你们是警察？一会儿把你们捆在一起打包喂鱼。"

这时，谢洪东走了过来，"放下家伙，要不别怪我不客气。"他威胁道。

见此情况，两人无奈，扔掉了甩棍。

"带他们上船！"谢洪东恶狠狠地挥手。

渔船开了，离开了码头，前方漆黑一片，只能听到风声和水声，看不清方向。

仨警察站在甲板上被众混混儿围住。谢洪东拿着一根铁棍，站在杨威面前。

"姓杨的，瞧你现在这个德行，灰头土脸，早知现在何必当初啊？你不再是那个风风火火牛气烘烘的重案队长了，你就是一条丧家犬。人贵在有自知之明，得看清形势，得认命，但你呢？狗揽八泡屎，咬着人不放。现在就是这么做的后果！"

"是你做的局？"杨威声音颤抖。

"对，就是我做的局。是我让邓彪把你引到KTV，然后在你的水里下药，再向你们的纪委举报。怎么样？天衣无缝吧？"谢洪东大笑起来，"到现在我还留着那段监控呢，哎，你可真艳福不浅啊，一人搂着仨小姐，'嗨'大了吧。"

"王八蛋！你会有报应的！"杨威咬牙切齿。

"哎，那我不懂了，你为什么这么干啊？"老洪问。

"我有必要告诉你吗？"谢洪东瞥了他一眼，"你还是先考虑考虑自己吧，下面该怎么办。"

"你们想干吗？像对待乔辉和邓彪一样对待我们吗？"老洪又问。

"哼，就你这老家伙聪明。"谢洪东笑，"告诉你，我们可是光脚的不怕穿鞋的，只要有钱，干什么都行！办掉了你们我们就出境，到时候一样逍遥自在。"

"没脑子，太没脑子了。不爱看书吧？多读读历史，像你们这样的人最后都是什么结果。"老洪指着他摇头，"你就是江耀之的'枪'，收小钱儿惹大祸，出了事儿他判无期你枪毙！哎，你们这帮小子是想给他当炮灰啊？你们知道杀警察是什么罪过吗？"老洪大喊。

这下把众混混儿给镇住了，谢洪东觉得气氛不对，就抄起铁棍，"还愣着干吗？动手啊！"但环顾左右，却无一人敢上前。

这时，从船舱里走出一个人，笑着拍手，"不错不错，有气势。哎，三位，没想到咱们会在这儿见面。"出来的人正是江耀之。

"江耀之，你现在投案自首还来得及，别一条道走到黑，到时让自己后悔！"杨威指着他说。

"这里……不是已经很黑了吗？"江耀之放肆地大笑，"怎么着，就凭你们仨还想当孤胆英雄啊？特别是杨警官，你都摔过几次跟头了？怎么还不长记性啊！非跟我对着干，我看你才是一条道走到黑。"

"江耀之，你别跟我儿这装了！十年前的10月6日，你在干什么？你不过就是一个冒充搬家公司的贼！"他一语点破。

江耀之一愣，看着杨威，但随即又恢复了表情，"行，行，真厉害！"他缓缓点头，"没想到那些事都能让你追出来。是，十年前那事儿是我干的，但后来那买卖不行了，老百姓家里能有几个钱啊，仨瓜俩枣还挺辛苦，不值当的。所以我才换了'赛道'，改和有钱人玩了。"

"玩？赌博、洗钱，帮助他人行贿受贿，你管这叫玩？"杨威皱眉。

"怎么不是玩呢？哎，你可能对那帮有钱人存在误解，觉得他们都是成功人士。其实他们挺可怜的，看上去衣食无忧，却比普通人更焦虑。生意原罪、子女败家、舆论压力、政策变化，又加上社会仇富，这日子过得累啊，没几个不失眠的，心灵特别空虚。所以我就伸出援手了，给他们提供点儿服务，帮他们转移视线，给他们缓解压力，同时也赚点小钱儿呗。"他得意地笑着，"那句话怎么说来着，要想钓到鱼必先找到有鱼的池塘。我这个新赛道不错吧？那帮有钱人对我来说，就是一帮肥羊，有薅不尽的羊毛。"

"乔辉和邓彪是不是你害的？"太阳突然插话。

"哼，他们早就该死了！"江耀之冷笑，"他们还活在过去，还干着那些下三烂的营生，我不能被他们拖下水。所以……"他没把话说完，"怨不了别人，他们是被这个时代给抛弃的。"

"你就这么对待昔日的兄弟啊？要不是他们替你扛了十年前的事，你能有今天吗？你这是卸磨杀驴。"杨威摇头，"但他们也是害了你啊。你要是能在当时被抓住，判个几年，没准也跟人家'大海'一样，浪子回头、痛改前非了。"

"哼，你是不是觉得我撤出海城了，就完蛋了？告诉你，这是我新的开始。但你们……马上就要走到末路了。"他眼露凶狠，"你们不过就是几个蚂蚁，跟乔辉和邓彪没什么区别，不可能挡住我的道儿。只要我愿意，就能控制你们、操纵你们。杨威，我告诉你，就是要报复你，让你受尽折磨、生不如死！怎么样，我才是胜者。还有你！"他指着太阳，"你这个小屁孩，整天没完没了地追着我、缠着我，弄得我心烦意乱，正好，今天一块儿给你收拾了！"

"哎哎哎，江总，能别带上我吗？我就是跟着混的，没俩月就退休了，要在这儿交待了，我媳妇孩子可怎么办啊？"老洪带着哭腔，故意示弱。

他这么一说，混混儿们都笑了。但老洪却只是缓兵之计，他趁对方大意，突然缩身摸出一瓶喷罐，用手就要按。但却不料，身边的庞博突然掏出一把手枪，顶住了他的额头。

"别动！再动我打死你！"庞博恶狠狠地说。

老洪傻了，缓缓地松手，喷罐掉在了甲板上。

"哼，这就叫自不量力、以卵击石。哎，你们去过屠宰场吗？见过杀猪的流程吗？我去过好几次，一点儿都不血腥。在那儿杀猪啊，不是一头一头地杀，而是先将猪赶到一起，然后轰进一个通道，上流水线、放血、劈开、去内脏、过水、除毛、分割，一步一步，顺理成章，非常文明。在这个过程中，大部分的猪都特别冷静，仿佛接受了自己的命运，甚至在排队的时候还会拱着往前走。只有少数的猪会激动会反抗，但结果却不会改变。而在反抗的过程中，它们会承受更多的痛苦。这个世界也是如此，就是一个巨大的屠宰场，大多数人一出生就上了这个流水线，一辈子只能碌碌无为地活着，任人宰割。这就是他们的命，你们没必要把他叫醒。醒了干什么？让他们痛苦，让他们挣扎，让他们觉得这个生活毫无希望？太残忍了。"江耀之摇头。

"那你的意思呢？我们袖手旁观，让他们任人宰割？"杨威问。

"呵呵，你们有你们的职责，我理解。但你们也要认清形势。警察，不是什么事都能管的……对，你们看过那些资料了是吧？该知道我的客户都是些什么人。我告诉你，他们不是受害者，那些钱对他们来说只是九牛一毛。普通人辛辛苦苦地打一辈子工，也抵不上他们一个牌局。他们才是这个庞大屠宰场的主人，比我凶狠一万倍，吃人不吐骨头！我的工作只是为他们服务，让他们舒心、满意，能去开拓更广阔的世界。"他振振有词。

"你信报应吗?"杨威问。

"不信,那都是糊弄人的。命运,掌握在我自己手里。"江耀之傲慢地说,"再过一个小时就要到达目的地了,然后我们会离开这个国家。一般的赌局我不玩了,下面我要做跨境的生意。"

"你以为能逃得掉吗? 我们有几百万警察,就算你到了天涯海角也能抓到你!"太阳大声说。

"呵呵……你真是个雏儿啊,整天活在梦里。"江耀之不屑地摇头,"如果我告诉你,现在这艘船上不光只有你们三个警察,你会惊讶吗?"他冷下脸,拍了拍手。从船舱里又走出来一个人。仨人一看就傻了,没想到竟是白所。

"白所,你?"太阳惊呆了。

"老白,你知道自己在干什么吗? 所长不当了? 警察不干了? 跟这帮孙子混一块儿了?"杨威质问。

"没辙,收人钱财替人消灾,这身警服我穿不了了,得离开海城。"白所表情复杂。

"你不是说'人生不过几十年,昂首挺胸也是过,低三下四也是过。等退休的时候,要扪心自问是不是问心无愧'吗? 你不是说派出所最历练人,结交五行八作、体味百态人生,要时刻保持清醒,心怀忠诚吗? 你还说破小案、保民生、服务群众是派出所民警的职责啊? 白所,你怎么了? 你把自己说的这些话都忘了?"太阳急了。

"你怎么这么多话啊!"白所突然发作,冲着太阳就是一脚。

太阳被踹了一个趔趄,但又站直身体。

"老白,你既然这么烦他,就亲手办了他。"江耀之冷眼看着白所。

白所停顿了一下,冲庞博伸出手,"把枪给我。"

庞博犹豫着,看着江耀之。

"算了,这活儿还是我们来吧。"江耀之拦住白所,冲庞博使了个眼色。

"不信任我?"白所皱眉。

"别误会,这事不用你干,你也没拿这份儿钱。"江耀之狡猾地笑。

此时庞博一探身,已经用枪顶住了太阳的额头。枪口冷飕飕的,太阳不禁颤抖。

"有种的,冲我来!"杨威想要上前,却被老洪拦住。

"别着急,反正都得喂鱼。"江耀之有些不耐烦。

"哎,等会儿,还能让我再抽根烟吗?我有几句话想说。"老洪插话。

"你个老家伙,还想玩什么花招?"江耀之皱眉,"给他。"他冲谢洪东努努嘴。

谢洪东抬手把一根烟甩给老洪。老洪把烟叼在嘴上,左右看着,"哎,光有烟没有火儿啊?"

谢洪东掏兜,刚拿出火机。却不料老洪已经扶住了庞博的枪口。枪口黑洞洞的,正指住老洪的脸。庞博毫不犹豫,扣动了扳机。

"洪师傅！"太阳大叫。

却只听"噗"的一声，枪口并未射出子弹，而冒出了一个火苗。那把"枪"竟是牧安的打火机。

江耀之和谢洪东都惊了。与此同时，白所突然掏出了一把"92式"手枪，指住了他们。

"别动！"白所大喊。

"庞博，你背叛我！"谢洪东急了。但他刚想反抗，白所就鸣枪示警。

"啪……"枪声划破夜空、响彻天际，众混混儿一下就老实了。

老洪不慌不忙地用"手枪"点燃了香烟，喷吐了一口，"哟，华子，味道不错。"他笑着点头，"坏人总是话多，'巴拉巴拉'，没完没了，要不是为了录音，我真听不下去。"他说着掏出手机，"正好，回去当作证据。"

"哎，老白，知道怎么打枪吗？新手靠眼力，高手凭感觉，得稳、准、狠。你不行，还是我来吧。"杨威说着，接过白所手里的枪，"哎，你们别乱动啊，我可没跟你们开玩笑！刚才已经鸣枪示警了，下一枪就要'弹无虚发'了。"他拿枪指住谢洪东。

"洪师傅，你是怎么看出来的？"太阳问。

"哼，你觉得白大所长至于为点儿钱就叛变革命吗？他是苦孩子出身，禁得住敌人的严刑拷打，做不了'甫志高'。"

这时，几艘警用巡逻艇从远处驶来。几十名警员登船，给江耀之等人戴上手铐。郭局、牧安和卞队走到几个人面前。

357

太阳看着他们发愣,"这么说,你们……"

"是,这都是计划,欲擒故纵,瓮中捉鳖。"卞队笑。

"你们仨啊,总是擅自行动,破坏整体计划。哎,这点得批评啊!"白所说,"但从另一个方面呢,也起到了诱敌深入、引蛇出洞的作用。郭局,这算是将功补过吧?"

"算。"郭局笑着点头。

"这么说,您当初放邵烨的原因……"

"也是以大局为重。钓过鱼吗?还没'打窝子'就着急抬竿,能钓到大鱼吗?"白所说。

"那猴子呢?"

白所笑了一下,转头喊,"小孙。"

他这么一叫,猴子立马颠颠颠地跑了过来,"郭局、白所、太阳……"

"你这个臭猴子!演得还挺像,都气死我了!"太阳狠狠地给了他一下。

"没办法,所长给我的任务就是深入敌后。哎,这次扮演了个反派,下次得你来了啊。"猴子笑得灿烂。

"你这小子演技不错啊,看的是表演系的教材吧?连我都给蒙了!"杨威摇头。

"老杨,我可提醒你啊,对这小子可别掉以轻心。没准跟那个邵烨一样,心思缜密,两头通吃。"老洪煞有介事地说。

"哎哟喂,那您可高看我了,我要有那本事就不当辅警了。"猴子不失时机地说。

"好好干,好好考,早晚能成为一名人民警察。"郭局说。

"是!"猴子多精明啊,立马脚后跟一磕,立正敬礼。

"你们都明白了吧?江耀之其实一直在专案组的控制之中,他涉及的赌博案件十分复杂,不仅金额大、人数多,而且层面广,牵扯到襄城、孟州等多地的犯罪团伙。为了引蛇出洞、迷惑敌人、查明情况,你们的白所长和小孙才先后打入犯罪团伙内部。放邵烨的命令是我下的,把那个硬盘交给他也是按我的要求。两位同志不容易呀,不惧危险、忍辱负重,跟犯罪团伙巧妙周旋,为最终的胜利打下了坚实的基础。"

郭局说罢,众人鼓起掌来。

"对不起,郭局,我怀疑自己的同志了。"太阳面带愧色。

"别这么说。对你们三名同志,我也要提出表扬。你们在关键时刻心怀忠诚、坚守信仰,履行了人民警察的职责和使命。要是没有你们,犯罪团伙就不会这么快地露出马脚,加速灭亡。你们是海城公安的一把尖刀啊!杨威,这一年来委屈你了。现在我告诉你,其实那个事纪委早就查清了,但经过专案组的审慎考虑,决定暂时不对外公开。那个事件是江耀之策划的,如果在那个时候贸然收网,将会打草惊蛇,不但无法获取全面证据,还会促使江耀之的上下线避险逃亡,令主案前功尽弃。所以……"

"郭局,您别说了,我都听明白了。如果是这样,这一年多我受的苦,值得!为了案子,付出什么都是应该的!"杨威坚定地说。

"杨威,我们对你是绝对信任的,你是一个忠诚的人民警察。这件事过后,我会让纪委发布调查结果,为你澄清,还你公道。"

"是!"杨威立正敬礼。

"还有老洪,听说你要提前退休?刚三十年着什么急啊?孩子还没毕业,也不着急抱孙子。"郭局说。

"不退了不退了,我明天就把退休报告要回来。"老洪笑。

"嗯,你们都是经得住考验的好警察。"郭局点头,"下一步有什么计划吗?杨威、老洪,回刑侦?回机关?"

"不,我们想继续留在派出所。"俩人异口同声。

"哟,这是怎么了?"郭局有些意外。

"打击队有好几个案子还'敞着口儿'呢,等弄完了再说。"杨威说。

"这段时间跑野了,回机关恐怕是坐不住了。我再发挥发挥余热,给基层工作添砖加瓦,特别是对年轻人,扶上马再送一程。"老洪笑。

"呵呵,行。"郭局笑着说,"小郐,我真为你高兴啊,你有两个这么好的师傅,一定不能辜负他们的期望。你是英雄的后代,身上流淌着忠诚的热血,又干着自己挚爱的工作,这就是幸福啊!派出所是最锻炼人的地方,工作虽然平凡却光荣伟大。看看小满所的历史,一等功、二等功,荣誉不计其数,这些光荣都来源于平凡,而英雄也来源于平凡。好好干,扎根在这块肥沃的土壤,你的警察生涯不会虚度的。"

"是!"太阳庄严地敬礼。

"郭局,说来巧了,今天就是小满。"白所笑着说。

"哎哟,还真是,都20号了啊。哎,你那句话怎么说来着?人生难得如意,平常就是馈赠,小满即是圆满。"郭局笑着朗诵。

几个人正说着,太阳突然发现有十几个混混儿从船舱走了出来。他立即大喊一声,从地上抄起甩棍。

"哎哎哎,别紧张,好好看看再说。"郭局笑。

太阳仔细一看,才发现那些人都是参加行动的特警,只不过换上了混混儿的衣服。

"江耀之已经联系好了那边的上线接应。这是个好机会啊,咱们得趁势而上,来个将计就计。我已经通知省厅了,当地的警方会全力配合。行动还没结束,同志们要继续努力。咱们一定要将他们一网打尽!"郭局说着把手一挥,"开船!"

船又开了,乘风破浪,耳畔除了风声、水声,还有水鸟的叫声。雾气散了,天渐渐亮了,远处有了城市的轮廓。一张大网徐徐展开,最后的胜利指日可待。太阳站在甲板上,默默地闭上眼,觉得那呼呼的风声,像极了昂扬的战鼓和冲锋的号角。他知道,黎明马上就要到来。

一个月后,夏至。赌博专案成功破获,除了江耀之团伙之外,襄城的沈荣、熊宇珍以及孟州的上线均落入法网。

小满派出所打击队荣立了集体二等功，太阳被评选为海城市公安局优秀青年民警。在表彰大会上，郭局亲自给太阳颁发了奖状和奖章，在庄严的《警歌》声中，太阳热泪盈眶。

　　卞队将集体二等功的奖状挂在两面锦旗旁，连起来读挺有意思，"打击破案，一心为民""小满派出所打击队荣立集体二等功""你们都是好警察"。瞧，组织的肯定和群众的认可都有了，多好！

　　纪委宣布了对杨威事件的调查结果，在与他谈话的时候，说他坚守住了一名警察的底线，是当之无愧的"刑警之刃"。杨威在自己家里组了个局，叫上了包括牧安在内的几个老刑警，据说他在席间流下了眼泪。

　　老洪撤回了提前退休的申请，如愿以偿地获得了非领导职务晋升。孩子的学校也解决了，没有托人，是通过摇号。市局宣传处的谭彦想采访他，却被他拒绝了。他说自己就是个"混儿"，在打击队给其他同志打下手。但谭彦却在简报里帮他"翻译"了一下，说洪东风同志充分发挥了"老带新"的作用，就像一块砖，哪里需要往哪里搬。弄得老洪哭笑不得。

　　猴子被评为市局级的优秀辅警，在入警考试时获得了加分。他已经参加完"公安专业科目"和"行政职业能力"的笔试，自我感觉还不错。老洪问他，如果入警成功还会不会来派出所，猴子狡黠地笑了，操着宣传处的句式说，自己就是一块砖，哪里需要往哪里搬。老洪瓷瓷实实地给了他脑袋一下。

　　三个月后，处暑。太阳代表分局参加了市局警体运动会的半马比赛。他拼尽全力,却只取得了第四名的成绩。在晨跑的时候,老栾告诉他,风物长宜放眼量,相比结果,奔跑的过程更有意义。戴姐交了新男友,在约会的时候被狗仔偷拍,上了热搜。原因并不是约会本身,而是地点非常奇特,在一个只有四张桌子的小面馆里。其实那天她是去表明投资意愿,但却再次被轴爷拒绝。

转眼间又一个春天到来了,满眼望去都是绿色。太阳在这个春天接到了莎莎的电话。莎莎说,我的病治好了,准备攒钱还你。太阳说,不急,我天天穿警服、吃食堂,没地方花钱。莎莎说,任梓霆又要开演唱会了,你能带我去吗?太阳说,所长不让我上勤了,要去得花钱买票。莎莎说,这么久了,你还记得我的样子吗?不会把我忘了吧?太阳说,不会忘,我把你的照片贴在床头了。莎莎幸福地笑了,却不知道,她的照片被贴在了嫌疑人的照片墙上。

任梓霆演唱会当日,太阳很早就来到了现场。歌迷很多,摩肩接踵。他穿着一身新衣服,静静地等待着。他充满了期待,又有些紧张。虽然来之前戴姐给他做了培训,教他如何讨女孩的欢心,但此时此刻,他却全都给忘了。但有一点可以确定,那就是在离别的这段时间里,他找到了那种"铠甲和软肋"的感觉。但就在这时,他突然发现一个贼正在盗窃手机。他没有犹豫,扑了上去。

现场人很多,歌迷手中的海报和气球挡住了他的视线。那个贼亡命地逃窜,从演唱会现场一直跑到街上,又窜进一个胡同。太阳咬住不放,也跟着进了胡同,却不料中了那贼的埋伏。只听"嘭"

的一声,一块石头砸中了他的后脑。他感觉天旋地转,视线模糊起来。他奋力支撑住身体,伸出手想抓住什么,却感到浑身无力,像陷入了沼泽和泥潭。他终于倒了下去,世界全黑了。这时,他隐隐地听到远处有人在喊,"别动,警察!"

不知过了多久,他睁开眼,发现周围都是绿色,耳畔有风铃的声音。

一个高大的男人站在他身旁,正拉着他的手。

"儿子,儿子……"男人在叫他。

太阳眯着眼,恍惚地看着,不敢相信,竟然是父亲。

"你长大以后想干什么呀?"父亲问。

"爸爸,是你吗?"他不知此时自己身在何处,发出的竟是童声。

"是啊,怎么了?"父亲还是当年的样子,满眼慈祥。

"你……是警察吗?"太阳看他穿着绿色的衣服。

"呵呵,不是。我是名联防队员。哎,我问你呢,长大以后想干什么啊?"

"当警察!"太阳毫不犹豫地回答。

"好,那就好好学习,好好努力,一定要成为一个好警察。"父亲笑了。

太阳环顾四周,发现竟是二十年前的街景。他有些恍惚,不知到底发生了什么。但随即又觉得此情此景非常熟悉。突然,在不远处的一个店铺前发生了骚乱,一个男子跟几个人争吵着推搡着,然后抄起一把尖刀,劫持了一个小女孩。太阳惊呆了,转头看着父亲。

他从父亲眼中看出了犹豫和恐惧,也想起了此刻是在哪里。他张开嘴,想告诉父亲不要过去,却根本发不出声音。

父亲看着太阳,眼神慢慢坚定。他搂了一下太阳,说了声,别动,就飞奔而去。

"爸爸!"太阳终于发出了声音,他哭喊着追赶着,却不料历史依然重演,他眼睁睁地看着父亲与男子搏斗,用身体护住女孩,最后倒在了地上。

"爸爸!"太阳痛哭流涕。他知道,父亲那时也特别害怕,之所以能冲上去,是不想让自己失望。

这时,一个穿着绿色警服的年轻警察冲了过去,和其他群众一起将男子制服。警车来了,男子被戴上了手铐。

年轻的警察走到太阳面前,轻声问:"小朋友,你叫什么名字?"

"我叫……太阳。"他茫然地看着警察。

"别害怕,我会保护你的。你爸爸是好样的。"那个年轻的警察竟是郭局。

太阳哭出了声音,分不清这是现实还是梦境。天又黑了,四周的一切都模糊起来。他闭上眼,感觉身体轻飘飘的,像一片树叶在风中飘荡。他仿佛置身于一望无际的田野,面前有层层的麦浪,欣欣向荣的花海,有烈日骄阳、狂风暴雨,还有风铃的声音。

他尝试着迈开脚步，开始奔跑，努力把迷茫、彷徨和疲惫甩在脑后，倾听风的声音，拥抱未来和憧憬。他跑到了一个马场，看到了明亮的月亮、河边的萤火虫和远处的万家灯火。从那些光亮中可以看到生活的璀璨。那璀璨催人奋进，让脚步变得更轻快更自由。

人生难得如意，平常就是馈赠，小满即是圆满。相比结果，奔跑的过程更有意义。该奋斗的年纪就要勇敢地付出，于高山之巅方见大河奔涌，于群峰之上更觉长风浩荡，经历过，付出过，不浪费每一寸光阴，才能无怨无悔。

远远地，似乎有人在喊他的名字。他努力地睁开眼，世界也亮了起来。他发现竟有那么多人在围着自己，有杨威、老洪、猴子，还有莎莎。太阳笑了，他知道，自己被他们需要着。

演唱会开始了，一首歌在风中飘荡，歌中唱道：

> 暗夜里相信有光，不灭梦想，
> 寒冬时深埋土壤，静待花香，
> 迷茫时不变方向，低吟浅唱，
> 待风来正好扬帆，在春天启航；
> 总相信峰回路转，初心不忘，
> 生活是起伏跌宕，坎坷平常，
> 迷茫时不变方向，积蓄力量，
> 待风来正好扬帆，在春天启航。

有勇气展开翅膀，把生活当作海洋，
一缕光照亮世界，一滴水乘风破浪，
笃定向未来立誓，无愧曾年轻模样，
永远不泯灭期待，为自己发光，
为自己发光……

相信善良，这个世界就会善良；相信美好，这个世界就会美好。为了善良和美好，我们会努力奔跑，无惧风雨，负重前行。

——城南分局政工简报第81期，小满派出所民警邰晓阳

2022年2月3日至4月30日，初稿

2022年10月2日至20日，二稿

2022年10月21日至31日，三稿